Nora Flick

Feuchte Luder & Feucht und Gierig

Erotische Geschichten

Bibliografische Information der Deutschen Nationalbibliothek:
Die Deutsche Nationalbibliothek verzeichnet diese Publikation in der Deutschen Nationalbibliografie; detaillierte bibliografische Daten sind im Internet über http://dnb.dnb.de abrufbar.

© 2017 Nora Flick - **Alle Rechte liegen bei der Autorin**

Titelfoto oben links © BrasilCat / fotolia.de
Titelfoto unten rechts © Nora Flick

Herstellung und Verlag: BoD - Books on Demand, Norderstedt

Printed in Germany

1. Auflage: Februar 2017

ISBN 9-783743-194717

Alle Namen und Handlungen sind frei erfunden. Ähnlichkeiten mit Personen oder Orten des Geschehens sind rein zufällig.

Inhalt

Feuchte Luder

1. Schwarze Befriedigung   5

2. Der letzte Saunagang   28

3. Die entjungferte Cousine   45

4. Geheimnisvolle Studentin   69

5. Gurken und Bananen   87

Feucht und Gierig

1. Schulsex   118

2. Dildoparty   152

3. Der Schwestern-Beglücker   172

4. Swingerclub-Neuling   209

Nora Flick

Feuchte Luder

Erotische Geschichten

1. Schwarze Befriedigung

„Wir machen auch dieses Jahr wieder einen Cheftausch. Nachdem letztes Jahr Japan dran war, wird es dieses Jahr Frankreich sein. Herr Dupont von unserer Partnerfiliale in Paris wird mich ab Montag für eine Woche vertreten, während ich für eine Woche der Chef in Paris sein darf. Ich hoffe, Sie tanzen Herrn Dupont nicht zu sehr auf der Nase herum." Herr Tiede, mein Chef, hob drohend den Zeigefinger. „Ich sage Ihnen, mit den Franzosen ist nicht zu spaßen!" Er schmunzelte.
Wir wussten, wie wir seine Drohungen zu verstehen hatten. Wie immer sollten wir die vorbildlichen Arbeitnehmer spielen, wenn er längere Zeit abwesend war.
„Also, reißen Sie sich am Riemen und helfen sie Herrn Dupont so gut es geht, wenn er Fragen hat!" Damit war die Besprechung beendet. Wir kehrten wieder in unsere Büroräume zurück.
„Herr Dupont", pfiff meine Kollegin Bettina in einem vornehmen Ton. „Das klingt so nach Schloss", sie seufzte, „und so sinnlich." Verträumt blickte sie mich über ihren Schreibtisch hinweg an.
„Aber die Franzosen sind auch nicht mehr im Mittelalter. Ich bezweifle, dass Herr Dupont in einem Schloss residiert", antwortete ich trocken.
„Na, träumen darf man doch wohl noch, oder?", blinzelte Bettina mir zu. „Du musst immer alles zunichtemachen!"

Dann kam der Montag. Alle waren gespannt auf Herrn Dupont, vor allem natürlich die Frauen.
Tuschelnd versammelten wir uns im Konferenzraum.
Fünf Minuten später trat Herr Dupont ein. Ein schätzungsweise 1,90 Meter großer Schwarzafrikaner mit Glatze. Außerdem sprach er perfektes Deutsch, denn er hatte sein Jurastudium komplett in Deutschland absolviert, wie er uns mitteilte.

Damit hatte keiner gerechnet. Wir hatten eher einen mittelgroßen, dunkelhaarigen Franzosen erwartet, der mit einem melodischen französischen Akzent Deutsch sprach. Aber Pustekuchen.

Zum Abschluss teilte Herr Dupont uns in einem kühlen, sachlichen Ton Umstrukturierungen mit, die für die Zeit seiner Vertretung ausnahmelos für jeden gelten sollten. Von französischer Romantik keine Spur.

„Da ist er, dein sinnlicher Prinz", gluckste ich Bettina leise zu.

„Ha, ha", gab Bettina enttäuscht zurück. Sie war Single und hatte auf einen französischen Schönling gehofft, dem sie vielleicht für eine Woche die Augen hätte verdrehen können. Das wäre ihr auch ohne Zweifel gelungen, das stand fest, denn Bettina war nicht einfach nur blond, sie war wirklich ein Hingucker für jeden Mann. Sie hätte einen Job in der Beautybranche wählen sollen, anstatt hinter den Fassaden einer Kanzlei zu versauern.

Nach seiner Begrüßungsrunde im Konferenzraum kam Herr Dupont an jeden Arbeitsplatz, um sich für einige Minuten ein Bild von den unterschiedlichen Aufgaben eines jeden Mitarbeiters zu machen.

Ich muss zugeben, so dicht neben mir strahlte Herr Dupont eine sehr dominante und männliche Aura aus. Sein starkes Moschusparfum unterstrich diese Aura noch.

Als er meinen Platz verließ, wedelte ich mit meiner Hand und beugte mich zu Bettina hinüber: „Uuiii, irgendwie hat der was, oder?"

„Melanieee", antwortete Bettina strafend, „du bist verheiratet. Hast du das schon vergessen? Da ist Andreas mal eine Woche auf Montage und schon ist er aus deinem Sinn. Tse, tse."

Ich war froh, meinen jetzigen Ehemann vor fünf Jahren getroffen zu haben, denn ich hatte es nie leicht gehabt, einen Freund zu finden, ich war einfach nicht besonders hübsch. Zwar hatte ich eine gute Figur, aber zu schmale Lippen und eine viel zu lange Nase. Ich hatte tatsächlich schon ernsthaft an eine chirurgische Nasenkorrektur gedacht. Aber solange ich mich noch nicht entschieden hatte, versuchte ich diesen Makel in meinem Gesicht mit schulterlangen, üppigen, braunen Locken zu kaschieren. Diese ließen meine Nase etwas kleiner erscheinen.

„Gucken darf ich doch wohl noch, oder?", erwiderte ich.

„Seit wann stehst du auf Schwarze? Du weißt, was man über sie sagt, oder?" Bettina verzog ihren Mund zu einem breiten Lächeln.

„Natüüürlich. Wäre das nicht mal interessant für dich herauszufinden, Bettina? Der steht bestimmt auf Blonde. Ist ja meistens so bei Schwarzen."

„Mal schauen." Sie zwinkerte mir geheimnisvoll zu.

„Einen schönen Feierabend." Bettina gab mir vor der Eingangstür der Kanzlei links und rechts einen angedeuteten Wangenkuss und stöckelte dann zu ihrem Auto. Ich wohnte nur ein paar Straßen weiter und konnte zu Fuß gehen.

Es war Ende September und leider schon viel zu kalt für meinen Geschmack. Ich wickelte meinen Schal noch enger um meinen Hals und marschierte schnellen Schrittes los, damit mir ein bisschen wärmer wurde.

Zehn Minuten später stand ich vor der Haustür des vierstöckigen Mehrfamilienhauses, in dem mein Mann und ich eine Dreizimmerwohnung gemietet hatten.

Ich steckte gerade den Schlüssel ins Schloss, als ein Auto direkt hinter mir am Bürgersteig hielt. Es war ein schwarzer Mercedes. So einen hatte ich noch nie in unserer Straße gesehen. Leider konnte ich den Fahrer nicht erkennen. Erst als er Ausstieg, wusste ich, wer es war. Herr Dupont. Noch bevor ich mich überhaupt wundern konnte, was er vor meiner Haustür machte, stand er schon hinter mir und fasste mir grob an den Po, drückte sich an mich und blies mir ins Ohr: „Mach die Tür auf. Ich kann es nicht mehr erwarten."

Ich versuchte, mich von ihm loszureißen, aber gegen seine Stärke hatte ich keinerlei Chance. Er hielt meine Arme fest.

Dann fühlte ich etwas Hartes an meinem Rücken. Es war zweifelsohne sein steifes Glied. Panisch wand ich mich in seinem Griff.

„So gefällst du mir", schnaufte er und fasste mir zwischen die Beine. Jetzt spürte ich seinen harten Schwanz an meiner Taille.
Ich weiß nicht warum, aber ich schloss die Tür auf. Wahrscheinlich, um ihm zu entkommen. Aber Herr Dupont kam mir natürlich hinterher.
Andreas und ich wohnten im Erdgeschoss und so standen wir wenige Sekunden später in unserem Flur. Herr Dupont knallte die Tür hinter sich zu, schleuderte mich mit dem Rücken dagegen und rieb seine Handkante immer wieder in meinem Schritt.
Geistesabwesend löste ich meinen Schal und zog meinen Mantel aus. Durch meine Bluse zeichneten sich die runden Wölbungen meiner Busen ab. Gierig grapschte er nach ihnen und riss mit einem Ruck die Bluse auseinander. Ich hörte einen Knopf gegen die Garderobe knallen. Dann zog er den BH grob nach oben, griff nach einer nackten Brust und quetschte sie nach vorne, um ziellos und ausgelassen an ihr zu lecken.
Es war so, als ob ich mich und die Situation von außen betrachtete. Ich wusste nicht, ob mich das alles erregen oder abstoßen sollte.
Während er noch an meiner Brust züngelte, öffnete er meine Stoffhose. Sie rutschte von allein an meinen Beinen hinunter, da sie weit geschnitten war. Dann streifte Herr Dupont ungeduldig meinen Slip ab, steckte gezielt einen Finger in meine Muschi und nahm ihn gleich wieder heraus, um ihn abzulecken. Anschließend zog er seine Hose inklusive Unterhose in einem Zug aus. Was dann zum Vorschein kam, übertraf all meine Vorstellungen. Ich bezweifelte, dass sein Ding ganz in mein Loch passen würde. Von der Länge her nicht und schon gar nicht von der Dicke! Daher meldete ich mich zu Wort: „Das passt nicht, auf keinen Fall!"
„Das passt, ich dehne dich." Herr Dupont keuchte vor Erregung. Und schon packte er mich an der Hüfte, hob mich hoch und hielt mich mit einem Arm unter meinem Hintern fest, um mit der anderen Hand seinen Schwanz Stück für Stück in meine Vagina zu quetschen. Es tat höllisch weh, aber langsam begann mich die ganze Angelegenheit irgendwie auch zu erregen.

Als Herr Dupont die erste Enge in mir überwunden hatte, flutschte der Rest nach. Allerdings nicht bis zu seinem Schwanzansatz. Sein Glied war einfach zu lang.

Dann drückte er mich gegen die Wand und fickte mich wie ein Weltmeister. Hätte es einen Preis für das schnellste Stoßintervall gegeben, so hätte er ihn heute Abend gewonnen. Oder auch für den kürzesten Fick, denn nach gefühlten zwei Minuten war alles vorbei. Er dockte mich ab und stellte mich auf den Boden. Meine Muschi brannte.

Herr Dupont kleidete sich wieder an. Ich erwartete, dass er ohne Worte verschwinden würde, dann aber sagte er: „Ich hole schnell was aus dem Auto und komme gleich wieder, lass die Tür angelehnt."

Was blieb mir anderes übrig, als zu warten? Was wollte er bloß aus dem Auto holen? Sexspielzeug? Ging es etwa gleich in die zweite Runde? War das eben nur das Vorspiel gewesen? Ich rechnete mit allem.

Herr Dupont kam zurück, blieb aber im Türrahmen stehen und hielt mir eine Tüte hin: „Was da drin ist, ziehst du beim nächsten Mal an. Verstanden?"

„Und wann ist das nächste Mal?"

„Morgen Abend." Dann machte er auf dem Absatz kehrt.

Ich schloss die Tür hinter ihm und ließ mich auf den Teppich plumpsen.

Was war da eben nur passiert? Mein Vertretungschef hatte mich mal eben auf die Schnelle durchgebumst. Was sollte ich bloß meinem sanften, zärtlichen Andi sagen? Tränen rollten mir übers Gesicht. Ich griff in die Tüte und zog schwarze oberschenkellange Plateau-Lackstiefel heraus, dann einen schwarzen Lackbody.

Passte mir das alles überhaupt? Widerwillig zwängte ich mich in den Body. Er hatte einen Reißverschluss, der am Steiß begann, über den Schambereich und zwischen den Brüsten entlangführte und am hohen Kragen endete. Die Busen waren jeweils nur zur Hälfte vom Lack bedeckt, die andere Hälfte war nackend.

Der Body saß wie eine zweite Haut. Die Lackstiefel waren allerdings eine Nummer zu groß, was optisch aber überhaupt nicht auffiel.

Da stand ich nun vor unserem Flurspiegel. Wenn Andreas mich so hätte sehen können! Vielleicht fuhr er ja auch auf Lack und Latex ab und hatte sich bisher nicht getraut, es zu erwähnen, weil er dachte, ich fände es abscheulich. Aber so schlimm fand ich es gar nicht. Ganz im Gegenteil, ich fand mein Spiegelbild unerwartet erotisch.
Ich klappte abwechselnd den Lackstoff über den halbdeckten Brüsten zur Seite und spielte an meinen kleinen Knospen. Dann drehte ich mich zur Seite und streckte meinen Hintern raus. Großzügig leckte ich mit meiner Zunge über meine Lippen, während ich versuchte, einen verruchten Blick aufzusetzen. Danach stellte ich mich breitbeinig vor den Spiegel, zog ein Bein etwas hoch und streichelte links und rechts über den Lackbody. Ich fand mich unglaublich sexy und griff zwischen meine Beine nach hinten, um den Reißverschluss langsam nach vorn zu ziehen. An meinem Kitzler machte ich halt und kitzelte ihn ein wenig mit dem Zipper des Reißverschlusses. Das gefiel mir. Mit der anderen Hand schob ich zwei Finger in meine Muschi. Noch besser! Ich ließ den Zipper los und nahm nun meinen Finger, um meine Kirsche intensiver zu reiben. Doch das alles reichte mir nicht. Herr Duponts Penis hatte mich so stark gedehnt, dass ich nun etwas Härteres und Dickeres in mir brauchte als meine Finger. Was konnte ich nehmen? Mein Blick viel auf die Plateau-Lackstiefel. Der Hacken würde breit genug sein. Hüpfend zog ich mir einen Stiefel aus und führte ihn sitzend in meine Muschi ein. Das war gut! Der Hacken stimulierte das Innere meiner Scheide und die Außensohle drückte bei jedem Hineinschieben auf meinen Kitzler. Ich beschleunigte das Tempo und kam jauchzend zum Höhepunkt.
Was hatte Herr Dupont in so kurzer Zeit bloß aus mir gemacht? Ich packte die Kleidung wieder in die Tüte und warf sie in die Abstellkammer. Was dachte sich Herr Dupont eigentlich? Sollte ich für diese Woche etwa seine Hure sein? Arschloch! Und sollte ich Bettina davon erzählen? Bloß nicht! Das würde früher oder später die Runde in der Firma machen und mit Sicherheit irgendwann auch bei Andreas landen. Ich musste es unbedingt für mich behalten.

Am nächsten Tag auf dem Weg zur Kanzlei, fragte ich mich, wie Herr Dupont mir wohl auf der Arbeit begegnen würde. Eher vertraut oder eher distanziert?
Wie immer war ich zehn Minuten zu spät. Leicht zitternd öffnete ich die Eingangstür. Herr Dupont war nicht in Sicht. Schnell huschte ich den Gang entlang und bog in das Bürozimmer ein, welches Bettina und ich uns teilten.
Bettina war schon da.
„Morgen", rief ich ihr fröhlich zu. „Ist Herr Dupont schon da?", versuchte ich so beiläufig wie möglich zu fragen.
„Jaha, und er hat allen persönlich einen guten Morgen gewünscht!", flötete Bettina.
„Wie? Er ist in jedes Zimmer gegangen?"
„So ist es."
Herr Tiede, unser richtiger Chef, machte sich nicht so eine Mühe. Er warf einem erst ein „Guten Morgen" an den Kopf, wenn man ihm zum ersten Mal über den Weg lief. Dabei spielte es keine Rolle, ob es morgens um zehn oder nachmittags um 16 Uhr war.
Zehn Minuten später stand Herr Dupont in unserem Büro. „Guten Morgen, Frau Timmermann. Dürfte ich Sie bitten, in Zukunft auf die Pünktlichkeit zu achten? Es ist bereits zwanzig nach neun."
„Ich bin nicht erst eben, sondern bereits vor zehn Minuten angekommen", gab ich flapsig zurück.
„Sind immer noch zehn Minuten zu spät. Wir haben hier keine Gleitzeit. Das ist unfair ihren Mitarbeitern gegenüber. Denken Sie bitte daran." Und schon war er wieder verschwunden.
Gleitzeit! Am liebsten hätte ich bei dem Wort laut aufgelacht. Sein Schwanz hatte aber offensichtlich eine!
„Hast du gehört, du böses Mädchen? Du behandelst mich unfair!" Bettina schüttelte den Kopf und kicherte. „Und ich dachte, die Franzosen wären nicht so pingelig." Bettina tippte weiter auf ihrer Tastatur.
„Ein Arsch von Chef, oder? Wie heißt der gnädige Herr eigentlich mit Vornamen?"

„Pascal."

Am Nachmittag begegnete ich Pascal im Kopierraum. Wir waren allein.
„Hast du die Sachen anprobiert?", fragte er mich direkt.
Ich war erstaunt. Das fragte er mich hier auf der Arbeit?
„Ja, passt", gab ich kühl zurück.
„Gut. Ich bin um 18 Uhr da. Zieh die Sachen an." Ohne ein weiteres Wort verließ er den Raum.
Warum nahm er nicht Bettina? Was fand er bloß an mir? Reizte es ihn, dass ich verheiratet war? Oder mochte er kleine Frauen wie mich, weil sie enge Fotzen hatten? Oder hatte er etwa Angst vor hübschen Frauen wie zum Beispiel Bettina?

Es war 18 Uhr und Pascal drückte zweimal die Klingel mit jeweils einigen Sekunden Abstand.
Ich war mir nicht mehr sicher, ob ich die Tür öffnen sollte. Ich hatte zwar das Lackzeug an, fürchtete mich aber ein wenig, da ich nicht wusste, was Pascal heute mit mir anstellen wollte.
Beim dritten Mal klingelte er fünfmal schnell hintereinander.
Ich wusste, er würde nicht locker lassen und betätigte den Türöffner für die Haupteingangstür.
Pascal kam die wenigen Stufen zu unserer Wohnung heraufgesprungen und knallte die Tür hinter sich zu. „Warum machst du nicht auf? Was soll das?", fuhr er mich mit zusammengezogenen Augenbrauen an.
Seine Art flößte mir Angst ein. „Ich … ich war noch nicht vollständig angezogen", log ich daher und schaute ängstlich zu ihm auf.
Er musterte mich von oben bis unten. Sein Gesichtsausdruck entspannte sich wieder. „Du siehst verdammt scharf aus. Zeig deine Titten." Er pulte meine Brüste aus der halben Lackbedeckung und kniff meine Brustwarzen bis sie hart waren. Dann ließ er meine Busen eingequetscht aus der halben Öffnung hängen, drehte sich suchend um und fragte: „Wo ist das Schlafzimmer?"

Ich zeigte den Flur hinunter.
Und schon hob mich Pascal hoch, trug mich, an einer Brustwarze saugend, ins Schlafzimmer, schmiss mich dort aufs Bett und befahl mir, den Body bis zum Bauchnabel zu öffnen.
Ich lag auf dem Rücken. Um nach dem Zipper tasten zu können, drückte ich mein Becken etwas nach oben und streckte meinen Arm durch meine Beine nach hinten.
Pascal schaute mir ungeduldig in den Schritt, während er sich hastig seines Hemdes und seiner Hose entledigte. Der Anblick seines schwarzen, gewaltigen Knüppels jagte mir am zweiten Tag nicht mehr ganz so viel Angst ein, eher törnte er mich an.
Als ich den Zipper endlich fand, zog ich den Reißverschluss langsam bis zum Bauchnabel auf.
Pascal hockte sich vor das Bett und bohrte seinen langen Mittelfinger in meine Muschi, drehte ihn ein paar Mal hin und her, nahm ihn wieder heraus und wischte ihn an seinem steifen Penis ab. Dann stand er auf und streckte mir seine Latte mit dem Satz „Leck deinen Fotzenschleim von meinem Schwanz" entgegen.
Das wollte ich gern tun und stellte mich auf alle Viere.
Ich hatte gerade seine Eichel im Mund, als er mit einer Hand meine Locken am Hinterkopf packte und seinen Knüppel mit einem Ruck in meinen Rachen stieß. Während der zwanzig heftigen Stöße, die nun folgten, schaffte ich es gerade soeben, meinen Würgereiz zu unterdrücken. Als sein Sperma allerdings an mein Gaumenzäpfchen spritzte, konnte ich es nicht mehr verhindern, ich musste würgen. Die Samenflüssigkeit quoll zwischen seinem Penis und meinen Lippen hervor und lief mir am Hals hinunter.
Pascal zog sein immer noch hartes Rohr aus meinem Mund und lachte. „Schmeckt`s dir etwa nicht?"
„Tut, tut mir leid." Mir war das Ganze extrem peinlich. Zitternd fischte ich ein Taschentuch vom Nachttisch und wischte die Samen von meinem Hals und meinem Mund.
„Dein süßes Mündchen ist für so einen langen Schwanz wohl nicht gemacht, wie?" Pascal lachte wieder. Er nahm sich ebenfalls ein Ta-

schentuch, wischte sein Ding ab und schlüpfte anschließend wieder in seine Klamotten. Dann sagte er: „Morgen selbe Zeit. Zieh den Lackfummel wieder an."
„Morgen Abend bin ich nicht da", log ich schnell.
„Oh doch, du wirst da sein. Sonst kannst du die restliche Woche alte Akten sortieren und vernichten. Deine Arbeit kannst du dann nächste Woche nachholen."
Das hatte gesessen. Alte Akten sortieren und vernichten war die verhassteste Aufgabe für jeden in der Firma. Und meine Arbeit konnte ich auf keinen Fall bis nächste Woche liegen lassen.
Mir fiel es plötzlich wie Schuppen von den Augen. Ich war jetzt Pascals Sexsklavin. Nicht mehr, nicht weniger. Er wollte nur einen gefühllosen, schnellen Fick, und das anscheinend täglich. Meine Befriedigung schien dabei nicht wichtig zu sein. Aber ich hatte keine andere Wahl. Er hatte mich nun in der Hand und konnte mich mit unliebsamen Aufgaben in der Firma erpressen, wenn ich ihm nicht gehorchen wollte.

Am nächsten Tag war Bettina krank. Pascal nutzte die Gelegenheit schamlos aus. Ich suchte gerade eine Akte im Regal, als er ins Zimmer trat und die Tür hinter sich abschloss. Nicht jetzt, nicht hier, dachte ich noch. Doch schon saß Pascals kräftige Pranke auf meiner Pobacke. Die zweite folgte auf der anderen. Dann strich er links und rechts fest an meiner Hüfte und meiner Taille entlang nach oben bis zu meinen Busen, die er sofort stürmisch knetete. Dabei grub er sein Gesicht in meine Locken, atmete tief ein und hauchte: „Du riechst so gut!"
Ich glaubte, nicht richtig zu hören. Zum ersten Mal sagte er etwas Romantisches! Und dazu noch sein Körper so eng an meinem und seine stürmische Art! All das zusammen erregte mich wahnsinnig in diesem Moment.
„Wir müssen schnell machen, die anderen kommen gleich von der Pause zurück", flüsterte er mir schnaufend ins Ohr. „Bück dich über deinen Schreibtisch."

Ich drehte mich um und ging zu meinem Schreibtisch. Dort zog ich meinen Rock hoch und meine Feinstrumpfhose samt String-Tanga nach unten und streckte Pascal lüstern meinen blanken Po entgegen. Auf den war ich stolz, im Gegensatz zu meiner Nase.

„Du lernst schnell." Pascal kam näher und öffnete dabei seinen Hosenstall.

Ich konnte noch kurz einen Blick auf sein dickes Stück erhaschen, dann grub er es zwischen meine Schamlippen und zwängte es immer tiefer in meine Vagina. Dort verweilte er und vollzog nur kleine, kurze Stöße. Ich dankte es ihm, denn so konnten seine Hoden besonders intensiv gegen meinen Kitzler schlagen.

Diese Stimulation brachte mich um den Verstand. Ich biss mir auf die Zähne, um meine Erregung nicht laut heraus zu stöhnen.

Mit einem Male krallte Pascal seine Hände in meine Brüste und rammte seine Lanze so aggressiv in meine Muschi, dass ich meine Hände stärker auf meinem Schreibtisch abstützen musste, um nicht auf Bettinas Tisch zu landen. Dann fühlte ich sein heißes Ejakulat in mich laufen. Pascal langer Seufzer bewies mir, dass er befriedigt war. Er klatschte mir auf eine Pobacke und sagte: „Gut, gut. Und nun arbeiten Sie brav weiter, Frau Timmermann. Heute Abend um 18 Uhr geht`s weiter."

Schnell fingerte ich ein Taschentuch aus meiner Handtasche und wischte die bereits meine Beine herunterlaufende Samenflüssigkeit ab.

Pascal wartete an der Tür, bis ich wieder vollständig angekleidet war. Dann öffnete er sie und stieß auf dem Flur fast mit Udo zusammen.

„Ah, Herr Dupont, hier sind Sie. Ich habe Sie gesucht. Ich habe eine wichtige Frage zum Fall Röderle."

„Kommen Sie mit in mein Büro."

Die Stimmen entfernten sich.

Ich saß an meinem Tisch, schüttelte meinen Lockenkopf und musste grinsen. Dass ich in meinem Leben einmal Bürosex haben würde, hätte ich nie gedacht. Auch nicht, dass ich jemals die Möglichkeit haben würde, den XXL-Schwanz eines Schwarzafrikaners ausprobieren zu können.

Inzwischen freute ich mich auf die vereinbarte Uhrzeit, denn Pascals rücksichtsloser Sex gefiel mir mehr und mehr. Er deckte eine Seite in mir auf, die ich vorher nicht gekannt hatte. Sex musste nicht immer gefühlvoll vonstattengehen, das war mir jetzt klar. Er konnte auch animalisch und achtlos sein, und trotzdem war es möglich, befriedigt zu werden.

An diesem Abend zwängte ich mich gern in mein neues Lackoutfit.
Lasziv lehnte ich am Schlafzimmertürrahmen als Pascal eintrat. Sein Atem ging schnell und hob seinen breiten Brustkorb sichtbar auf und ab. Ich hatte Lust auf ihn.
Auch an diesem Abend hielt Pascal sich nicht lange mit dem Vorspiel auf. „Aufs Bett", befahl er mir.
Natürlich parierte ich. Breitbeinig legte ich mich auf den Rücken.
Pascal gefiel die Pose nicht. „Nein, nicht so. Dreh dich auf den Bauch."
Ich tat es, aber Pascal war immer noch nicht zufrieden. „Nein, komm hoch." Er legte seine Hände um meine Taille und hob mich ein wenig hoch, bis ich auf allen Vieren stand. Dann ergriff er den Zipper des Bodys und zog ihn schwungvoll bis zu meinem Bauch auf. Rasch öffnete er seine Hose und holte seinen Schwanz heraus. Anschließend glitt er mit zwei Fingern durch meine feuchte Ritze und wischte meinen Saft zwischen meinen Pobacken ab.
„Beiß hier rauf." Pascal hielt mir meinen blauen Schal vor die Nase.
„Was hast du vor?", fragte ich verwirrt.
„Mach es einfach." Und schon fuhr er mit seinen Händen links und rechts unter den Body und an meinem Hintern entlang, um meine Pobacken mit seinen Handflächen auseinander zu ziehen. Noch ehe ich verstand, was er vorhatte, trieb er mit voller Wucht seine harte Stange in meinen After. Ein lautes Quieken ertönte aus meiner Kehle. Ich bin mir sicher, dass meine Nachbarn die Polizei gerufen hätten, wenn ich den Schal nicht im Mund gehabt hätte.

Pascal hielt kurz inne. „Ich weiß, dass es dir gefällt. Du machst es gut, meine kleine Nutte." Laut grunzend quälte er mich weiter.
Meine Schmerzen waren unbeschreiblich. Trotzdem genoss ich das noch nie erlebte Gefühl der sexuellen Unterwerfung. Sexuelle männliche Dominanz kannte ich nämlich bis dahin nicht, denn beim Geschlechtsverkehr mit meinem Mann gab meistens ich den Ton an.
In diesem Moment wurde mir bewusst, dass ich die Affäre mit Pascal um jeden Preis bis zum Ende seiner Vertretungszeit aufrechterhalten wollte.
„Du bist echt ein verdorbenes Luder, weißt du das?" fragte er mich, nachdem er fertig war, und steckte seinen Schwanz in seine Hose zurück.
„Du machst mich dazu", gab ich kühl zurück.
Ein breites, strahlweißes Grinsen erschien auf seinem schwarzen Gesicht. Offensichtlich gefiel ihm meine Aussage. „Du warst schon immer ein Luder, ich musste es nur aus dir herausficken." Arrogant nickte er mir zu.

Am nächsten Tag schmerzte mein Darmausgang, vor allem beim Sitzen, und ich betete, Bettina würde wieder da sein, damit mir der Sex im Büro für diesen Tag erspart bliebe. Aber leider erhörte Gott mich nicht. Bettina war noch immer krank. Ich hoffte dann zumindest, Pascal würde mich nicht zu heftig drannehmen.
Bis zum Mittag lief ich ihm nicht über den Weg. Doch als ich von der Mittagspause zurückkam, saß er lässig auf meinem Bürostuhl.
„Schließ die Tür ab."
Das hätte ich auch ohne seinen Befehl getan. Ich war gespannt, was er heute geplant hatte. Meine Erregung stieg, trotz meines lädierten Afters.
Pascal holte seinen noch schlaffen Schwanz hervor.
Ich war überrascht, wie lang er bereits im nicht erigierten Zustand war. Bisher hatte ich ihn nur steif gesehen.

Entspannt schob Pascal mit einer Hand seine Vorhaut vor und zurück. „Heute braucht er eine Sonderbehandlung." Er zeigte mit der freien Hand auf sein schwarzes Stück. „Er wird schnell wieder schlapp."
„Was braucht er denn? Was soll ich tun?" Verloren stand ich im Raum. Ich war es mittlerweile gewohnt, Anweisungen von ihm zu bekommen.
„Pack deine Titten aus und komm her."
So schnell ich konnte knöpfte ich meine Bluse auf, legte sie auf meinen Schreibtisch und hockte mich zwischen seine Beine.
Pascal beugte sich nach vorn, grub seine Hände in meinen BH, holte meine Brüste hervor und knetete sie so unsanft durch, dass ich ein piepsiges „Aua" von mir gab.
„Du brauchst das", kam es von Pascal überzeugt zurück.
Als er meine Brüste los ließ und sich wieder zurücklehnte, konnte ich rote Striemen auf meinen Busen erkennen.
„Siehst du, er wird schon wieder schlapp", bemerkte Pascal.
Hatte ich etwas falsch gemacht? Oder hatte er das Interesse an mir verloren? Konnte ich ihn nicht mehr erregen, geschweige denn befriedigen?
Ich beugte mich nach vorn, nahm seinen Penis in meine Hände und begann die Vorhaut mit Druck vor- und zurückzuschieben.
Pascal schloss die Augen und legte seinen Kopf zurück. Ein gutes Zeichen für mich. Sein Glied wurde härter und ich schob es mir in den Mund.
Pascal seufzte.
Wenig später hatte ich es geschafft, seinen Schwanz steinhart zu lutschen.
Pascal hob den Kopf. „Zieh deinen BH aus und leg dich mit dem Rücken auf den Boden."
Als ich auf dem Fußboden lag, stellte er sich auf bauchhöhe breitbeinig über mich und massierte seine Latte weiter.
„Jaaa", stöhnte er ein paar Sekunden später. „Jetzt ist er soweit."
Pascal setzte sich breitbeinig über meinen Bauch und umfuhr mit seiner Eichel meine Brüste und kitzelte meine Nippel. Etwas Samen-

flüssigkeit floss bereits aus seinem Schwanz und lief zwischen meinen Busen herunter.
„Siehst du, jetzt will er dich."
Ich war erleichtert, dass zu hören.
Pascal drückte meine Brüste zusammen und schob seine Rute zwischen ihnen vor und zurück. Seine Latte war so lang, dass ich an seiner Eichel saugen konnte, sobald er seine Lanze durch meine Busen geschoben hatte. Er ließ mich jedes Mal einige Sekunden gewähren, bevor er sein Prachtstück wieder zurückzog.
Dann befahl er mir, mich an meinen Schreibtisch zu lehnen.
Kaum saß ich dort, packte er meine Brüste noch fester und peitsche seine Rakete immer wieder zwischen ihnen hindurch, bis er mir direkt ins Gesicht ejakulierte.
Lustvoll leckte ich das Sperma aus meinem Gesicht.
„Du hast echte Ficktitten. Gratuliere."
Ich war mir nicht sicher, ob ich da stolz drauf sein musste. Wenn Bettina nur wüsste, was in unserem Büro ablief. Ich mochte gar nicht daran denken.

Donnerstagabend war der letzte Abend, an dem Pascal zu mir kam. Ich wollte ihm unseren letzten Abend so schön wie möglich machen. Überall in der Wohnung stellte ich Teelichter auf und baute uns im Wohnzimmer aus Decken und Kissen ein Liebesnest. Ich war gespannt, wie Pascal darauf reagieren würde.
Pünktlich wie immer klingelte er. Ich drückte den Türöffner, ließ die Haustür leicht angelehnt und huschte schnell ins Wohnzimmer, um mich breitbeinig, mit im Schritt geöffnetem Body, ins Liebesnest zu legen. Um mich herum funkelten die Teelichter. Allein schon diese Atmosphäre brachte mich in Erregung.
Ich lauschte den Geräuschen im Flur und nahm war, wie Pascal die Tür zu machte, seine Schuhe auszog und sich dem Wohnzimmer näherte. Er blieb im Türrahmen stehen. Durch das Kerzenlicht wirkte seine Statur noch breiter und stämmiger. Ich wollte mehr denn je, dass er mich einfach nahm und durchvögelte.

„Komm und nimm mich", hauchte ich ihm entgegen.
„Du wirst immer besser. Was bist du doch für ein geiles Miststück."
Er kam mit zwei Tüchern in seinen Händen auf mich zu.
Was hatte er sich bloß für heute ausgedacht? Mir war alles recht. Hauptsache, er besorgte es mir anständig.
Pascal kniete sich zwischen meine Beine und lutschte ausgiebig an meiner Ritze, bevor er meine Handgelenke an die Sofabeine band. Nur noch ein paar Sekunden länger und seine wulstigen Lippen hätten mich bereits ins Delirium versetzt.
Da lag ich nun mit nach hinten ausgestreckten, festgebundenen Armen. Und das an meiner eigenen Couch!
Pascal stand zufrieden auf und betrachtete sein Werk. „Heute Nacht gehörst du mir und ich ficke dich, wann ich will." Er ging in den Flur, holte sich eine Zigarette und rauchte sie auf der Terrasse. Wenigstens den Anstand hatte er. Ich hoffte, er würde mich bald nehmen, denn ich hielt es kaum noch aus vor Erregtheit. Mein Saft lief bereits die Poritze hinunter.
Pascal kam ins Wohnzimmer zurück und legte seine komplette Kleidung ab. Sein nackter Körper konnte mit einer griechischen Statue getrost mithalten. Mein Blick wanderte von seiner durchtrainierten Brust über seinen Waschbrettbauch zu seinem steilaufgerichteten Penis.
Wie stark sehnte ich mich jetzt danach, seinen Schwanz in meine Hände zu nehmen, ihn an meinem Gesicht zu reiben und ihn zu lecken und zu lutschen. Aber ich war ja festgebunden.
„Fick mich jetzt, bitte!" Anders wusste ich mir nicht zu helfen.
Wortlos hockte er sich zwischen meine Beine und züngelte meinen Saft aus der Poritze. Dann richtete er sich wieder auf. „Deine Fotze kann es auch nicht mehr erwarten." Mit diesen Worten begann er, mich zu ficken. Meine Muschi hatte nicht mehr solche Schwierigkeiten seinen Schwanz aufzunehmen und seine Stöße stimulierten mehr als sie schmerzten. Ich fragte mich, ob ich bei Andreas jemals wieder einen Orgasmus haben würde.

Doch so geil ich auch war, Pascals Fick war einfach zu kurz. Er spritzte ab, noch bevor ich kommen konnte. Unbefriedigt ließ er mich angebunden liegen, stellte den Fernseher an und rauchte eine Zigarette. So viel zum Thema Anstand.
Ich spürte wie seine Samenflüssigkeit langsam aus mir herauslief und sich eine kleine Lache unter meinem Po bildete.
Im Fernsehen lief ein Nachrichtenmagazin. Ich schaute zwar hin, war aber überhaupt nicht bei der Sache. Ich wartete nur darauf, noch einmal von Pascal genommen zu werden.
Pascal schien die Sendung interessierter zu verfolgen. Zwischendurch aber bediente er sich sporadisch an mir. Mal rieb er an meinem Kitzler, mal züngelte er an meinen Nippeln, mal steckte er zwei Finger in mein Loch. Pascal ließ mich regelrecht aushungern. Bestimmt machte er das absichtlich so. Das schien seine Masche zu sein. Schnell selbst zum Orgasmus kommen und die Frau unbefriedigt zurücklassen, um sie immer geiler werden zu lassen, damit sie sich am Ende nach ihm verzehrte.
Und er schaffte es. Nach einer halben Stunde hielt ich es nicht mehr aus. „Fick mich nochmal durch. Bitte. Jetzt. Sofort", flehte ich ihn an.
„Er ist noch nicht hart", antwortete Pascal gelassen.
„Binde mich los, ich mache ihn dir hart."
„Du bleibst schön angebunden." Er hockte sich über meinen Kopf und ließ seine lange Nudel in mein Gesicht baumeln.
Gierig lechzte ich nach ihr und behielt die Eichel saugend in meinem Mund. Ich merkte wie sein Penis anschwoll und lutschte eifrig weiter.
„Willst du jetzt gefickt werden?", fragte Pascal wenig später.
„Jaaa", antwortete ich erleichtert.
„Ich bin mir nicht sicher. Ich glaube, du brauchst jetzt was anderes."
Sofort fickte er meinen Mund und nahm keine Rücksicht auf meinen immer wiederkehrenden Würgereiz. Zum Glück kam bei seinem zweiten Orgasmus nicht mehr so viel Sperma heraus. Zügig schluckte ich es herunter.
Pascal legte sich wieder hinter mich aufs Sofa und zündete sich die nächste Zigarette an.

Ich war fix und fertig. Er hielt mich wie ein Hund. Außerdem musste ich pinkeln. Zwar kam ich mit einer vollen Blase immer schneller zum Höhepunkt, ich spürte ihn auch intensiver, aber an diesem Abend stand es ja in den Sternen, wann mich Pascal das nächste Mal in meine Muschi bumsen würde. Daher bat ich ihn, mich loszubinden, damit ich auf die Toilette gehen konnte.
„Halte es noch ein wenig an", war seine knappe Antwort.
Was blieb mir anderes übrig.
Eine halbe Stunde später gesellte sich Pascal wieder zu mir und strich mit einer Hand über mein Gesicht, meinen Hals und meine Busen, während er mit der anderen sein Glied massierte.
Ich musterte sein Gesicht. Mein Blick blieb an seinen Lippen hängen, und mit Erschrecken fiel mir auf, dass wir uns bis jetzt noch gar nicht geküsst hatten! „Küss mich", sagte ich daher ohne Umschweife.
„Nein, Nutten küsse ich nicht. Ich küsse nur meine Frau."
Das Wort Nutte traf mich härter als am Tag zuvor. „Ich bin keine Nutte. Ich bin verheiratet."
„Und gehst fremd. Deswegen bist du eine Nutte."
„Dann bist du auch eine, nur eine männliche."
„Männer müssen fremdgehen, das ist ein Urtrieb."
„Küss mich trotzdem." Verführerisch leckte ich mit meiner Zunge über meine dunkelrot geschminkten Lippen.
Pascals Augen folgten meinen Lippenbewegungen, dann stoppte er mit der Massage seines Glieds, beugte sich zu mir hinunter und legte seine warmen Lippen sanft auf meine. Jetzt hatte ich die Chance. Ich streckte meine Zunge heraus und züngelte seine Lippen entlang. Dann trafen sich unsere Zungen und eine wilde Knutscherei begann. Ich hatte das Gefühl, komplett in seinem Mund zu versinken. Doch dann hörte er plötzlich auf. „Genug jetzt. Wird Zeit, dass wir zum Abschluss kommen." Er nahm seinen halbsteifen Schwanz und legte ihn an meine Ritze. „Schließ die Beine."
Ich tat es und er rubbelte sein Glied solange zwischen meinen Beinen, bis es steif war.

Meine Blase drückte inzwischen so stark, dass ich es kaum noch anhalten konnte. „Ich muss jetzt wirklich aufs Klo", meldete ich mich. Pascal drückte meine Beine wieder auseinander und befahl mir: „Piss meinen Schwanz an."
„Das kann ich nicht. Ich kann nicht mal vor meinem Mann pinkeln."
„Dir bleibt jetzt nichts anderes übrig. Entweder pinkelst du jetzt oder ich werde dich so hart vögeln, dass es von alleine herauskommen wird."
Ich versuchte, mich zu konzentrieren und zu pressen. Dann kamen die ersten Tropfen.
„Braves Mädchen. Weiter." Pascal streichelte meinen linken Oberschenkel.
Ich schloss meine Augen und versuchte mir vorzustellen, ich säße auf der Toilette, und es funktionierte. Meine Pipi kam erst zögernd, dann in einem festen Strahl heraus und zielte genau auf Pascals steifen Schwanz.
„So ist gut, weiter so", wiederholte er immer wieder, während ich pinkelte und er meinen Natursekt in seinen Penis einmassierte.
Ich war verwirrt, ich wusste nicht, wie ich das finden sollte. Einerseits erregte mich der Anblick meines Strahls auf seiner Lanze, andererseits widerte es mich aber auch an. Als ich fertig war, drang Pascal endlich in meine Vulva ein. Klatschend und schmatzend prallten unsere Becken immer wieder aufeinander. Das Geräusch war wahnsinnig stimulierend für mich, und es dauerte auch nicht lange bis ich zum Höhepunkt kam. Endlich wurde ich erlöst! Ich entlud meine aufgestaute Erregung mit einem gellenden Schrei. Sofort zog Pascal seinen Schwanz aus meiner Muschi und sagte: „Genug für heute." Dann band er mich los.
Wir sprachen kein Wort, als Pascal sich ankleidete. Er blickte mich auch kein einziges Mal an, auch nicht bevor er in den Flur ging, um sich die Schuhe anzuziehen. Er verabschiedete sich auch nicht, sondern schlug nur knallend die Haustür hinter sich zu. Ich war mir sicher, dass er ein schlechtes Gewissen wegen dieses Kusses hatte. Wie ironisch das doch war. Vögelt mich in alle Öffnungen und in allen

Stellungen und macht sich Gedanken wegen eines lächerlichen Kusses. Irgendwie fand ich das süß. Pascal zeigte zum ersten Mal Schwäche. Seine Frau behandelte er mit Sicherheit ganz zärtlich. Davon war ich überzeugt.

Am Freitag war Bettina wieder da.
„Und? War es langweilig ohne mich?", war das erste, was sie mich fragte.
Beinahe hätte ich „Ganz und gar nicht" geantwortet und ihr alles von Pascal erzählt, aber ich hielt mich zurück und antworte stattdessen: „Weißt du doch, ist immer langweilig ohne dich."

Um elf Uhr hatten wir die Abschlussbesprechung mit Pascal. Er sprach über seine Eindrücke in unserer Firma und teilte uns mit, welche Verbesserungsvorschläge er an unseren Chef weitergeben würde. Hellhörig wurde ich bei seinen letzten Worten: „Um 15 Uhr werde ich Sie heute schon verlassen, mein Flieger nach Paris geht am späten Nachmittag. Ich bedanke mich bei Ihnen, dass Sie mich so gut aufgenommen und meinen Aufenthalt so angenehm wie möglich gemacht haben. Vielen Dank." Mich meinte er damit bestimmt besonders.
Alle klatschten. Ich nicht. Ich lachte nur leise.
Bettina stieß mich an: „Was ist? Warum lachst du so?"
„Ist schon gut."
„Du konntest ihn nicht leiden, was? So toll fand ich ihn aber auch nicht. Herr Tiede ist ganz klar der bessere Chef. Ich bin froh, dass er am Montag wieder da ist. Ich hoffe, er übernimmt nicht zu viele der Verbesserungsvorschläge."
Ich ließ Bettina in dem Glauben, dass ich Herrn Dupont nicht mochte. Es war besser so. Umso weniger würde sie mich mit ihm in Verbindung bringen.

Um zwölf Uhr klopfte ich an Pascals Bürotür und schob die Tür einen Spalt auf. Ich sah ihn an seinem Schreibtisch sitzen.
„Ja?" Pascal blickte auf.

„Kann ich reinkommen?"
Er nickte und winkte mich zu sich.
Ich warf einen Blick über meine Schulter. Alle Arbeitsplätze waren leer, da es Mittagspausenzeit war. Ich hoffte trotzdem, dass mich keiner gesehen hatte. Schnell schlüpfte ich durch den Türspalt, schloss die Tür und drehte das Schloss um.
„Warum schließt du ab?" Pascal wirkte genervt.
Ich antwortete nicht, sondern stöckelte verführerisch auf ihn zu und knöpfte dabei meine Bluse auf.
Pascal schaute mir verwirrt zu.
Als ich bei ihm angekommen war, ließ ich meine Bluse zu Boden gleiten und schwang ein Bein über seine Oberschenkel, um mich auf seinen Schoß zu setzen. Dann öffnete ich meinen BH und schleuderte ihn ab. Anschließend fummelte ich an Pascals Hosenöffnung, nahm seinen Schwanz heraus und massierte ihn kräftig. Pascal ließ alles mit sich geschehen.
„Du bist wirklich ein Drecksstück. Kannst wohl nicht genug bekommen, was?", fragte er mich provozierend und massierte unsanft meine Brüste. Mittlerweile gefielen mir seine unwirschen Berührungen.
„Ich wollte mich nur gebührend von dir verabschieden, Pascal." Seinen Namen betonte ich bewusst, da mir auffiel, dass ich ihn zum ersten Mal mit seinem Vornamen ansprach. Dann stand ich halb auf, um seinen Penis in meine Vagina zu manövrieren.
Gerade in dem Moment, als ich anfing, Pascal zu reiten und er seine Zunge nach meiner Brustwarze ausstreckte, klingelte das Telefon.
Pascal nahm tatsächlich ab. Ich war perplex.
„Bonjour Henry!" prustete er in den Hörer.
Ich hielt in meinen Reitbewegungen inne und blieb mit seinem Schwanz in mir auf ihm sitzen. Doch Pascal deutete mit seiner freien Hand an, dass ich weitermachen soll, fasste dann unter meinen Po und hob ihn an.
Langsam begann ich wieder, mich auf und ab zu bewegen. Pascal brabbelte derweil fröhlich auf Französisch weiter. Ich verstand kein Wort. Ab und zu lachte er. Dann hörte ich ihn meinen Nachnamen

sagen, auch wenn er ihn sehr französisch aussprach. Ungläubig schaute ich ihn an.
Pascal bemerkte meinen erstaunten Gesichtsausdruck. „Ein guter Freund, dem kann ich alles erzählen", rechtfertigte er sich. Kurz darauf verabschiedete er sich von Henry und wandte sich an mich: „Ich muss in zehn Minuten zu Frau Schirmer, meine Schlüssel abgeben. Also, beeil dich." Dabei klatschte er mir hörbar auf beide Pobacken.
Ich ritt schneller. Es fiel mir nicht schwer, bei so einer dicken Latte zum Orgasmus zu kommen. Die Stimulation meiner Scheidenwand war schlicht umwerfend. Ich spürte seinen Schwanz wahnsinnig intensiv. Spontan quetschte ich meine Lippen auf Pascals, um ein lautes Stöhnen zu unterdrücken. Ich wunderte mich, dass er meinen Kuss erlaubte und war angenehm überrascht, als seine Zunge hervorgeschossen kam und gierig nach meiner suchte. Vielleicht lag es daran, dass er in höchster Ekstase war und sich deshalb nicht mehr unter Kontrolle hatte, denn er kam kurz nach mir zum Orgasmus.
Keine zwei Sekunden später schmiss Pascal mich buchstäblich von sich ab. Es quoll noch ein Rest Sperma aus seiner Eichel. Ohne es abzuwischen, steckte er seinen Schwanz wieder in die Unterhose und knöpfte seine Hose zu. „Ich hab` noch ein paar andere wichtige Sachen zu erledigen. Bitte verlass jetzt mein Büro." Er klang ungehalten. Ärgerte er sich etwa wieder über den Kuss oder warum war er so ätzend? Ich erwartete zwar keinen gefühlvollen Abschied, schließlich hatten wir nur eine sexuelle und dazu noch kühle Beziehung gehabt. Aber ein so gleichgültiges Auseinandergehen fand ich schier unmöglich. Daher sagte ich zu ihm: „Dann..., dann wünsche ich dir einen guten Flug." Ich drehte mich zum Gehen um. Verdient hatte er meinen Wunsch ganz bestimmt nicht! Aber ich hatte das Bedürfnis, noch irgendetwas Nettes zu sagen, damit wir nicht so kalt auseinander gingen.
„Den werde ich bestimmt haben. Ach, fast hätte ich es vergessen. Ich habe mit Herrn Tiede telefoniert und von deinen Vorzügen berichtet."

Was hatte er? Erschrocken drehte ich mich um. Pascal hatte doch nicht etwa Herrn Tiede von unserer Affäre erzählt? Panik stieg in mir hoch.
Pascal sah meinen fassungslosen Gesichtsausdruck und lachte herzhaft. „Keine Angst, ich habe nichts von uns erzählt. Es ging lediglich um deine arbeitstechnischen Leistungen in der Firma. Ich habe dich gelobt und mit ihm ein höheres Gehalt für dich besprochen. Willst du die Höhe jetzt wissen oder dich überraschen lassen?"
Ich war entsetzt anstatt erfreut. „Sag es", zischte ich ihm bissig zu.
„500 Euro!"
Mir blieb fast der Atem stehen. Das war absolut die Krönung! „Du bist echt ein Drecksschwein. Ich bin doch nicht deine Nutte gewesen!" Ich stampfte Richtung Tür.
„Und ich dachte, du würdest dich freuen!", rief er mir wirklich verwundert hinterher.
Schwungvoll knallte ich die Tür hinter mir zu und lehnte mich mit dem Rücken dagegen. Zum Glück waren meine Kollegen noch nicht von der Mittagspause zurück. Mein Körper bebte. Sollte Pascal hier noch einmal die Vertretung machen, würde ich mich für die komplette Zeit krankschreiben lassen, das schwor ich mir!
Ich zupfte meine Kleidung und Haare in Form und marschierte erhobenen Hauptes den Flur zu meinem und Tinas Büro entlang. Auf nichts freute ich mich sehnlichster, als meinen zärtlichen Mann an diesem Abend wieder in meine Arme schließen zu dürfen.

2. Der letzte Saunagang

Es kam nicht oft vor, dass ich in die Sauna ging. Und wenn, dann wählte ich einen Abend unter der Woche, wenn es nicht so voll war. Ich ging gerne allein, um mich vollends entspannen zu können. Meine Frau konnte ich nach 20 Ehejahren immer noch nicht überreden, mal mitzukommen. Es lag nicht am Saunabaden, sie genierte sich einfach, sich vor anderen Menschen nackt zu zeigen. Und so ging ich auch an diesem Montagabend wieder allein in meine Stammsauna.
Es waren nur wenige Gäste anwesend. Zwei junge Freundinnen fielen mir besonders auf. Sie waren vielleicht Mitte zwanzig. Die eine blond und blauäugig, die andere brünette mit braunen Augen. Während die Blondine eher kleine Brüste und einen knackigen Po hatte, war die Brünette üppiger bestückt, ein richtiges sogenanntes Vollweib. Ich bemühte mich stets, die Frauen in der Sauna nicht zu auffällig zu mustern, aber bei diesen beiden fiel es mir wirklich schwer. Daher passte ich meine Saunagänge bewusst so ab, dass ich nicht zur gleichen Zeit mit ihnen in der Sauna saß. Bei meinem letzten Saunagang klappte das allerdings nicht.
Meine Saunaabende ließ ich immer in der 40 Grad warmen Lichtsauna ausklingen. Hier konnte man es getrost länger aushalten, wie in einer Badewanne aus warmer Luft. Wechselndes farbiges Licht soll sich positiv auf den Körper auswirken, und die ruhige klassische Musik ließ mich meistens etwas einschlummern.
Etwa zehn Minuten später wurde die Tür mit einem Rumps geöffnet. Es waren die beiden Frauen. Sie kamen herein und breiteten ihre Handtücher auf der gegenüberliegenden Seite aus.
Ich schloss meine Augen wieder, um der sanften Musik zu lauschen.
Kurze Zeit später vernahm ich ein schmatzendes Geräusch. Automatisch drehte ich meinen Kopf zu den beiden herum und sah sie ungeniert knutschen.
Das hatte mir noch gefehlt! Ich stand nicht besonders auf Intimitäten zwischen gleichen Geschlechtern und überlegte kurz, ob ich meinen

letzten Saunagang verkürzen oder mich, so gut es ging, nicht stören lassen sollte. Ich entschied mich fürs Bleiben und versuchte, mich wieder zu entspannen. Es gelang mir aber nicht. Intuitiv musste ich den Geräuschen lauschen, die von der gegenüberliegenden Seite kamen.
Irgendwann siegte meine Neugier. So unauffällig wie möglich schielte ich hinüber und traute meinen Augen nicht! Die Blondine lag neben ihrer Freundin und war gerade dabei, sie am ganzen Körper zu streicheln und an ihren Brustwarzen zu saugen!
Das ging zu weit! Das war Nötigung! Ich konnte entfernt nachvollziehen, dass es die beiden antörnte, wenn sie bei ihren Sexspielchen beobachtet wurden, aber dann sollten sie doch bitte in einen Swingerclub gehen! Ich war so empört, dass ich nicht merkte, wie mein Glied langsam einen steifen Zustand erreichte.
Nun schob die Blonde sogar zwei Finger in die Scheide ihrer Freundin! Ich war wie versteinert. Träumte ich etwa? Warum stand ich nicht einfach auf und ging?
Es war meine sexuelle Lust, die mich festhielt und die ich gelernt hatte zu unterdrücken, seit es mit meiner Frau im Bett nicht mehr so lief. Ich konnte froh sein, wenn sie mich überhaupt mal ran ließ. Bordelle und Prostituierte waren keine Lösung für mich, ebenso wenig eine Liebhaberin. Ich wollte nicht untreu werden. So blieb mir nur meine Hand.
Und nun kam diese aufgestaute Lust mit voller Wucht wieder hoch. Ich wusste nicht, wohin damit.
Mittlerweile saßen die beiden Mädchen aufrecht und befummelten sich gegenseitig. Immer wieder schauten sie dreist zu mir herüber.
Jetzt erst bemerkte ich mein steifes Glied. War mir das vielleicht peinlich! Schnell deckte ich es mit meinem Handtuch ab und wollte gerade aufstehen, um zu flüchten, da sprach mich die Blondine an: „Das muss dir nicht peinlich sein. Komm rüber zu uns."
Was sollte ich machen? Ich fragte mich ernsthaft, ob ich tatsächlich eingeschlummert war und einfach nur träumte? Denn im realen Leben würden solch hübsche junge Frauen sicherlich nicht auf so einen

alten Knacker wie mich stehen. Ich war nämlich bereits 53 Jahre alt und konnte keinen durchtrainierten Körper mehr vorweisen, und mein kleiner vorgewölbter Bauch wirkte auch nicht gerade attraktiv.
„Komm schon. Wir sind die letzten Gäste. Keiner wird uns stören."
Die Blonde meinte es wirklich ernst.
Langsam tapste ich in gebückter Haltung zu den beiden hinüber und wirkte etwas unbeholfen, als ich mich neben sie setzte. Ich war froh, dass die beiden den Anfang machten. Die Blondine streichelte meinen Oberkörper, während die Brünette meinen Schwanz massierte. Wie lange war es her, seit meine Frau das letzte Mal meinen Schwanz berührt hatte! Ich schloss die Augen, um zu genießen, obwohl mir der Anblick der beiden Nackten ebenso gefiel.
Als die Brünette mein bestes Stück in den Mund nahm und die Blondine meine Nippel mit ihrer Zunge liebkoste, bekam ich überall Gänsehaut.
„Bist du bereit?", fragte mich die Brünette dann.
Ich öffnete die Augen und wusste nicht, was sie meinte. Meinetwegen hätte sie mich bis zum Orgasmus oral befriedigen können. Das hätte mir gereicht. Aber mich erwartete noch mehr. Die Brünette drehte sich nämlich um und streckte mir ihren breiten Hintern entgegen. Hieß es, dass ich sie nun begatten durfte? Ich war immer noch unsicher. Aber wie sollte es sonst gemeint sein?
„Nimm sie", flüsterte mir die Blondine erotisch ins Ohr. „Sie wartet auf dich."
Ich hockte mich auf die Knie, streichelte mit meinen Handflächen über ihren fülligen Po und fuhr mit meinem Daumen vorsichtig ihren nassen Schlitz entlang. Sie war also tatsächlich bereit für mich. Ich setzte meine Eichel an ihre Schamlippen und schob meinen Penis soweit es ging in ihre warme Vagina. Ebenso langsam zog ich ihn wieder heraus. Ich wollte dieses seit langem vermisste Gefühl so intensiv wie möglich spüren. Dann beschleunigte ich meine Stöße. Die Brünette fing zu stöhnen an.
„Das machst du gut. So gefällt ihr das", hauchte die Blondine in mein Ohr. Sie erhob sich und stellte sich breitbeinig und gebückt über den

Rücken ihrer Freundin, so dass ich direkt auf ihre Rosette und feuchte Möse blicken konnte.

„Leck mich", raunte sie mir zu.

Im Rhythmus meiner Stöße leckte ich daraufhin ihre Ritze.

Ich kam mir wie in einem Pornofilm vor. Aber war das nicht der Traum eines jeden Mannes?

Gern hätte ich die Muschi der Blondine auch gevögelt. Aber ich war noch nicht mutig genug, es einfach zu tun. Vielleicht würde ich sie dann verärgern? Daher fragte ich sie höflich: „Kann ich dich auch bumsen?"

„Frag nicht, tu es einfach", gab sie forsch zurück.

Nun war das Eis für mich gebrochen. Ich zog mein Glied aus der Vagina der Brünetten und steckte es ein paar Zentimeter darüber in die Vagina der Blondine. Nun vögelte ich abwechselnd mal die eine, mal die andere Möse. Wenn ich gerade die Brünette bumste, züngelte ich leidenschaftlich am Spalt der Blondine herum. Es war wie im Paradies.

„Fick sie zu Ende. Sie kommt gleich." Mit dem Satz löste sich die Blondine aus ihrer Stellung und legte sich breitbeinig vor ihre Freundin. Die Brünette begann sofort mit kräftigen, ja, fast beißenden Kieferbewegungen die Vagina der Blonden zu bearbeiten und gab gleichzeitig meine Stöße an sie weiter.

Das war also der Grund für den Stellungswechsel der Blondine gewesen, ich hatte sie wohl zu soft geleckt. Ihre Freundin wusste scheinbar genau, in welcher Stärke sie es brauchte.

Ich stieß nun heftiger in die Brünette, damit die Blonde es noch heftiger abbekam. Der Anblick machte mich verdammt scharf und ich konnte meinen Orgasmus nicht mehr zurückhalten, ich war aus der Übung. Ich ließ ihm freien Lauf und beschleunigte meinen Stoßrhythmus. Dann ließ ich mich keuchend zurücksinken.

„Gut gemacht." Die Brünette drehte ihren Kopf zu mir um. „Komm und hilf mir, Sabine zu befriedigen."

Eigentlich war ich total ausgelaugt und hätte mich einfach nur gern hingelegt. Aber das fand ich unfair. So setzte ich mich neben die

Blondine und nuckelte an ihren Brustwarzen, während die Brünette ausgelassen am Kitzler ihrer Freundin lutschte und zwei Finger in ihr Loch gleiten ließ.

„Du musst ein bisschen an den Brustwarzen knabbern und beißen. Sie mag es etwas schmerzvoller. Trau dich", spornte mich die Brünette an.

Daraufhin legte ich meine letzte Kraft in die Liebkosung ihrer Nippel. Ich sog, leckte und knabberte so stark ich konnte. Dass ich es richtig machte, kommentierte Sabine selber: „So ist gut. Ja, doller, beiß sie. Ja."

Und schon hatte ich erneut einen Ständer.

Der stöhnende und weit geöffnete Mund von Sabine lud meine Manneskraft nur so ein. Diesmal traute ich mich. Ohne Ankündigung schob ich meine Latte in ihren Mund. Sofort wurde er von Sabines Zunge umschlungen. Das war das Zeichen für mich, dass es in Ordnung war.

Die Brünette hatte zwischenzeitlich meine Aufgabe übernommen und zwirbelte Sabines Nippel mit den Fingern ihrer linken Hand. Mit dem Daumen ihrer rechten Hand rieb sie Sabines Kitzler, während sie zwei Finger derselben Hand immer wieder so kräftig in Sabines Loch rammte, dass es ein lautes matschendes Geräusch gab.

Unerwartet stoppte sie und wandte sich an mich: „Ich kann nicht mehr. Fick du sie weiter, aber mit deinem Schwanz. Denk dran, sie braucht es knallhart."

Ich war mir nicht sicher, ob ich noch so viel Kraft hatte. Ich war ja nicht mehr der Jüngste, aber ich nahm mir vor, mein Bestes zu geben. Zuerst fickte ich Sabine in Missionarsstellung, konnte aber nicht mehr die nötige Wucht und Schnelligkeit aufbringen. Dann probierten wir es in der Hündchenstellung. Glücklicherweise war sie nicht so schwer gebaut wie die Brünette. Ich war erleichtert, wie leicht sich ihr Becken in meinen Händen vor und zurückschieben ließ. So brauchte ich nicht so viel Kraft aus meinen Lenden zu nehmen.

Die Brünette saugte währenddessen an Sabines Brustwarzen.

Dann kam Sabine zum Höhepunkt. Sie bewegte ihr Becken so schwungvoll, dass es mich fast zurückwarf. Ich hielt mich mit einer Hand an der Wand fest und ließ Sabine die restlichen Stöße übernehmen. Anschließend legte sie sich erschöpft auf den Bauch. Die Brünette streichelte ihr beruhigend den Rücken, während sie mit mir sprach: „Du hast es echt drauf. Nicht schlecht. Hast du morgen nochmal Lust?"
Meine Frau drängte sich in meine Gedanken. Ich war fremdgegangen und dann sollte ich es morgen gleich nochmal tun? Das konnte ich nicht mit meinem Gewissen vereinbaren und so antwortete ich: „Tut mir leid, morgen bin ich nicht hier."
„Nicht hier. Im Stadthotel."
„Stadthotel?"
„Ja, wir machen hier ein paar Tage Urlaub und wohnen im Stadthotel. Übrigens haben wir da die Zimmernummer 21."
„Ich überleg`s mir." Verdammt! Hatte ich das wirklich gesagt? Natürlich werde ich nicht kommen, ging es mir durch den Kopf.
Als ob die Brünette meine Gedanken lesen konnte, sagte sie: „Ich wette, du kommst. Du bist förmlich ausgehungert, so wie ich dich heute erlebt habe." Sie zwinkerte mir zu.
Hatte man mir das tatsächlich angemerkt?
„Ich bin übrigens Tabea. Und du?"
Ihren Namen wollte ich eigentlich nicht auch noch wissen. Es reichte schon, dass ich wusste, dass die Blonde Sabine heißt. „Meinen Namen möchte ich nicht so gern preisgeben", antwortete ich ehrlich.
„Verstehe. Dann bist du halt Mr. Stecher für uns." Sie zwinkerte nochmal.
Ich blickte zu Boden. Mr. Stecher. Wenn das meine Frau hätte hören können! „Ich muss jetzt los. Also, tschüss", verabschiedete ich mich schnell.
„Bis morgen!", sang Tabea mir noch hinterher.
Ich ging geradewegs zur Umkleidekabine und duschte ausgiebig. Am liebsten wäre ich vom Wasser aufgelöst und durch den Abfluss in die Kanalisation gespült worden, so ein schlechtes Gewissen hatte ich. Es

blieb mir aber nichts anderes übrig, ich musste nach Hause gehen und meiner Frau in die Augen sehen.

Völlig in Gedanken versunken trat ich aus dem Saunagebäude und wurde von Sabine und Tabea abgefangen. Angezogen sahen die beiden auch nicht schlecht aus. Zwei junge, attraktive Damen.

Tabea hielt mir einen Zettel hin. „Hier die Adresse von unserem Hotel und nochmal unsere Zimmernummer. Klopf einfach. Sagen wir so gegen 19 Uhr?" Sie neigte ihren Kopf zur Seite und lächelte mich an.

Ich hörte mich selbst, wie von einer fremden Macht getrieben, sagen: „Geht klar!" Dann flüchtete ich zu meinem Auto.

„Hallo Bärchen, wie war die Sauna?" Natürlich musste diese Frage von Anette, meiner Frau, kommen. Sie lag mit einem Buch auf dem Sofa und schaute auf, als ich ins Wohnzimmer kam.

„Och, wie immer. Sehr ruhig." Ich konnte ihr dabei nicht in die Augen sehen.

„Hast du Petra wieder getroffen?"

„Was? Wen?"

„Meine ehemalige Arbeitskollegin. Die hattest du doch da mal getroffen. Die soll dir doch angeblich ganz ungeniert auf dein bestes Stück geschaut haben. Und am nächsten Tag hatte sie doch zu mir gesagt: „Da können Sie sich aber glücklich schätzen, ihr Mann ist ja wirklich gut bestückt." Ich war total sprachlos."

„Das ist doch schon ach wie lange her. Ich kann mich kaum noch an diese Petra erinnern."

„Die ist doch mit ihrem Mann immer in so einen, na, wie sagt man, Swingerclub gegangen. Da treiben sie es doch wild durcheinander, wie die Tiere. Pfui."

Dann bin ich ab heute ja auch ein Tier, hätte ich ihr am liebsten entgegnet. Stattdessen sagte ich: „Lass sie doch, wenn`s ihnen Spaß bringt." Mich nervte Anettes Verklemmtheit.

„Petra wollte ja, dass wir mal mitkommen. Die wollte bestimmt nur nochmal deine Flöte sehen." Anette kicherte.

„Vielleicht konnte sie ja gut Flöte spielen." Ich lachte über meinen spontanen Witz.
Anette fand es gar nicht lustig. „Wo du schon wieder hindenkst!"
„Es gibt Frauen, die befriedigen ihre Männer gern oral, falls du das noch nicht gehört haben solltest."
„Was soll das denn schon wieder? Soll das wieder eine Anspielung sein? Du hast ja nie gefragt!"
„Hätte ich etwa fragen sollen: „Schatz, bläst du mir jetzt einen?" Und dann hättest du mir einen geblasen? Das glaubst du doch wohl selbst nicht!" Ich war sauer und mein schlechtes Gewissen war mit einem Male verschwunden. Ich ging in mein Arbeitszimmer und knallte die Tür hinter mir zu. Immer das gleiche Thema mit Anette. Das ging nun schon Jahrzehnte so. Allerdings hatten wir auch nie wirklich über unsere sexuellen Wünsche gesprochen. Jeder erwartete, dass der andere wusste, was man brauchte. Aber Fehlanazeige, denn unsere Generation wurde größtenteils so aufgezogen, dass man mit seinem Partner nicht über sexuelle Wünsche sprach. Das schien irgendwie ein unausgesprochenes Tabu zu sein.
Ich knipste den PC an und suchte im Internet nach dem Standort des Hotels. Es lag circa 20 Minuten mit dem Auto von unserer Wohnung entfernt. Ich würde dort hinfahren, dass stand jetzt für mich fest. Die Frage war nur, welche Ausrede ich Anette auftischen sollte. Die Antwort gab mir prompt ein Flyer, der auf dem Poststapel thronte: „Kunstaustellung im Heimatmuseum." Perfekt!

Am nächsten Morgen beim Frühstück teilte ich Anette mein Vorhaben mit: „Robert und ich gehen heute Abend zu einer Kunstaustellung im Heimatmuseum."
„Seit wann interessiert du dich denn für Kunst?"
„Robert hatte mich gefragt. Wir gehen danach noch etwas trinken."
„Gute Idee! Wenn es euch nichts ausmacht, würde ich gern mitkommen! In die Bar könnt ihr anschließend ja allein gehen."
Mist, nun saß ich in der Falle. Mein schauspielerisches Talent war nicht das Beste, um jetzt plötzlich glaubhaft einen ausgedachten ver-

gessenen Termin aus dem Ärmel zaubern zu können. Ich war auch nicht gut darin, mir einen Grund aus den Fingern zu saugen, warum sie nicht mitkommen konnte. Also sagte ich: „Klar, kannst du mitkommen! Ich rufe dich nochmal von der Firma aus an, um dir mitzuteilen, wann wir uns vor dem Museum treffen. Robert und ich waren uns da noch nicht so einig. Es kommt darauf an, wann wir es schaffen, Feierabend zu machen."
„Ach, du kommst vorher nicht nach Hause, um die frisch zu machen?"
„Nein, ich fahre direkt zum Museum. Wir treffen uns dann da."

Den ganzen Tag auf der Arbeit grübelte ich, was für einen nicht existierenden Termin ich dazwischen kommen lassen konnte.
Zum Feierabend rief ich Anette an: „Anette, Schatz, wir machen heute eine außerplanmäßige Besprechung wegen der Wirtschaftskrise. Das ist wichtig. Es wird lange gehen. Das wird heute nichts mit der Kunstaustellung. Robert habe ich schon abgesagt."
„Schade. Aber hattet ihr nicht letzte Woche schon eine Besprechung wegen der Wirtschaftskrise?"
„Es gibt wichtige Neuigkeiten diesbezüglich."

Voller Vorfreude fuhr ich gegen 19 Uhr zum Stadthotel. Die Vorstellung von der nackten Sabine und Tabea ließ meinen Schwanz schon im Auto anschwellen.
Schnurstracks steuerte ich auf die Hotelrezeption zu. „Zimmernummer 21, wo finde ich die?" Ich kam mir wie in einem Edelbordell vor. Jedenfalls stellte ich es mir so vor.
„Ihren Personalausweis bitte."
„Personalausweis? Wozu brauchen Sie den denn?"
„Ich nehme nur ihre Daten auf. Wir möchten immer gern wissen, wer hier ein und ausgeht. Nur zur Sicherheit."
Ich gab dem Empfangsmitarbeiter widerwillig meinen Ausweis.

Tabea und Sabine öffneten mir nackt die Tür.

„Da bist du ja endlich!" Sabine begann sofort mein Hemd Stück für Stück aufzuknöpfen, während Tabea außerhalb der Hose nach meinem Schwanz tastete. Als sie mein festes Glied fühlte, sagte sie: „Oh, Sabine, er wartet schon auf uns." Sie öffnete meine Hose und zog meinen Penis heraus. „Dann wollen wir deinen besten Freund mal glücklich machen, oder?" Tabea schaute mir verschwörerisch in die Augen und begann, meine Latte mit einer Hand zu massieren. „Ja, so mag er es." Tabea schien von ihren Massagekünsten überzeugt zu sein. „Mag er auch das?" Sie blickte mir tief in die Augen, als sie in die Hocke ging und mein Glied in ihrem Mund verschwinden ließ.
Ich antwortete nicht, ich genoss es einfach.
Plötzlich sprang Tabea wie von einer Tarantel gestochen aufs Bett, spreizte ihre Schenkel und zog ihre Schamlippen mit ihren Fingern auseinander. Saft lief aus ihrem Loch. „Komm, meine Mumu lechzt schon nach dir." Sie warf ihren Kopf zurück, rieb an ihrem Kitzler und stöhnte auf.
„Nun lass ihn doch erst mal ankommen", warf Sabine dazwischen. Und zu mir sagte sie kopfschüttelnd: „Manchmal kann es ihr gar nicht schnell genug gehen. Das ist ihr südländisches Temperament." Dann kniete sie sich vor mich und lutschte meine Rute so heftig, wie sie es selbst gern mochte. Mir war es aber etwas zu grob. „Ui, vorsichtig", meldete ich mich und drückte ihren Kopf leicht zurück.
„Tabea, wir haben hier einen Softie. Auch mal nett." Sabine lutschte meinem Penis daraufhin etwas sanfter. So war es genau richtig für mich.
„Nun kommt schon aufs Bett." Tabea klopfte neben sich auf die Bettdecke. Ihre gespreizten Beine und ihre üppigen Busen zogen mich wie ein Magnet an. Ich krabbelte aufs Bett, beugte mich über Tabea und kitzelte mit meiner Zungenspitze abwechselnd ihre Nippel.
„Tatsächlich ein Softie. Aber schööön." Tabea ließ sich zurücksinken und ich nahm mir ihren Kitzler vor. Vorsichtig stülpte ich die kleine Vorhaut zurück, denn Tabea war wirklich sehr fleischig unten rum, und züngelte zärtlich an ihrer dicken Kirsche.
Tabea stieß einen kurzen Schrei aus.

Dann leckte ich an ihren wulstigen Schamlippen und zog sie leicht auseinander, um meine Zunge in ihre Muschi schieben zu können.
Sabine setzte sich hinter mich und nuckelte an meinem Hoden. Ein erfrischendes Gefühl!
„Steck deinen Schwanz rein, jetzt, sofort", forderte Tabea mich dann stöhnend auf.
„Tabeaaa, entspann dich", versuchte Sabine Tabea zu beruhigen.
Mich störte Tabeas Ungeduld aber absolut nicht. Ganz im Gegenteil, ich freute mich, dass es so schnell zur Sache ging. Und so steckte ich geradewegs meine Lanze in Tabeas Vulva.
„Schneller, fick mich schneller", rief Tabea immer wieder. Dabei rammelte ich, meiner Meinung nach, schon wie ein Karnickel.
Sabine erlöste mich. Sie zog mich am Becken zurück, drückte mich in die Laken und massierte abwechselnd mit ihren Händen und ihrem Mund meinen steinharten Knüppel. Dass er in meinem Alter noch so beachtlich steil stehen konnte, überraschte mich. Es musste an meiner extremen Erregtheit gelegen haben.
Sabine setzte sich nun mit ihrem nassen Loch gezielt auf meinen Speer. Sie ließ ihn in sich kreisen und bewegte sich nur gelegentlich auf und ab. Es war sehr stimulierend, so wie sie es machte.
„Du kannst ruhig etwas heftiger, wenn du möchtest", spornte ich Sabine trotzdem an.
Das Wörtchen „etwas" hatte sie wohl überhört. Wie besessen hüpfte sie auf einmal auf mir herum. Ich versuchte, sie etwas zu bremsen, in dem ich sie mit Daumen und Zeigefinger an ihren Brustwarzen festhielt. Aber ich hatte vergessen, dass sie darauf ja besonders stand, und so ritt sie mich noch ungestümer.
Währenddessen hockte sich Tabea hinter Sabine und leckte Sabines herauslaufenden Saft an meinen Eiern ab.
Ich war froh, als Sabine endlich zum Orgasmus kam, ihr Ritt war mir etwas zu hart gewesen. Sie stieg von mir herunter. Dann ging es mit Tabea weiter. Tabea ritt mich nicht so heftig. Ihr war es wichtiger, meinen Schwanz so tief und lange wie möglich in sich zu haben. „Ich will ihn ganz spüren, verstehst du?", rechtfertigte sie sich atemlos

und mit halbgeschlossenen Lidern, als sie meine Lanze erneut langsam in sich hineingleiten ließ.

„Ich will dich auch ganz spüren", flüsterte ich in voller Ekstase zurück. Meine Augen waren vor Lust wie benebelt, nur verschwommen konnte ich Tabeas dicken Busen sehen. Ich griff nach ihnen und streichelte sie zärtlich.

Sabine kam aus dem Bad zurück und störte Tabeas und meine intensive Zweisamkeit mit dem Ausruf: „Nächste Runde!"

Ich hoffte, sie würde Tabea nicht wegschupsen und mich wieder reiten wollen. Aber ich hatte Glück. Sie hockte sich nur breitbeinig über mein Gesicht und sagte nüchtern: „Du musst meine süße Muschi wieder nass kriegen."

Daraufhin streichelte ich ihren knackigen Po mit beiden Händen und zog ihr Becken dichter an meinen Mund herunter, damit ich ihre Ritze besser lecken konnte.

„Ja, saug und knabbere an meiner kleinen Muschi, das mag sie besonders gern", hörte ich Sabine stöhnend flüstern.

Ich tat, wie mir befohlen. Auf Sabine musste man keine Rücksicht nehmen, sie konnte es nicht hart und rücksichtslos genug bekommen. Allerdings fand ich solche Frauen zu anstrengend. Lieber waren mir solche wie Tabea. Leidenschaftlich und gefühlvoll.

Sabine nahm meine Hand und führte sie an ihren Schlitz. „Sie ist wieder feucht. Verwöhne sie mit deinen Fingern", befahl sie mir als nächstes.

Daraufhin presste ich zwei Finger in ihre Schlucht.

Sabine umfasste meine Hand erneut und drückte meine Finger noch tiefer in ihre Grotte. Nebenbei züngelte ich an ihrem Kitzler.

Doch es war Tabea, die mich verrückt machte. Sie hatte es drauf. Mit ihren Beckenbewegungen massierte sie meinen Schwanz so stark, dass ich mich nicht länger beherrschen konnte. Ich drängte Sabine zur Seite, um mich komplett auf Tabea konzentrieren zu können. Verlangend streckte ich meine Hände nach ihren Brüsten aus.

Tabea lehnte sich etwas nach vorn, damit ich an ihren Brustwarzen lecken konnte. Dann beugte sie sich noch weiter hinunter, so dass

ihre großen Brüste links und rechts von meinem Kopf baumelten. Es machte mich richtig scharf, ihre Busen so dicht an meinen Wangen zu spüren.
Tabea richtete sich wieder etwas auf und ich drückte ihre Brüste so zusammen, dass ihre Nippel fast nebeneinander lagen und ich sie beinahe gleichzeitig züngeln konnte. Anschließend konzentrierte ich mich auf meinen Schwanz. Jedes Mal, wenn Tabea meine Latte in ihrer Muschi versinken ließ, drückte ich mein Becken nach oben gegen ihren Hintern, um tiefer in sie eindringen zu können. Bei Tabeas Aufwärtsbewegung zog ich mein Becken zurück ins Laken, um anschließend wieder voll und ganz in sie eindringen zu können. Erst passte ich mich Tabeas Tempo an, dann beschleunigte ich, Tabea stieg darauf ein. Mit schnellen, aber tiefen Stößen kamen wir beide zusammen zum Orgasmus. Tabea kreischte, ich stöhnte. So einen intensiven Höhepunkt hatte ich schon eine gefühlte Ewigkeit nicht mehr erlebt.

„Schade, dass wir morgen schon abreisen. Noch ein drittes Mal mit dir wäre nicht schlecht". Tabea schaute mich verschmitzt an und streichelte meinen Oberarm. Wir standen an der Tür. Ich war bereits wieder angezogen und bereit zum Gehen.
Sabine hatte sich schon von mir verabschiedet und duschte gerade.
„Ihr beide seit wohl nicht satt zu bekommen, was?", fragte ich eher rhetorisch.
„Nahein", antwortete Tabea wie ein unartiges Mädchen, „schon gar nicht bei so einem wie dir. Männer mit Erfahrung sind immer besser."
Das schmeichelte mir. Dass ich aber schon seit Jahren völlig aus der Übung war, schienen sie nicht gemerkt zu haben. „Ich wünsche euch morgen eine gute Heimreise", verabschiedete ich mich.
Tabea kniff mir in den Po und zwinkerte mir ein letztes Mal zu, dann verließ ich das Zimmer.
Als ich nach Hause kam, war es bereits nach zehn Uhr. Ich war froh, dass meine Frau schon schlief. So musste ich ihr nicht von der angeblichen Besprechung berichten.

Am nächsten Morgen stand ich vor Anette auf. Doch so einfach konnte ich mich nicht aus dem Schlafzimmer schleichen. „Das ist aber spät geworden gestern. Scheint ja wirklich schlimm zu sein mit der Wirtschaftskrise", murmelte Anette mit geschlossenen Augen in meine Richtung.
„Ja, leider, ist alles nicht so rosig im Moment." Ich gab ihr einen Kuss auf die Wange und verließ das Schlafzimmer.

Der Arbeitstag verlief ohne erwähnenswerte Vorkommnisse. Ich hatte viel zu tun. Trotzdem flackerte die Erinnerung an die letzten beiden Abende zwischendurch immer wieder auf. Ich wollte die sexuellen Erlebnisse zwar nicht ungeschehen machen, allerdings wollte ich mich gedanklich so wenig wie möglich damit beschäftigen, denn mein schlechtes Gewissen begann sich allmählich wieder einzuschalten.
Am Ende des Arbeitstages war ich müde und freute mich darauf, mich zu Hause aufs Sofa legen zu können.
Daraus wurde aber nichts, denn als ich die Haustür aufschloss, wurde ich angenehm überrascht. Anette empfing mich in voller Dessous-Montur. Der Anblick haute mich fast um. Meine Frau trug einen rot-schwarzen Spitzen-Push-Up-BH, der ihre Brüste in eine volle, runde Form brachte, und einen rot-schwarzen Straps-Gürtel, der so hoch geschnitten war, dass ihr kleines Bäuchlein geglättet wurde. Die dazu passenden roten Straps-Feinstrümpfe ließen ihre Beine straff und schlank aussehen. Ihre Füße steckten in schwarzen Pumps.
„Wow", platzte es aus mir heraus. Vergessen waren die beiden jungen Hüpfer Sabine und Tabea. Mein Blick wanderte wieder hoch zu ihrem Gesicht, das von ihren offenen blonden Haaren umspielt wurde.
„Ich dachte, ich tue dir heute mal wieder etwas Gutes", lächelte Anette mich an. Sie zog mein Sakko aus und gab mir einen Kuss.
Was war bloß in sie gefahren? Hatte ihr unsere letzte Unterhaltung etwa zu denken gegeben? Hatte sie meine Anspielung auf das Blasen etwa verstanden?

„Komm mit in die Küche, ich möchte es da mit dir treiben." Anette packte mich am Arm und führte mich in unsere Küche.

Der Küchentisch war bereits leergeräumt. Anette schwang ihren Hintern darauf und zog mich zu sich. Sie sah genauso sexy aus wie bei unserem ersten Mal. Natürlich war sie viel älter geworden. Ihre Haut war nicht mehr ganz so faltenlos. Aber für ihr Alter konnte sie sich durchaus noch nackt sehen lassen. Mir jedenfalls gefiel sie noch immer.

Als sich unsere Zungen nach so langer Zeit berührten, explodierte ein Feuerwerk in mir, und meine Finger glühten nur so, als ich über ihre Haut fuhr. Ich begann, leicht zu zittern.

„Was ist denn los mit dir?", fragte Anette mich.

„Ich, ich, es ist so schön mit dir. Lass uns jetzt nicht reden."

Eilig knöpfte Anette mein Hemd auf und strich es mir herunter. Ich spürte ihre Finger und Nägel so intensiv auf meiner Brust, dass ich es kaum aushalten konnte. Ich zog Anette daher noch enger an mich heran, küsste ihren Hals und strich ihr über den Rücken. Ich schaffte es, ihren BH zu öffnen, schleuderte ihn auf den Boden und streichelte zärtlich ihre Brüste. Ihre Nippel waren schon angeschwollen. Liebevoll nuckelte ich an Ihnen.

Anette unterbrach mich und öffnete meine Hose. Sie rutschte vom Tisch, holte meinen steifes Glied hervor und massierte es kurz, bevor sie sich hinhockte und es in ihren Mund einführte. Lustvoll lutschte sie an meinem Schwanz und hörte gar nicht mehr auf. Sie hatte sich meine Aussage bezüglich des Blasens wahrscheinlich tatsächlich zu Herzen genommen.

„Schatz, du brauchst mir keinen zu blasen. Ich möchte richtig mit dir schlafen", unterbrach ich Anette.

Sie erhob sich und ich packte sie unter ihrem Po, um sie wieder auf den Tisch zu setzen. Erst jetzt bemerkte ich, dass Anette unter dem breiten Straps-Gürtel gar keinen Slip trug. Unser Küchentisch hatte schon einige Tropfen ihres Saftes abbekommen.

Ich begann, mit meinen Fingern Anettes Kitzler zu reiben und sie bedankte sich mit einem tiefen Seufzer. Dann legte sie sich zurück und

schob ihr Becken weiter zur Tischkante. Ich drückte ihre Schenkel etwas weiter auseinander und drang in sie ein.
Es fühlte sich wunderbar an, endlich mal wieder so tief in meiner Frau zu sein und ihre Scheide an meinem Penis zu spüren!
Langsam setzte ich mein Becken in Bewegung und streichelte ihre Vagina mit meiner Latte ganz sanft von innen.
Anettes Stöhnen wurde lauter.
Ich hob sie vom Tisch und Anette schlang ihre Beine um meine Taille. Sie wippte ihr Becken in meinen Händen und ich half mit ihnen nach, um das Federn zu verstärken. Dabei kitzelten Anettes hüpfende Brustwarzen an meinem Hals. Ich fand es herrlich, sie so eng bei mir zu haben! Die Kraft in meinen Armen ließ allerdings schnell nach und ich setzte mich auf einen Küchenstuhl, um Anette auf mir reiten zu lassen. Ich wusste, dass sie nie leicht zum Orgasmus kam, doch wenn sie auf mir ritt, konnte sie den Rhythmus und den Eindringwinkel selbst bestimmen, dann fiel es ihr leichter zu kommen. Diesen Gefallen wollte ich ihr heute tun und sie damit für ihren Dessous-Auftritt belohnen.
Um Anette noch zusätzlich zum Höhepunkt zu verhelfen, saugte ich nun stärker an ihren Knospen. Dabei merkte ich, wie ihre Möse enger wurde. Ich wusste, Anettes Anspannung würde sich gleich entladen.
Und so war es auch. Anette ritt schneller und hielt sich dabei an der Stuhllehne fest. Dann kamen wir zusammen. Beide stießen wir immer wieder ein „Ja, Ja, Ja" aus und sackten anschließend erschöpft zusammen. Unsere schweißnasse Haut klebte aneinander. Zärtlich strich Anette mir durchs Haar und küsste meinen Hals. Dann flüsterte sie mir ins Ohr: „Ich weiß nicht, warum wir es nicht öfter tun. Aber diesmal hat mich wohl meine Eifersucht aus der Reserve gelockt und meinen Kampfgeist geschürt. Schließlich bist du mein Mann. Ich möchte dich doch behalten."
„Aber du brauchst doch nicht eifersüchtig zu sein! Es gibt doch keinen Grund dafür!", rief ich unschuldig und leicht verwundert.
„Mach mir nichts vor, Wolfgang. Ich weiß von deiner gestrigen Abtrünnigkeit. Marias Sohn arbeitet an der Rezeption vom Stadthotel."

Der Satz traf mich wie ein Schlag. Am liebsten hätte ich mich in Luft aufgelöst. Mein Kopf wurde heiß, Angst stieg in mir hoch, und Verwirrtheit. Warum hatte Anette mich nicht wie eine Furie beschimpft? Das hätte ich eher erwartet.
„Ich erkläre es dir", sprudelte es aus mir heraus.
„Lass es gut sein. Erspare mir die Details. Deine Gründe sind doch offensichtlich. Lass uns in Zukunft daran arbeiten, dass so etwas nicht wieder vorkommt." Anette küsste mich noch einmal leidenschaftlich. Dann stieg sie von mir ab.
Ich war fassungslos. Mit dieser Reaktion hätte ich niemals gerechnet, denn so verständnisvoll hätte ich Anette in so einer Situation nicht eingeschätzt. Nie im Leben! Und das nach 20 Ehejahren! Mir wurde schlagartig bewusst, dass man seinen Partner vermutlich auch dann noch nicht hundertprozentig kannte.
Auf alle Fälle durfte ich eine so verständnisvolle Frau wie Anette nicht verlieren, soviel stand fest, denn mein schlechtes Gewissen hatte sich dank ihr in Luft aufgelöst.

3. Die entjungferte Cousine

Lea war 21 Jahre alt, studierte im ersten Semester Mathematik und hatte bisher noch keinerlei sexuelle Erfahrungen gemacht. Mal abgesehen von zwei flüchtigen Küssen auf den Mund in der Grundschulzeit, wo man anfing, spielerisch das andere Geschlecht zu erkennen, und natürlich ihrem ersten richtigen Kuss, den sie auf einer Klassenreise eher unfreiwillig bekam. Diese Unerfahrenheit lag nicht zuletzt an ihrer konservativen, katholischen Erziehung. In ihrer Familie wurde nicht über Dinge gesprochen, die unter die Gürtellinie gingen. Es gab noch nicht einmal schlüpfrige Witze bei Geburtstagsfeiern. Vor den Mahlzeiten wurde ein Tischgebet gesprochen, und an Sonntagen war es für Lea Pflicht, mit ihrer Familie in die Kirche zu gehen. Lea war so aufgewachsen, sie kannte es nicht anders.

Dass das Leben jedoch anders sein konnte, bekam sie regelmäßig durch ihre Freundinnen, Schul- und Studienkolleginnen mit. Ungeniert berichteten sie über ihre sexuellen Erfahrungen. Sowieso ging es bei ihnen nur um Jungs, wie sie den und den am besten kennenlernen konnten, was der und der gesagt hatte, welche Pannen im Bett passiert waren und wie die besten Stücke der Jungs aussahen. Lea konnte da nicht mitreden. Nicht, dass sie sich nicht für das andere Geschlecht interessierte. Es gab schon hier und da einen Jungen, den sie mochte. Aber sie war einfach zu schüchtern. Heutzutage ging es nur darum, so schnell wie möglich mit einem Jungen Sex zu haben. Das war Lea zuwider. Sie wollte sich erst verlieben und alles langsam angehen. Dazu waren die meisten Jungs aber nicht zu gebrauchen. Und wenn es nach ihren Eltern ging, sollte der erste Geschlechtsakt sowieso erst nach der Hochzeit stattfinden. Zwar hatten sie es nie offen gesagt, aber Lea wusste es.

Lea freute sich wahnsinnig auf das kommende Wochenende. Ihre Tante feierte ihren Geburtstag jedes Jahr mit einem großen Gartenfest und lud alle ein, die sie kannte. Und das waren nicht wenige,

denn Tante Magda war eine offene und fröhliche Person und überhaupt nicht religiös. Auch Tante Magdas Mann, Onkel Gerd, nicht. Onkel Geld war der Bruder von Leas Mutter. Im Alter von 25 Jahren hatte er seinen Eltern erklärt, dass er Atheist werden wolle. Fünf Jahre hatte Leas Familie ihrem Onkel dann den Rücken gekehrt, doch nach klärenden Gesprächen wurde es schließlich akzeptiert.
Da Lea, ihre Eltern, Klaus und Brigitte, und ihre beiden Brüder, Tim und Stefan, in der Nähe von Ingolstadt wohnten und Leas Tante und Onkel in Frankfurt, entschieden sie sich jedes Jahr, in dem großen Haus von Magda und Gerd zu übernachten.

Sie fuhren schon am Freitag nach der Schule los. Die Feier war zwar erst am Samstag, aber beide Familien sahen sich nur einmal im Jahr und fanden für ein Wiedersehen einen Tag zu kurz.
Lea liebte diesen alljährlichen Wochenendausflug zu ihrer Tante und ihrem Onkel. Es ging so herrlich locker dort zu, und es wurde nicht über Kirche, die Bibel und Gott geredet. Außerdem würde sie dieses Jahr ihren Cousin Nico endlich wiedersehen. Er hatte die letzten drei Jahre in den U.S.A. studiert und war nun wieder zurück.

Tante Magda hatte sich verändert. Ihre schulterlangen Haare hatte sie sich zu einem kessen Kurzhaarschnitt abschneiden lassen. Sie sah jünger aus. Mit weitgeöffneten Armen begrüßte sie Leas Familie.
Lea fühlte sich sofort von Tante Magdas aufgeweckter Art angesteckt und spürte wie diese immer auf ihr lastende Ernsthaftigkeit von ihr abfiel.
„Nico", flötete Tante Magda die Treppe hinauf. „Komm runter, unsere Gäste begrüßen!"
Man hörte ein genervtes „Ja" vom oberen Stockwerk herunterwehen. Tante Magda schüttelte den Kopf. „Drei Jahre aus dem Haus und schon keine Manieren mehr. Kommt rein." Tante Magda lächelte fröhlich. In dem Moment kam Nico die Treppe herunter getrabt. Er sah verdammt gut aus, wie ein typischer amerikanischer Surfer, und so männlich. Nicht so bubenhaft wie Leas Schulkameraden.

Nico umarmte nacheinander alle Familienmitglieder. Als er bei Lea angelangt war, machte er ihr ein Kompliment: „Und das ist mein kleines Cousinchen? Wow! Du bist ja eine richtig hübsche, junge Lady geworden!"
Lea stieg die Röte ins Gesicht, ihre Wangen wurden heiß.
Tante Magda rettete die Situation: „Da Nico wieder da ist, sind in der obigen Einliegerwohnung nur noch zwei Zimmer frei. Ich dachte, dass Lea in dem einem Zimmer schläft und Tim und Stefan in dem anderen, wenn es für Euch in Ordnung geht?" Sie musterte Leas Eltern. „Brigitte und Klaus, ihr schlaft in unserem Gästezimmer hier unten. Die andere Einliegerwohnung wird von meiner Schwester und ihrer Familie belegt."
Alle waren einverstanden.
Nico half Lea und den Jungs, das Gepäck nach oben zu tragen und zeigte Leas Brüdern ihr Zimmer.
„Cool, ohne Mama und Papa!" Sofort sprangen sie auf dem Doppelbett herum.
„Stopp! Jungs! Hier habe ich aber das sagen", ermahnte Nico die beiden mit gespielter Autorität.
Tim und Stefan hörten auf zu springen und verzogen die Gesichter.
Die traurige Mimik machte Nico weich: „Naja, ein bisschen hüpfen dürft ihr schon noch."
Sofort grinsten die beiden wieder.
Nico ließ sie allein und schloss die Tür hinter sich. Dann zeigte er Lea ihr Zimmer, welches direkt neben seinem lag. „Und hier ist deins." Er stellte ihre Reisetasche ans Bettende.
Lea konnte ihm nicht in die Augen schauen. Sie nickte nur schüchtern.
„Hey Lea, ich bin`s, common!" Nico breitete seine Arme weit aus, schüttelte anschließend Leas Schultern und ging dann etwas in die Knie, um ihren auf den Boden gerichteten Blick einzufangen.
„Ja doch!", maulte Lea. Unsicher schaute sie Nico in die Augen.
„Ich meinte das vorhin ernst mit der hübschen Lady. Die Männer rennen dir bestimmt die Bude ein, oder?"

Da sprach er genau das richtige Thema an. Lea zuckte mit den Schultern.
„Ich hab`s ja gesagt, die scheiß Religion bringt dich noch um." Nico ließ von ihr ab. „Komm runter, gleich gibt`s lecker Braten."

Tante Magda und Leas Mutter standen in der Küche und bereiteten das Abendessen zu, und Tim und Stefan tobten gerade im Wohnzimmer um Onkel Gerd und Leas Vater herum, als sich Lea und Nico zu ihnen gesellten.
„Nico, erzähl doch mal, wie war es im Land der unbegrenzten Möglichkeiten?" Leas Vater war neugierig.
Nico begann zu erzählen und Lea hing gespannt an seinen Lippen. Sie musterte sein Gesicht, seine Mimik, seine Gestik. Ihr gefiel einfach alles an ihm. Besonders seine Augen hatten es ihr angetan. Sie strahlten so schön, als er von den Ereignissen an der amerikanischen Uni sprach, während seine gepflegten Hände dabei wild gestikulierten. Lea malte sich aus, wie es sich anfühlen könnte, wenn diese Hände ihr Gesicht berühren würden.
„Lea! Lea?"
Sie wurde aus ihrem Tagtraum zurückgeholt.
„Nico hat dich gefragt, was du studierst", klärte ihr Vater sie auf.
„Ähm, Mathematik."
„Mathe!" Das fand Nico bemerkenswert. „Schön und intelligent."
„Ja, Lea wird der weibliche Einstein", fügte Leas Vater hinzu.
Alle lachten.
Dann gab es Abendessen. Dazu wurde Wein getrunken, was sich Leas Eltern nur bei Magda und Gerd erlaubten. Dementsprechend schnell waren sie auch angeschwipst.
Nico wandte sich an Lea: „Hast du Lust, oben an meinem PC, ein paar Fotos aus Amerika anzugucken?"
Lea hatte Lust.
Nebeneinander saßen sie nun vor dem Computer und Nico erzählte zu jedem Foto eine spezielle Geschichte. Für Lea klang alles wie aus einer anderen Welt.

Um 21 Uhr klopfte Leas Mutter an die Tür. „Ich bringe jetzt die Burschen ins Bett. Könnt ihr bitte darauf achten, dass sie hier oben nicht herumalbern?"

„Machen wir", antwortete Nico. Er wirkte so verantwortungsbewusst. Lea mochte das.

Sie hörten, wie Leas Mutter mit den Jungs ein Gute-Nacht-Gebet sprach.

„Macht sie das mit dir auch noch?" fragte Nico.

„Nein, ich bin jetzt durchaus alt genug, um auch allein beten zu können", antwortete Lea spitz.

„Und? Bringt das was?"

„Bestimmt." Lea wusste, dass auch Nico nichts von Religion hielt.

„Soll ich uns heimlich einen Whiskey machen?

„Ich mag so ein Zeug nicht."

„Mit Cola gemischt schmeckt es aber ganz gut."

Lea wollte nicht prüde wirken und gab ihr OK.

Nico verließ das Zimmer und kam kurze Zeit später kam mit zwei gefüllten Gläsern zurück.

„Haben sie was gemerkt?"

„Ne, die sind so mit sich beschäftigt, die haben mich nicht mal in die Küche gehen sehen. Prost, Lea." Er erhob sein Glas und blickte Lea so seltsam in die Augen.

„Prost." Lea schlug ihr Glas an Nicos. Dann nahm sie einen Schluck und verzog das Gesicht. „Puh, da hast du aber ganz schön viel Whiskey reingemacht."

„Überhaupt nicht!" Er legte zwei Finger an sein Glas und zeigte ihr wie viel Whiskey er genommen hatte.

Lea neckte ihn: „Bei dir vielleicht."

Dann schauten sie sich noch einige Fotos an, bis Nico anfing, Lea auszufragen. Er wollte wissen, wie das Studium läuft und was sie so in ihrer Freizeit macht.

Lea mochte es nicht, wenn sie so viel von sich erzählen musste und gab daher nur knappe Antworten.

„Hast du grad einen Freund?", fragte Nico dann plötzlich.

Lea schüttelte den Kopf und antwortete: „In meinem Alter sind die alle zu kindisch."

„Ich kann dir aus Erfahrung sagen, dass auch Männer mit 28 Jahren nicht reifer sind." Damit sprach Nico von sich selbst, denn er war vor wenigen Monaten 28 Jahre alt geworden.

Das sah Lea aber anders: „Ich finde schon, dass du im Vergleich zu meinen Studienkollegen reifer wirkst."

„Oh, danke! Meine Cousine steht auf reife Männer! Das lass mal deine Mutter nicht hören!"

Lea wurde wieder rot.

„Hey, das muss dir nicht peinlich sein." Nico wollte ihr die Scham nehmen. „Ich hab`s ja gesagt, eure Religion macht alles kaputt."

„Wie kaputt? Wie meinst du das?" Lea verstand nicht, was er damit sagen wollte.

„Naja, weißt du, eine Beziehung, wie soll ich sagen, zwischen Geschlechtern, also Sex und was dazu gehört, das ist normal und natürlich. Nur bei euch nicht, weil ihr streng religiös seid."

„Also, so schlimm finde ich das gar nicht."

„Und warum wirst du dann rot?"

Lea fühlte sich eingeengt. „Ich glaube, ich gehe jetzt ins Bett und sehe noch mal nach Tim und Stefan."

Sie wollte gerade aufstehen, da hielt Nico sie am Arm fest. „Lea, ich wollte dich nicht verschrecken. Bitte bleib noch, wir haben uns so lange nicht gesehen." Er blickte ihr fest in die Augen.

Lea bekam Gänsehaut, und als sich Nicos Gesicht ihrem näherte, war sie wie gelähmt. Zärtlich legte er seine Lippen auf ihre und wartete kurz ab, ob sie zurückweichen würde. Aber Lea blieb wie versteinert sitzen. Nico setzte seine Zunge in Bewegung und ließ sie vorsichtig über Leas Lippen gleiten. Sie protestierte immer noch nicht. Langsam schob er seine Zunge in ihren warmen Mund und versuchte, mit ihrer Zunge zu spielen. Nur zögernd bewegte Lea sie, dann wurde sie mutiger und ging auf sein Zungenspiel ein. Die Gefühle, die Lea dabei durchfluteten, waren gänzlich neu für sie. Alles kribbelte, auch der Bereich zwischen ihren Beinen.

Nico und Lea waren so mit sich beschäftigt, dass sie die Schritte auf der Treppe nicht hörten. Erst das Klopfen an Nicos Zimmertür ließ sie auseinander schrecken.
„Ja?", fragte Nico gefasst.
Dann trat Leas Mutter ins Zimmer. „Wir gehen jetzt alle schlafen, es ist ja schon ein Uhr. Morgen wird`s noch lang genug werden. Ähm, vielleicht solltet ihr jetzt auch schlafen gehen."
„Machen wir", versprach Nico.
Leas Mutter schloss die Tür wieder.
Nico und Lea sahen sich an.
Lea hielt es nicht länger aus. Sie waren viel zu weit gegangen. Lea sprang auf und ging zur Tür. Das ist mein Cousin, das ist Inzest, spulte es sich immer wieder in ihrem Kopf ab. Sie blickte sich flüchtig zu Nico um und sagte: „Gute Nacht." Dann verschwand sie, ohne eine Antwort von ihm abzuwarten, aus seinem Zimmer und machte sich sofort bettfertig. Bevor sie sich hinlegte sprach sie noch ein Gebet und bat Gott um Vergebung, dass sie ihren Cousin geküsst hatte. Doch sie konnte nicht einschlafen. Ihre Gedanken kreisten um diesen einen Kuss. Immer noch spürte sie Nicos Lippen, seine Zunge und dieses Kribbeln zwischen ihren Beinen. Reflexartig berührte Lea ihre Schamlippen. Sie waren fester als sonst. Und ihre Ritze war feucht. Sie nahm sich ein Taschentuch, um den Ausfluss wegzuwischen. Dann klopfte es plötzlich an der Tür und sie hörte ein gedämpftes „Lea." Das war Nico! Was wollte er? Was sollte sie tun? Sich schlafend stellen? Ihn etwa hereinlassen? Lea stieg aus dem Bett und ging zur Tür.
„Was willst du?"
„Kann ich reinkommen?"
Lea wusste nicht, was sie antworten sollte. Sie konnte nicht klar denken, der Whiskey hinderte sie daran. Sie öffnete die Tür einen Spalt und erkannte Nicos Silhouette. „Was ist denn los?" fragte sie.
„Ich muss dir was sagen."
„Kannst du das nicht hier an der Tür?"
„Nein, das dauert zu lange."

„Also, wenn es so lange dauert, würde ich es gern auf morgen verschieben. Ich bin müde." Sie wollte die Tür schließen, aber Nico ließ nicht locker. „Lea", flüsterte er etwas lauter. „Bitte!"
Lea zögerte drei Sekunden, dann öffnete sie die Tür etwas weiter. Nico huschte an ihr vorbei ins Zimmer. Im Halbdunkeln konnte sie erkennen, dass er sich ans Bettende setzte. Sie blieb stehen.
„Setz dich neben mich, Lea." Nico legte seine Hand auf den Platz neben sich.
„Ich kann dich nicht wieder küssen, Nico, wir sind Cousin und Cousine! Ist dir das überhaupt klar?", flüsterte sie so laut es ging.
„Du kannst mir glauben, Lea, auch wenn ich nicht religiös bin, das geht auch gegen meine Prinzipien!"
„Was willst du dann?"
„Bitte setz dich."
Vorsichtig setzte sich sie neben Nico. Ihr Nachthemd rutschte dabei über ihre Knie, so dass Nico den unteren Teil ihrer Oberschenkel sehen konnte. Er musste jetzt genau überlegen, welche Worte er wählen sollte. Ein „Ich finde dich scharf" kam bei Lea bestimmt nicht gut an. Daher drückte er sich anders aus: „Lea, ich bin total bezaubert von dir."
Für Lea war dieser Satz wie ein Schlag in die Magengrube. Alles drehte sich. „Nein, nein, nein, nein", sagte sie immer wieder kopfschüttelnd, bis Nico ihren Kopf mit beiden Händen festhielt. Sie schaute ihm in die Augen, dann auf seinen Mund. Und schon drückte Nico seine Lippen auf ihre. Lea wehrte sich nicht. Ganz im Gegenteil. Ihre Zunge schnellte hervor und suchte seine. Er gab sie ihr.
Der Zungenkuss wurde immer fordernder und Nico verlagerte sein Gewicht etwas nach vorn, so dass Lea mit ihrem Rücken aufs Bett sank. Nico lag nun über ihr und sie knutschten weiter.
Wie sollte er bloß weitermachen? Nico dürstete danach, ihre nackte Haut zu berühren, doch das würde Lea sicherlich verschrecken. Er musste es behutsam angehen. So löste er seine Lippen vorsichtig von ihren und küsste zärtlich ihren Hals entlang.

Lea war wie in Trance, sie atmete schnell und wusste nicht, was mit ihrem Körper geschah.
Nico traute sich immer mehr. Langsam fasste er unter ihr Nachthemd, was bereits bis zum Bauchnabel hochgerutscht war. Sanft strich er mit seiner Hand über ihren Bauch und tastete sich Stück für Stück zu ihren Busen hoch. Als er mit seiner Hand eine Brustwarze berührte, erschrak Lea. Sie hielt ihren Atem an, öffnete die Augen und drückte Nico von sich herunter. Dann setzte sie sich auf. „Bitte geh jetzt Nico. Das geht zu weit."
„Wir haben schon gesündigt. Es ist jetzt eh zu spät."
„Mach dich nicht über meine Religion lustig."
„Ich mache mich verdammt noch mal nicht über dich lustig!"
„Sei nicht so laut! Ich will nicht, dass die anderen uns hören!"
„Lass mich dich noch einmal küssen. Du willst es doch auch, Lea. Ich merke das doch. Schalte deine Bedenken und Wertvorstellungen einfach mal aus."
Zum ersten Mal zweifelte Lea bewusst an ihrer Religion. Schon öfter hatte sie sich unbewusst gefragt, warum einiges so sein musste, wie es die Religion vorgab. Andere lebten doch ohne der ihr bekannten Richtlinien genauso gut.
Für Nico völlig überraschend, küsste Lea ihn nun spontan auf den Mund und drängte ihre Zunge wieder zwischen seine Lippen. Leas Küsse wirkten zwar etwas unerfahren und kindlich, aber das störte Nico nicht weiter. Eher fühlte er sich noch mehr angespornt, sie zu verführen. Er glitt mit seiner Hand wieder unter ihr Nachthemd und streichelte ihren Rücken. Er konnte Leas Gänsehaut spüren. Um sie nicht wieder zu verschrecken, ließ er ab und zu seinen Daumen zufällig seitlich an ihrer Brust entlang gleiten, jedes Mal ein Stückchen dichter an ihre Brustwarze heran. Dann endlich ertastete er eine zarte, kleine Knospe, die schon ein wenig hart war.
Lea gab ein kurzes, leises, aber lustvolles Stöhnen von sich, schloss ihre Augen und legte sich von allein wieder zurück aufs Bett. Das war eine Aufforderung für Nico, sie weiter zu liebkosen. Er küsste ihren Bauch und Lea kicherte leicht

Nun wollte er es wagen. Er schob ihr Nachthemd so hoch, bis er ihre Brüste sehen konnte. Sie waren klein, vielleicht Körbchengröße A, schätzte Nico, aber er stand auf kleine Brüste, die in seine Hand passten. Es hatte etwas Unschuldiges, worauf Nico besonders stand.
In Amerika hatte er zwei Studentinnen entjungfert. Die eine hatte sich ihre Brüste vergrößern lassen, was Nico gar nicht gefiel, ihre kleinen Busen gefielen im weitaus besser, aber sie glaubte ihm nicht, für ihre Entjungferung wollte sie perfekt für ihn aussehen. Die andere, Jessica, war nach dem dritten Sex mit ihm so richtig sexbesessen geworden. Das wurde Nico zu anstrengend. Er wollte der Eroberer bleiben und beendete deshalb die Beziehung.
Ganz sachte berührte Nico mit seiner Zungenspitze nun Leas kleine Brustwarze. Leas Körper zuckte kurz, dann blickte sie erschrocken zu Nico auf. „Nicht deine Zunge an meinen Brüsten, Nico."
„Warum nicht? Sie sind so wunderschön."
„Ich will das nicht, es gehört sich nicht. Hand ist OK, aber Mund... Das ist was für Babys."
Nico konnte nicht anders, er musste kurz auflachen. „Lea, das ist Sex!"
„Dann will ich Sex nicht." Lea versuchte sich aufzubäumen.
Nico blieb aber über ihr. „Du willst es nicht, weil du so ein Gefühl nicht kennst. Es ist ungewohnt für dich. Es raubt dir die Sinne, nicht wahr?"
Lea antwortete nicht.
„Wenn es sich gut anfühlt, ist alles völlig in Ordnung so. Lass es doch einfach geschehen." Er beugte sich wieder zu ihr hinunter und begann ihren Hals zu küssen. Doch Nico spürte den Druck von Leas Händen an seiner Brust. „OK Lea, ich küsse deine Brüste nicht, versprochen. Ich berühre sie nur mit meiner Hand."
Das schien Lea hören zu wollen. Sie schloss die Augen und entspannte sich wieder.
Nico hob ihr Nachthemd erneut an und strich mit einem Finger behutsam über ihre linke Brustwarze. Dann befeuchtete er schnell sei-

nen rechten Zeige- und Mittelfinger, damit er besser über ihre Knospen glitschen konnte.

Leas Becken wölbte sich leicht nach oben, doch dann stockte sie plötzlich wieder. Nicos Erregung wurde nochmals auf die Probe gestellt.

„Warum ist meine Brust nass, Nico?"

„Ich schwitze nur ein wenig. Mach dir keine Gedanken." Nico konzentrierte sich weiter auf ihre Brüste. Er wusste aus Erfahrung, dass die Liebkosung der Brustwarzen jede Frau früher oder später in Ekstase bringen würde. Da wollte er Lea haben.

Und es gefiel Lea. Manchmal streckte sie ihr Becken soweit nach oben, dass Nico ihren Venushügel an seinem festen Glied spüren konnte. Das törnte Nico unglaublich an, doch er musste sich zurückhalten. Er konnte seiner Lust keinen freien Lauf lassen. Er musste auf Lea Rücksicht nehmen.

Nico liebte unerfahrene Frauen, doch zwischendurch brauchte er auch mal eine richtige Dreckssau, der alles recht war, mit der er alles machen und bei der er sich gehen lassen konnte. Solche Frauen schleppte er dann in speziellen Clubs ab, die für ihre willigen weiblichen Gäste bekannt waren. Solche Clubs gab es überall. Hier in Frankfurt genauso wie in Amerika.

Nico konnte trotzdem nicht anders. Er züngelte ganz vorsichtig an einer harten Knospe und versuchte, so gut es ging, seine Fingerbewegung mit seiner Zunge nachzuahmen, damit es Lea nicht auffiel.

Lea fiel es nicht auf. Es erregte sie nur noch mehr. Ihr Schambereich pochte und glühte. Sie wollte, dass es aufhörte. Außerdem fühlte sich ihr Schlüpfer klitschnass an. Machte Nico da unten was? Sie schaute besorgt auf ihre Unterhose.

Was hatte sie denn jetzt schon wieder? Nico war genervt. Sie stellte sich ja noch prüder an als die Amerikanerinnen! „Was ist?" Er klang ungehalten.

„Was machst du da zwischen meinen Beinen?"

„Gar nichts!"

„Es ist total heiß und nass da, und es pocht!"

„Das passiert, weil du erregt bist. Völlig OK."
Nico war überrascht. War sie noch nie erregt gewesen? Hatte sie das nie von anderen gehört oder im Sexualkundeunterricht gelernt? Im Fernsehen konnte sie es nicht gesehen haben, ihre Eltern hatten keinen. Und Jugendmagazine las sie sicher auch nicht. Die waren gewiss zu unanständig für sie.
„Ich will, dass es aufhört!", jammerte Lea.
„Ich weiß, wie es aufhören kann. Du musst befriedigt werden, einen Orgasmus haben."
„Aber wir können nicht miteinander schlafen."
„Warum nicht? Es ist die normalste Sache der Welt!"
„Aber ich bin noch Jungfrau! Außerdem bist du mein Cousin! Und vor meiner Hochzeit schon gar nicht!"
Nico glaubte, er höre nicht richtig. Hier hatte er wirklich eine harte Nuss zu knacken. Er war wütend auf seine Tante und seinen Onkel. Spielten nach außen die konservative, artige, religiöse Familie und waren heimlich die Versauten. Er konnte sich noch gut an die Szene erinnern, als er ein kleiner Junge von gerade mal sieben Jahren war und mit seiner Familie noch in Ingolstadt wohnte. Ohne etwas Böses zu ahnen, marschierte er in der Kirche in das Zimmer des Pfarrers. Und was er dort sah, erschreckte ihn zutiefst. Der Pfarrer fickte Leas Mutter in Missionarsstellung auf der Couch, während Leas Vater in einer Ecke des Zimmers stand und sich einen wichste. Nico verstand die Situation damals noch nicht, aber je älter er wurde, desto klarer wurde alles. Er hatte es nie übers Herz gebracht, es Lea zu sagen und würde es auch nie tun. Zu sehr würde das Bild, das sie von ihren Eltern hatte, zu bröckeln beginnen. Und nicht nur das, wahrscheinlich würde die Kenntnis von diesem Vorfall Lea auch in eine tiefe religiöse Sinn- und damit auch Lebenskrise stürzen. Dafür wollte sich Nico nicht verantwortlich fühlen.
„Lea, ich bin der Einfühlsamste, den du dir vorstellen kannst. Die Typen da draußen kannst du doch alle vergessen, denen geht es nur um ihre eigene Befriedigung. Meinst du, die werden bei deinem ersten Mal Rücksicht auf dich nehmen?" Er wusste, dass es nicht fair war, ihr

so Angst zu machen. Aber er war halt nur ein Mann, und in diesem Moment ein Mann, der stark erregt war und nur noch befriedigt werden wollte. In so einem Zustand gelang es Nico nicht, klar und rücksichtsvoll zu denken. Hauptsache, er kam zum Zuge. „Mir ist es wichtig, dass es dir gut geht, dass du ein wunderschönes erstes Mal hast, und ich will dein Erster sein. Ich will der sein, der dich entjungfert."
Lea schwieg. Sie war sich nicht sicher. Sie hatte Angst vor dem ersten Mal. Aber wer konnte ihr die besser nehmen als Nico?
„Lass mich dir zeigen, wie es sich ungefähr anfühlt, befriedigt zu werden, OK? Nur ganz kurz. Ich will es dir nur zeigen."
Lea nickte.
Nico öffnete seine Hose und holte seinen steil nach oben gerichteten Schwanz hervor.
Lea kannte erigierte Penisse nur von Zeichnungen aus dem Sexualkundeunterricht und flüchtig von Bildern, die sie irgendwo mal gesehen hatte. Aber dass ein Penis tatsächlich so stark anschwellen konnte, erstaunte und verängstigte sie zugleich.
Nico merkte, wie besorgt Lea war. „Du musst keine Angst vor ihm haben. Du kannst ihn gern mal anfassen."
Lea streckte langsam ihre Hand vor und streichelte Nicos steifes Glied.
Nico törnte das an. Aber er musste die Kontrolle bewahren. „Jetzt musst du aufhören, das erregt mich noch sonst mehr. Es sei denn, du willst mich befriedigen."
Lea hatte vom Befriedigen mit der Hand und auch vom Oral- und Analsex gehört. Aber sie fand es widerlich. Vernünftiger Sex war für sie der normale Geschlechtsakt, denn nur so konnte man auch Kinder zeugen. „Du willst, dass ich ihn mit der Hand befriedige oder in den Mund nehme, stimmt`s?", fragte sie.
Das schien sie also zu wissen. Nico war verwundert. „Willst du das denn?"
„Nichts für mich." Diese selbstbewusste Äußerung passte nicht zur schüchternen Lea.

„Hast du es denn schon mal gemacht?"
„Nein, aber du wolltest mir zeigen, wie es sich in etwa anfühlt, befriedigt zu werden."
„Soll ich es dir mit meiner Hand oder meinem Penis zeigen?"
„Wie du willst, Hauptsache, wir schlafen nicht miteinander."
„Gut, dann leg dich zurück und schließ die Augen."
Als Lea sich wieder zurückgelegt hatte, strich er mit einer Hand sanft über ihren Venushügel, dann weiter hinunter und fühlte ihre geschwollenen Schamlippen unter ihrem nassen Slip. Wie gern hätte er ihr jetzt einfach die Unterhose heruntergezogen, ihren Schlitz geleckt und sie dann kräftig gevögelt. Doch er musste den Gedanken verdrängen und beugte sich über Lea, um seinen Penis an ihrer Scham zu reiben. Erst vorsichtig, und als Lea stöhnte, etwas fester.
Er müsste nur ihre Unterhose im Schritt zur Seite schieben und dann..., Nico schob diese Idee flugs beiseite, wurde aber wilder. Immer stürmischer rieb er sein erigiertes Glied nun an ihrer Vulva und versuchte, so gut es ging, sein Keuchen zu unterdrücken. Er merkte, dass er bald zum Orgasmus kommen würde. Doch wo sollte er bloß sein Sperma hinspritzen? Bestimmt nicht auf ihren Bauch, das kam nicht in Frage. Er hatte keine andere Wahl, er musste einfach versuchen, die Samen mit der Hand aufzufangen. Er hatte die Lösung gefunden! Sofort ließ er sich gehen und rubbelte seine Latte immer schneller an Leas Muschi.
Lea hatte noch nie ein so wundervolles Gefühl erlebt. Sie stöhnte lauter.
Nico spornte das nur noch mehr an. „Kommen, einfach nur kommen", flüsterte er mit geschlossenen Augen so leise, dass Lea es durch ihr Stöhnen nicht hören konnte. Als seine Samen herausgespritzt kamen, reagierte Nico nicht schnell genug, ein paar Spritzer landeten auf ihrem Schlüpfer, den Rest hatte er an seiner Hand kleben. Schnell steckte er seinen erschlafften Penis wieder in seine Boxershorts zurück. Dann erhob sich und sagte: „So fühlt es sich an."
Lea hatte gar nicht mitbekommen, dass er einen Orgasmus hatte. „Das fühlt sich sehr schön an", antwortete sie leise.

„Und ich verspreche dir, es ist noch tausendmal schöner, wenn er ganz in dir drinnen ist, denn dann wird auch das Innere deiner Scheide stimuliert".
„OK, ich bin bereit, ich will es jetzt tun." Lea war immer noch in Ekstase.
Nico ärgerte sich. Dann hätte er mit dem Abspritzen ja noch warten können! Aber er hatte nun wirklich nicht damit gerechnet, sie heute noch entjungfern zu können. „Heute nicht mehr, Lea, es ist schon spät. Außerdem möchte ich dir Zeit lassen. Überleg es dir bis morgen." Er wollte ihr nicht sagen, dass er gerade einen Orgasmus hatte und nun befriedigt war. Sein Penis würde zwar schnell wieder steif werden, aber mit dem Orgasmus war es so eine Sache. Denn wenn er sie schon entjungfern durfte, würde er auch in ihr kommen wollen. Er gab Lea einen Kuss und wünschte ihr eine gute Nacht. Dann verließ er ihr Zimmer.
Lea blieb allein zurück. Ihre Lust war noch nicht gestillt.
Hatte sie eben einen Orgasmus gehabt und war jetzt schon wieder erregt? Oder hatte sie gar keinen gehabt? Wie fühlte sich ein Orgasmus überhaupt an? Ihre Freundinnen sagten wie eine Explosion. Der ganze Körper soll wie elektrisiert sein. Aber es kribbelte immer noch zwischen ihren Beinen. Nein, sie war sich sicher, eben keinen Orgasmus gehabt zu haben, der musste sich noch anders anfühlen. Und ja, sie hatte sich entschieden, sie musste es sich nicht bis zum nächsten Tag überlegen, sie wollte sich von Nico entjungfern lassen! Er sollte ihr den ersten Orgasmus bescheren!
Doch schon kurze Zeit später kam Lea ohne Nicos Hilfe zu ihrem ersten Höhepunkt. Sie konnte nicht einschlafen und rieb mit ihren Fingern an ihren Schamlippen und ihrem Kitzler, so wie Nico es mit seinem Penis gemacht hatte. Zwar konnte sie den festen Druck von seinem steifen Penis mit ihren Fingern nicht erreichen, aber es reichte. Mit breitbeinig aufgestellten rubbelte sie so schnell an ihrem Kitzler wie sie konnte. Und dann war es soweit, sie stöhnte und zitterte am ganzen Körper. Danach schlief sie erschöpft ein.

Am Frühstückstisch konnte Lea Nico nicht in die Augen sehen. Sie schämte sich so dermaßen, dass ihr richtig übel wurde. Wie konnte sie nur so intim mit ihrem Cousin geworden sein? Sie hätte nie im Leben vermutet, dass sexuelle Lust einem so die Kontrolle entziehen konnte. Lea fand es grausam. Warum hatte Gott das zugelassen? Wollte er etwa, dass sie sündigte? Aber warum sollte er das wollen?
„Lea, Schatz, ist alles in Ordnung mit dir?" Brigitte sah ihre Tochter sorgenvoll an. „Du bist so blass."
„Ich bin noch müde."
„Dann leg dich nach dem Frühstück doch noch etwas hin. Der heutige Abend wird lang werden."
Lea war dankbar über die Worte ihrer Mutter. Nach dem Frühstück verschwand sie in ihrem Zimmer und legte sich ins Bett.
Kurze Zeit später klopfte es an ihrer Tür. Es war Nico, der ihr einen Tee hereinbrachte. Am liebsten wäre sie tief in der Matratze versunken. Und dann setzte sich Nico auch noch auf den Stuhl neben dem Bett! Lea sah ihn nicht an.
„Ich weiß, dass du dich schämst, aber das brauchst du nicht", versuchte Nico sie aufzumuntern.
„Wer sagt das? Bestimmt nicht Gott", antwortete Lea böse.
„Versuch doch mal, deine Werte und alles, was du gelernt hast wegzuschieben. Solange wir keine Kinder zeugen und offiziell kein Paar sind, gibt es doch nichts Verwerfliches an dieser Sache."
Eine Sache war es also für Nico. Auch das noch!
„Du fährst morgen wieder ab, und wir sehen uns dann sowieso erst in einem Jahr wieder. Keiner weiß davon. Nur du und ich."
„Und Gott. Und der wird mich dafür irgendwie bestrafen."
Nico war sauer, versuchte aber freundlich zu bleiben. „Ich will dir ja gar nicht widersprechen, aber meinst du, es gibt auch nur einen Menschen auf der Welt, der absolut sündenfrei lebt? Jeder hat doch schon mal etwas Böses gedacht oder etwas Rücksichtsloses zu jemandem gesagt, ohne es selbst zu merken. Oder zählt das nicht als Sünde? Wo fängt Sünde überhaupt an?"

„Das wirst du erst nach deinem Tod erfahren, denn dann entscheidet Gott, ob du in deinem Leben schlimm gesündigt hast oder nicht. Daher sollten wir wenigstens versuchen, nicht allzu viel zu sündigen."
„Vielleicht hast du Recht. Aber warum sollte das, was wir tun, eine Sünde sein? Es ist doch das schönste von der Welt und ein natürliches Bedürfnis des Menschen. Du willst es, ich will es. Keiner wird hier zu irgendetwas gezwungen. Warum hat Gott uns denn so gemacht, dass wir es wollen? Warum zwingt er uns denn zum Sündigen?"
Lea schwieg. Genau das fragte sie sich auch. Sie war jetzt aber einfach zu müde, um weiter darüber nachdenken zu können. „Ich möchte jetzt einfach nur schlafen."
„OK, ich lass dich allein. Wenn du etwas brauchst, sag ruhig Bescheid." Er beugte sich über sie und gab ihr einen Kuss auf die Stirn. Dann ging er aus ihrem Zimmer.

Als Lea wieder aufwachte, fühlte sie sich frischer und stärker. Den übrigen Tag versuchte sie, soweit es ging, Nico aus dem Weg zu gehen. Sie half ihrer Mutter und ihrer Tante in der Küche das Buffet für die Gartenparty am Abend vorzubereiten, während die Männer im Garten die Zelte und den Grill aufbauten und die Getränkekisten nach draußen schleppten. Tim und Stefan tobten im Garten herum und kamen zwischendurch in die Küche, um von den bereits zubereiteten Leckereien zu naschen.

Die Party wurde ein voller Erfolg. Lea hatte das Gefühl, dass noch mehr Leute als letztes Jahr da waren, obwohl ihre Tante beteuerte, dass es sogar zehn Leute weniger sein mussten. Aber bei dieser Menschenmenge fiel das eh nicht auf. Es war auch egal. 60 Gäste waren mehr als genug. Das Wetter war hervorragend, das Essen köstlich und die Musik brachte alle in Stimmung. Einige fingen zu tanzen an und Tante Magda und Onkel Gerd zeigten, dass sie immer noch genauso gut Rock`n`Roll tanzen konnten wie früher.

Lea war ausgelassen. Durch all die gutgelaunten Menschen um sie herum blühte sie richtig auf. Sie wehrte sich sogar nicht, als Nico sie schnappte und schwungvoll herumwirbelte.

Gegen zwei Uhr wurde Lea müde. Sie beabsichtigte ins Bett zu gehen, wollte sich aber nicht von allen verabschieden, weil sie befürchtete, dass Nico ihr folgen würde. So wartete sie einen günstigen Moment ab, in dem keiner von ihr Notiz nahm und schlich sich dann ins Haus und die Treppe zum oberen Stockwerk hoch. Dort ging sie ins Badezimmer, putzte in Ruhe ihre Zähne und zog sich ihr Nachthemd an. Als sie die Badezimmertür öffnete, sah sie Nico an ihrer Zimmertür stehen. Er hörte sie und drehte sich zu ihr um. „Ach, da bist du! Du hast ja gar nicht gute Nacht gesagt!"
„Ich dachte, es wäre besser so." Lea schlüpfte an Nico vorbei in ihr Zimmer.
„Du hast es dir also überlegt?"
„Ja, und ich möchte es lassen."
„Gestern wolltest du es noch."
Lea roch Nicos Alkoholfahne. „Du hast Alkohol getrunken, du weißt nicht mehr, was du sagst und tust."
„Ich habe zwar etwas getrunken, bin aber noch Herr meiner Sinne, guck." Nico lief balancierend auf einer imaginären Linie in ihrem Zimmer umher.
Lea musste lachen.
Zackig sprang Nico zu ihr hinüber, umklammerte ihre Taille und schmiss sich zusammen mit ihr aufs Bett.
„Nico, lass das!", warf Lea ihm eher vergnügt als ernst entgegen.
Schnell sprang Nico auf, um die Tür zu schließen und den Schlüssel umzudrehen.
Lea fand das nun gar nicht mehr witzig. Sie setzte sich aufrecht ins Bett. „Warum schließt du ab?", fragte sie wütend.
„Weil ich mit dir allein sein will. Ganz einfach." Nico näherte sich Lea, beugte sich über sie und begann sie zu küssen. Und noch ehe sie sich wehren konnte, zog Nico ihr gekonnt das Nachthemd über den Kopf.

Das Licht der Straßenlaterne fiel auf Leas Brüste und Nico konnte nicht anders, als an einer ihrer Brustwarzen zu züngeln.
Lea stieß ihn weg. „Ich hab dir doch gesagt, dass ich das mit der Zunge nicht will!"
„OK, OK, Entschuldigung, ich hatte es vergessen." Nico legte seine Hand wie bei einem militärischen Gruß an seine Stirn. Dann fuhr er mit dem Massieren ihrer Brüstchen fort und strich dabei mit seinen Daumen immer wieder über ihre Knospen.
Leas Atem ging schneller. Trotzdem fragte sie: „Warum massierst du sie?"
Nicos Alkoholpegel machte es ihm nicht leicht, geduldig zu bleiben. „Lea…, frag nicht so viel. Du stellst dich wie ein kleines Kind an. Du musst mich auch einfach mal machen lassen. Wenn ich dich so richtig befriedigen soll, gehört das dazu."
Lea war sich nicht so sicher, ob sie das wollte, denn Nico war ihr heute zu forsch. Daher sagte sie leise: „Es reicht, wenn du sie nur streichelst."
Nico wollte sich nicht streiten, außerdem wollte er heute sein Ziel erreichen. Das bedeutete, dass er nichts machen durfte, was Lea nicht gefiel, sonst würde sie abblocken. Das wollte er auf gar keinen Fall riskieren. Und somit streichelte er nun ganz sanft ihre Busen und Knospen.
Lea schloss die Augen und legte sich zurück.
Vorsichtig löste Nico seine Hände von ihren Brüsten und strich links und rechts an ihrer Taille entlang hinunter zu ihrem Po. Von hier aus über ihren Bauch wieder zurück zu ihren Brüsten. So zart er nur konnte, wagte er sich mit seiner Zunge nun aufs Neue an Leas Brustwarzen. Sie waren einfach unwiderstehlich für Nico. Und was war ein Geschlechtsakt schon ohne das Lecken von Brustwarzen? Für Nico gehörte es ohne Widerrede dazu.
Lea bemerkte nichts. Im Glauben, dass es Nicos Finger wären, die ihre Brustwarzen so wunderbar empfindsam stimulierten, wurde sie immer erregter. Sie spürte wieder diese Feuchte zwischen ihren Schamlippen, und ganz automatisch bäumte sich ihr Becken ein wenig auf.

Nico bemerkte diesen leichten Druck an seinem steinharten Schwanz. Reflexartig legte er seine Finger zwischen ihre Beine und fühlte ihren vom Ausfluss durchtränkten Slip. Er leckte sich schnell einen Finger ab, um von Leas salzigen Saft zu kosten. Dann rieb er seine Finger stärker an ihrem Schambereich, um noch mehr von diesem köstlichen Saft aus ihrer Muschi zu pressen.
Lea stöhnte leicht auf.
Ohne nachzudenken, schob Nico ihren Slip im Schritt zur Seite. Er war dankbar, dass er durch das Licht der Laterne ihr Fötzchen besser sehen konnte. Aus Leas Spalt floss glasklarer Saft und Nico bückte sich, um ihn vorsichtig abzulecken.
Lea schreckte hoch. „Was war das, Nico? Es kitzelt da unten so."
Nico wurde wütend. Warum störte sie das Vorspiel ständig? „Ich liebkose dich da gerade. Es gehört dazu, Lea. Lass mich nur machen. Wenn es dir gefällt, ist es in Ordnung so."
Lea legte sich wieder zurück und vertraute Nico.
Nico öffnete seine Jeans, holte seinen steifen Penis hervor und rieb ihn an Leas Scheide. Von Lea kam kein Protest. Also konnte er zum nächsten Schritt übergehen. Er kündigte ihn aber lieber vorher an, um sie nicht schon wieder zu erschrecken: „Ich ziehe dir nun deine Unterhose aus."
Ein weiches „OK" kam ihr über Leas Lippen.
Nico streifte ihr den Slip ab. Nun lag ihre kleine Muschi entblößt vor ihm. Lea war nicht rasiert, aber ihr Haarwuchs war nicht so stark, dass es Nico störend fand. Er stand eh nicht auf kahlrasierte Schambereiche. Natürlichkeit war ihm lieber.
Mit breiter Zunge leckte er nun ihre Schamlippen von unten nach oben langsam ab. An ihrer kleinen Kirsche verweilte er, um sie mehrmals züngelnd zu umkreisen.
Lea quittierte es ihm mit einem grellen Aufschrei.
„Ist es gut so, Lea? Mache ich es gut?" Nico wollte sich vergewissern, ob es ein Aufschrei der Lust oder des Protests war.
Als Lea benommen nickte, war er erleichtert.

„Gut, dann mache ich jetzt weiter." Langsam schob er seine Zunge in ihre schmale Schlucht. Er kam nicht weit, denn das Jungfernhäutchen gab im Widerstand. Wie gern hätte er sie nun einfach in ein paar Zügen ungeniert durchgebumst. Doch Nico liebte diesen Reiz, sich beim Sex unter Kontrolle halten zu müssen. Daher strich er mit seiner Eichel langsam an ihren Schamlippen entlang und drückte seinen Penis leicht zwischen sie. Er spürte Leas Nässe. Schnell zog er sein Glied wieder zurück, bevor er sich ganz vergessen und Lea seinen ungeschützten Speer hineinrammen würde. „Lea, bist du bereit? Ich ziehe mir nun ein Kondom über und dann werde ich in dich eindringen. Ist das OK?"
„Ja, ist OK."
So gefiel sie ihm. Lea war die Sklavin ihrer Lust. Nico war stolz darauf, sie so weit bekommen zu haben. Mit zittrigen Händen streifte er sich das Kondom über. Schnell schnappe er sich noch Leas Handtuch vom Stuhl und legte es unter ihren Hintern. Dann war es soweit. Er atmete noch einmal tief durch, dann spreizte er mit seinen Fingern behutsam ihre Schamlippen und drückte seinen harten Schwanz vorsichtig in ihr Loch. Er fühlte das Jungfernhäutchen. Nico wollte, dass es so schmerzfrei wie möglich einreißt, er wollte Lea nicht gewaltsam entjungfern. Daher stieß er nun nicht einmal kräftig und gefühllos zu, sondern drückte sein Glied langsam weiter in sie hinein, bis das Jungfernhäutchen endlich nachgab und sein Penis tiefer in ihre Schlucht rutschte.
Lea schrie kurz auf, wurde dann aber wieder von ihrer Lust und dem schönen neuen Gefühl in sich übermannt.
Nico war erleichtert, dass sie die Aktion nicht stoppte, denn dieses enge Gefühl bei Jungfrauen war immer der Lohn für die geduldige und zuweilen nervige Vorarbeit. Seine Stöße wurden schneller. Doch dann klopfte es plötzlich, die Türklinke wurde heruntergedrückt.
Lea und Nico erschraken. Sofort zog Nico seinen Penis aus Leas Scheide.
Sie hörten Leas Mutter fragen: „Lea bist du da drinnen?"
„Mama, ich habe schon geschlafen."

„Und warum schließt du ab, Schatz?"
„Es sind so viele Leute hier."
„Na gut, tut mir leid, dass ich dich gestört habe. Schlaf weiter. Gute Nacht, Liebes."
Nico fiel ein, dass man ihn wahrscheinlich auch bald suchen würde. Sie mussten zum Ende kommen.
Lea war aber nicht mehr nach Sex zumute. Für Nico bedurfte es einer großen Überredungskunst, sie zum Weitermachen zu bewegen. „Du willst doch nicht unbefriedigt einschlafen, oder? Es ist ein Muss, beim ersten Mal einen Orgasmus zu haben! Lea, du könntest heute deinen ersten Orgasmus haben!" Nico war sich sicher, dass Lea noch nie masturbiert hatte, was bis zur vorherigen Nacht ja auch der Fall war. Küssend drückte er sie in Liegeposition zurück.
Lea drehte ihren Kopf zur Seite und stieß Nicos Oberkörper leicht von sich weg. „Ich weiß nicht Nico. Wir machen alles nur noch schlimmer."
„Verdammt, ich möchte doch nur dein enges Fötzchen ficken", nuschelte Nico unüberlegt und kaum hörbar.
„Was hast du gesagt?" Lea traute ihren Ohren nicht. Hatte sie das wirklich richtig verstanden? Oder spielte ihr Gehirn schon verrückt?
„Es tut mir leid." Nico machte eine kurze Pause. „Lea, ich bin ein Mann und einfach nur erregt. Das ist alles. Mann... und auch Frau hat sich dann manchmal nicht mehr unter Kontrolle. Es kommt dann einfach so aus einem heraus. Das, das wirst du irgendwann auch verstehen." Er versuchte sie wieder zu küssen.
Lea machte widerwillig mit. Doch als Nico seinen harten Penis wieder gegen ihren Kitzler drückte, kam dieses Prickeln wieder zurück. Ja, sie hatte Lust weiterzumachen!
Nico war erleichtert, als er bemerkte, dass sie sich ihm wieder hingab. Er wollte nun keine Zeit mehr verlieren. Da er auf seinen Füßen saß, zog er Leas Becken hoch auf seinen Schoß und drang wieder in sie ein. Während Nico ihre Hüfte vor und zurück schob, flüsterte er ihr zu: „Ich verspreche dir, du wirst heute den besten Orgasmus bekommen, den du je haben wirst." Und in Gedanken setzte er noch

nach: „Ich werde dich granatenmäßig ficken." Nico liebte schmutzige Sätze beim Sex, aber die waren bei Lea nicht angebracht. Er legte sich nun in klassischer Missionarsstellung auf Lea, um ihren Kitzler beim Eindringen so stark wie möglich stimulieren zu können.
Er machte alles richtig. Lea begann nach Luft zu schnappen, ihre Beine strampelten wild.
Nico intensivierte seine Stöße.
Nun war Lea nicht mehr zu bremsen. Ihr kompletter Körper zuckte und Nico musste mit einer Hand ihren Mund zuhalten, um ihr lautes Hecheln zu dämpfen. Er nutzte die Gelegenheit, um an ihren Brustwarzen zu saugen, bis auch er endlich von seinem Druck erlöst wurde und abspritzte. Danach ließ er sich neben Lea ins Bett plumpsen. Nach ein paar Atemzügen fragte er sie: „Und? Wie hat sich dein Orgasmus angefühlt?" Er war neugierig.
„Es, es war unbeschreiblich."
Zärtlich streichelte er ihren Arm.
„Du musst jetzt gehen, Nico."
„Ich weiß. Du glaubst gar nicht, wie gern ich jetzt mit dir Haut an Haut einschlafen würde."
Lea reagierte nicht darauf. Es durfte mit ihnen nicht weitergehen.
Nico musterte das Handtuch im Laternenlicht. Da es bunt gestreift war, konnte er den Blutfleck nicht so deutlich erkennen. Das Bettlaken hatte aber, Gott sei Dank, nichts abbekommen. „Ich nehme das Handtuch am besten mit in mein Zimmer und schmeiße es am Montag auf dem Weg zur Uni in den Müll. Wenn deine Mutter zu Hause nach dem Handtuch fragt, hast du es hier vergessen, OK?"
Lea war dankbar. „Das ist lieb von dir!"
Nico gab ihr einen langen Kuss auf den Mund, dann redete er ihr ins Gewissen: „Wir haben nichts Schlimmes getan. Du bist deswegen jetzt kein schlechter Mensch. Vergiss das nicht!"
„Ist gut. Gute Nacht." Lea fühlte sich leer und gedankenlos. Gegen vier Uhr schlief sie ein, während im Garten noch die restlichen Gäste feierten.

Am nächsten Morgen fühlte sich Lea etwas besser, zwar müde, aber nicht mehr so beschämt wie am Tag zuvor.

Als sie die Treppe herunterkam, waren die anderen schon mit dem Aufräumen beschäftigt. Tante Magda bemerkte sie zuerst. „Lea ist wach. Lasst uns erst einmal frühstücken und nachher weitermachen", rief sie den anderen zu.

Keiner am Frühstückstisch wusste, dass sich für Lea in der Nacht etwas Grundlegendes verändert hatte. Nicht ihr achtzehnter Geburtstag, nein, ihre Entjungferung, ihr erster Sex, hatte sie erwachsen gemacht. Sie war nun nicht mehr das unschuldige Mädchen, für das sie jeder hielt. Ihr Cousin hatte sie zur Frau gemacht.

Am frühen Nachmittag fuhr Leas Familie ab. Lea blickte ein letztes Mal durch die Heckscheibe des Autos zurück. Winkend standen ihre Tante, ihr Onkel und Nico vor der Haustür. Ihr Blick blieb auf Nico haften, bis sie in die Querstraße einbogen und er aus ihrem Sichtfeld verschwand.

„Hat es euch gefallen?" Brigitte drehte sich zu ihren Kindern auf der Rückbank um.

„Jaaa", schrien Tim und Stefan wie aus einem Munde.

Lea lächelte nur. Ihr süßes Geheimnis würde sie für sich behalten.

4. Geheimnisvolle Studentin

Ich saß in einer Vorlesung an der Uni. Der Professor schrieb ununterbrochen Formeln an die große Tafel, aber ich hörte nur mit halbem Ohr zu. Mich lenkte heute eine Studentin ab, die ich in meinen Vorlesungen noch nicht gesehen hatte. Sie saß zwei Reihen schräg hinter mir und ich musste mich ständig nach ihr umdrehen. Sie war der Männertraum schlechthin. Eine blonde Lockenmähne umspielte verführerisch ihr Gesicht und ihr leicht rot geschminkter Schmollmund verleitete mich zu erotischen Fantasien. Ich musste mich beherrschen, nicht zu lange auf diesen unglaublichen Mund zu starren. Oder auf ihre Brüste, die sich unter ihrer schwarzen Bluse prall abzeichneten.
Was für eine Abwechslung an einem langweiligen Vorlesungstag! Ich war scharf auf sie und das nicht zu knapp!
Aber ich war nicht der einzige. Immer wieder bemerkte ich, dass andere Studenten sich ebenfalls nach ihr umdrehten oder verstohlen zu ihr herüberblickten.
Ich malte mir keine Chancen aus. Mein Aussehen konnte ich realistisch einschätzen. Auf intellektuell aussehende Brillenträger stand sie bestimmt nicht. Ich tippte auf David, der war der Frauenaufreißer schlechthin. Der kriegte sie alle rum. „Der wird sie nach der Vorlesung bestimmt ansprechen, wenn er es nicht vor der Vorlesung schon getan hat", ging es mir durch den Kopf.
Ich versuchte, mich wieder auf die Formeln an der Tafel zu konzentrieren. „Vergiss sie, streich sie dir aus dem Kopf", wiederholte ich gedanklich immer wieder. Und bis zum Ende der Vorlesung schaffte ich es tatsächlich, mich nicht mehr nach ihr umzudrehen. Ich packte meine Unterlagen zusammen und stand auf. Mein erster Blick galt natürlich ihr. David schien kein Interesse zu haben, er verschwand sofort aus dem Hörsaal. Auch sonst sprach sie keiner an. Sollte ich es wagen? Aber sie würdigte mich keines Blickes. Wahrscheinlich hatte so eine wie sie eh einen Freund.

Der weitere Tag verlief langweilig und ohne interessante Vorkommnisse. Ich aß mit einigen Studienkollegen in der Mensa, und anschließend setzten wir uns in unserem Raum im Keller zusammen, um an unserem Projekt weiterzuarbeiten.

„Habt ihr heute Morgen die neue Studentin gesehen, die so aufreizend angezogen war?", fragte ich in die Runde.

„Na klar", kam es wie aus einem Munde, „wem ist die nicht aufgefallen!"

„Die würde ich gern mal durchknallen", setzte Dirk nach.

Gelächter brach aus.

„Könnt ihr das Gespräch bitte nachher ohne mich fortsetzen? Danke!", warf Michaela scharf ein. Sie war die einzige Frau unter uns.

Wir verstummten und arbeiteten weiter. Ich war so konzentriert, dass ich keinen Gedanken mehr an die geheimnisvolle Studentin verschwendete.

Gegen 19 Uhr beendeten wir unsere Arbeit.

„Wir gehen jetzt noch ins Maxi. Wer kommt mit?", fragte Tom.

Alle gingen mit, außer ich, denn ich wollte die Formelberechnung, mit der wir nicht weiter kamen, endlich beenden. Es ließ mir einfach keine Ruhe. So blieb ich allein zurück.

Nach etwa einer Stunde war meine Konzentration am Nullpunkt angelangt. Die Formel hatte ich aber fast geknackt. Ich brauchte nur eine kleine Pause und einen Kaffee.

Auf dem Weg zum Kaffeeautomaten bog ich noch schnell in den Gang zu den Toiletten ab. Und wer kam mir da entgegen? Mir blieb fast das Herz stehen. Die neue Studentin! Ich hatte sie doch so gut aus meinen Gedanken vertrieben! Und nun das!

Wie angewurzelt blieb ich stehen und starrte sie wie eine Außerirdische an. Sie stolzierte an mir vorbei und ich traute meinen Augen nicht! Sie zwinkerte mir keck zu! Ich drehte mich nach ihr um, doch sie war schon um die Ecke gebogen.

Die Formelberechnung hatte sich für heute erledigt, das war klar. Nun war die sexy Studentin wieder in meinem Kopf.

Am Waschbecken klatschte ich mir erst einmal ordentlich eiskaltes Wasser ins Gesicht, um wieder zur Besinnung zu kommen.
Gerade, als ich dabei war, mir das Gesicht und die Hände mit den Papiertüchern abzutrocknen, ging die Tür auf und die neue Studentin trat ein. Trotz ihrer schwarzen High-Heels kam sie sicheren, entschlossenen Schrittes auf mich zu und blieb ein paar Zentimeter vor mir stehen. Ihr blumiger Geruch hüllte mich sofort ein und betörte meine Sinne. Ohne Umschweife nahm sie meine Hand und führte mich zu einer der Toiletten.
„Hey, was machst du?", fragte ich völlig entrüstet.
„Na, wonach sieht`s denn aus?", antwortete sie mit einer kühlen, sarkastischen Stimme, während sie die Toilettentür hinter uns schloss.
Ich war zu verwirrt, um irgendetwas widergeben zu können. Ich blickte nur auf ihren Mund, der aus dieser Nähe noch sinnlicher und größer aussah.
Ihre Hand wanderte in meinen Schritt, und als sie mein steifes Glied spürte, rieb sie ihre Handfläche fest daran.
Mein Atem ging schneller.
„Du willst mich doch, ich habe doch deine Blicke gesehen", flüsterte sie mir ins Ohr.
Ihr Atem so dicht an meinem Gesicht machte mich heiß. Ich hatte keine Zeit zu antworten, denn schon fuhr sie mit ihrer Zunge meine Lippen entlang und tastete sich ins Innere meines Mundes. Hemmungslos züngelte sie in meinem Mund umher, während sie meine Hose öffnete und mir die Unterhose vom Po strich. Augenblicklich sprang meine Lanze hervor, die sie erst sanft, dann immer heftiger werdend, massierte.
Ihre Hände an meinem nackten Schwanz waren zu viel für mich. Ich musste mich beherrschen, nicht abzuspritzen. Was für ein Verlierer wäre ich sonst gewesen? Sie wollte mit Sicherheit doch auch auf ihre Kosten kommen.
Plötzlich ließ sie von mir ab und befahl mir, mich zu setzen. Ihr Ton erlaubte keine Widerrede.

Also setzte ich mich auf den heruntergeklappten Klodeckel, während sie hektisch ihre Bluse aufknöpfte. Ihr roter Spitzen-BH und die darin eingepackten Brüste kamen zum Vorschein.

Nun konnte ich mich nicht mehr zurückhalten. Ich wollte ihre nackten Busen sofort sehen, anfassen und lecken. Das Problem war, dass ich im BH öffnen nicht geübt war und mich nicht blamieren wollte. So stand ich rasch auf, streifte ihr blitzschnell die Träger herunter und zog den BH leicht nach unten, so dass ihre harten Brustwarzen heraussprangen. Sofort züngelte und lutschte ich abwechselnd an ihren festen Knospen.

Ihr schien es zu gefallen. Ein helles Stöhnen ertönte aus ihrer Kehle. Trotzdem drückte sie mich wieder auf den Klodeckel hinunter und zog ihren engen schwarzen Rock hoch. Ich war überrascht, keinen Slip, sondern gleich ihre blankrasierte Scham zu sehen. Ihr Schlitz war leicht geöffnet und glitzerte feucht.

Ich beugte mich vor, um an ihren Schamlippen zu lecken. Ihr Saft schmeckte süßlich und ich wollte mehr von ihm aufnehmen, doch sie ließ mir nicht viel Zeit. Ihren Rock links und rechts hochhaltend, stieg sie über mich.

Ich erwartete, meinen Penis nun ganz in ihrer warmen Schlucht versenken zu können. Doch sie hielt meinen Schaft mit einer Hand fest und ließ nur meine Eichel am Eingang ihrer Muschi kreisen.

Ich hielt es nicht mehr aus und versuchte, sie mit meinen Händen an ihrer Hüfte weiter hinunter zu drücken. Doch sie stemmte sich dagegen und stöhnte: „Ich ficke dich, nicht du mich!"

Es war eine Qual, meinen Orgasmus zurückzuhalten zu müssen. Der Anblick ihrer prallen Brüste, ihrer halb geschlossenen Augenlider und ihres leicht geöffneten Mundes machte es mir nicht leichter. Ich saugte nun noch heftiger an ihren steifen Brustwarzen.

Dann endlich die Erlösung. „Willst du es tiefer?", hauchte sie mir zu. Ich konnte nur ein zartes „Ja" zurückhauchen und schon ging es los. Erst langsam beginnend, dann immer schneller und heftiger werdend, ritt sie auf mir.

Ab und zu schaffte ich es, mit meiner Zunge einen ihrer Nippel zu erhaschen und versuchte ihn, trotz des wilden Ritts, saugend in meinem Mund zu behalten, was mir allerdings nicht immer gelang. Trotzdem hoffte ich, Lisa so schneller zum Orgasmus bringen zu können. Unterstützend umfasste ich ihren straffen Po mit meinen Händen, um die Stöße zu intensivieren. Und ich schaffte es. Kurze Zeit später warf sie ihren Kopf in den Nacken und stöhnte laut und ungeniert.

Nun konnte und musste ich mich nicht mehr beherrschen. Mein Schwanz bebte heftig, als ich abspritzte.

Lisa geilte das nur noch mehr auf. Ihr Stöhnen ging nun in ein leichtes Gekreische über, und sie krallte sich in meinen Schultern fest.

Ich fühlte ich mich gelöst wie schon lange nicht mehr. Mein Atem ging rasend schnell. Ich musste mich erst einmal wieder fangen.

Lisa aber stieg sofort von mir ab, nahm etwas Klopapier und wischte sich die nasse Muschi ab. Dann zog sie ihren Rock herunter und drehte das Türschloss auf.

„Willst du schon gehen?", fragte ich überrascht.

„Übernachten wollte ich hier nicht. Du etwa?", gab sie schnippisch zurück.

„Natürlich nicht, aber ich dachte, vielleicht können wir uns wieder sehen?"

„Bestimmt werden wir das". Sie öffnete die Tür und ging zu einem der Waschbecken.

Schnell knöpfte ich meine Hose zu und sprang ihr hinterher. Jetzt durfte sie mir nicht entkommen! Ich stellte mich neben sie und hätte sie am liebsten noch einmal genommen, so unglaublich sexy war sie. Stattdessen fragte ich sie nach ihrem Namen.

„Du fragst zu viel!", war ihre knappe Antwort. Sie wusch sich die Hände, trocknete sie ab und ging zur Ausgangstür. Kurz bevor sie um die Ecke bog, drehte sie sich noch einmal um und sagte: „Ich bin Lisa."

Geistesabwesend ging ich in unseren Projektraum zurück, packte dort meine Sachen zusammen und fuhr mit dem Bus nach Hause.

Ich lebte mit Martin, einem Studienkollegen aus meiner Projektgruppe, zusammen.

Martin war noch nicht da und wohl noch mit den anderen im Maxi, unserer Stammkneipe. Das war auch gut so, denn an diesem Tag wollte ich ihm nicht mehr begegnen. Ich war mir nämlich noch nicht im Klaren, ob ich ihm von der Begegnung mit Lisa erzählen oder es lieber lassen sollte. Er würde mir eh nicht glauben. Und wenn ja, müsste ihm mit Sicherheit jede Kleinigkeit berichten. Das wollte ich nicht. Lisa sollte mein süßes Geheimnis bleiben, solange sich nichts Ernstes entwickelte.

In dieser Nacht konnte ich nicht einschlafen. Ich musste immerzu an Lisa denken. An ihren Mund, ihre Brüste, ihre Möse, ihre Locken. Der Gedanke an sie erregte mich immer wieder aufs Neue und ich musste erst onanieren, um wenigstens ein bisschen Ruhe in meinen Kopf zu bekommen.

Lisa hatte meine sexuelle Seite erst so richtig entfacht. Lisa hatte die Formeln in meinem Kopf verdrängt. Wieso hatte sie gerade mich ausgewählt? Ich verstand es nicht. Mit diesem Gedanken schlief ich ein.

Am nächsten Tag konnte ich es kaum erwarten, zur Uni zu kommen. Ich war so aufgeregt wie ein kleiner Junge bei seiner Einschulung. Tausend Fragen gingen mir durch den Kopf. Wie würde Lisa mich begrüßen, wenn wir uns über den Weg laufen sollten? Würde sie mich ignorieren? Würde sie wieder mit mir vögeln wollen?

Doch ich traf Lisa nicht. Nicht in den Vorlesungen, nicht in der Mensa, nicht in den Gängen.

„Was ist denn heute bloß los mit dir?", fragte Martin mich. „Du bist so unruhig! Mann, Alter, wir kriegen das schon hin mit der Formelberechnung. Mach dir mal keine Sorgen!"

Ich war froh, dass sich Martin schon selbst eine Antwort gegeben hatte. „Ja, ich weiß, es wurmt mich halt. Wir sitzen da schon solange dran", antwortete ich genervt.

In unserer allabendlichen Projektrunde war ich völlig unkonzentriert und überhaupt nicht bei der Sache.

In einer kurzen Pause nahm mich Martin zur Seite: „Hey, Mann, da ist doch was anderes mit dir los, oder? Ich merk` das doch!"
„Was soll denn sein? Ja, vielleicht. Ist nicht wichtig", wich ich aus.
„Du sagst Bescheid, wenn du Hilfe brauchst, OK?"
„Ja, klar. Mach dir keinen Kopf. Ist nichts Schlimmes."
Die anderen gingen um 19 Uhr wieder ohne mich ins Maxi. Ich arbeitete an den Formeln weiter. Aber ich kam nicht voran. Lisa war in meinem Kopf und raubte mir die Konzentration. Es machte daher keinen Sinn weiterzumachen, ich musste mich ablenken. „Vielleicht schaffe ich es noch, die anderen auf dem Weg ins Maxi einzuholen", überlegte ich kurz. Eilig packte ich meine Sachen zusammen und trabte zum Uniausgang.
Kurz vor unserer Stammkneipe holte ich alle ein.
Es war eine gute Idee mit ins Maxi zu gehen. Die Gespräche mit meinen Freunden lenkten mich von Lisa ab.
Dann fiel mir plötzlich etwas ein. Ich hatte mein Matheheft im Raum liegengelassen! „Scheiße!", rief ich laut aus. „Leute, ich muss zurück zur Uni. Ich hab` mein Matheheft da liegengelassen!"
„Kommst du dann wieder her?", fragte Michaela mich.
„Mal schauen". Und schon machte ich mich auf den Weg zurück zur Uni.
Die Gänge der Uni waren am Abend immer leer. Nur vereinzelt kamen mir Studenten entgegen. Ich liebte diese stille Atmosphäre.
Auf der Treppe hinunter zum Keller blieb ich intuitiv stehen. Irgendetwas hörte ich da rascheln. Was war das? Da waren doch Leute im Keller! Unsere Gruppe hatte aber als einzige den Raum im Keller, und meine Projektkollegen waren alle im Maxi. Wer konnte das also sein? Eventuell die Putzfrau? Meine einzige Sorge war, dass mir vielleicht irgendjemand meine Formelberechnungen geklaut haben könnte.
Doch bevor ich losstürmte, um nachzusehen, ob mein Heft noch an seinem Platz lag, sah ich, wie sich etwas im Glas des Süßigkeitenautomaten spiegelte. Es brauchte ein paar Sekunden, bis ich es schnallte. Unter der Treppe vögelten gerade Lisa und David! Ich konnte es nicht fassen! Diese Schlampe! Ich war wie versteinert. Was

sollte ich jetzt tun? Weggehen oder einfach an den beiden vorbei und in den Raum huschen? Ich entschied mich, dass ich nicht dazu verpflichtet war, solange zu warten, bis die Herrschaften fertig waren. Also ging ich zügigen Schrittes an den beiden vorbei und blickte kurz zu ihnen hinüber. Ich traf genau den glasigen Blick aus Lisas halbgeschlossenen Augen. David hatte sie an die Wand gedrückt und nahm sie mit kräftigen Stößen im Stehen.
Wut stieg in mir hoch.
Schnell verschwand ich im Raum und machte die Tür leise hinter mir zu. Mein Heft lag noch auf dem Tisch. Ich hätte es nun in meinen Rucksack stecken und den Raum wieder verlassen können. Aber ich nahm mir vor, so lange hier zu warten, bis Lisa und David fertig waren, denn ich war eifersüchtig und wollte mir den Anblick nicht noch einmal antun.
Musste es unbedingt David sein? Der konnte es Lisa bestimmt richtig besorgen, denn er hatte viel mehr Sexerfahrung als ich. Mit Anfang zwanzig konnte ich nämlich erst zwei Geschlechtsakte vorweisen und die waren alles andere als hemmungslos.
Mir war klar, ich hatte verloren. Oder ich müsste besser sein als David. Aber auf was stand Lisa, auf was standen Frauen? Zum ersten Mal in meinem Leben stellte ich mir diese Frage. Mit Sicherheit durfte ich nicht schüchtern sein. Ich müsste sich so richtig hart rannehmen. Das würde ihr bestimmt gefallen. So schätzte ich sie jedenfalls ein. Aber vielleicht auch nicht. Vielleicht war es gerade meine Unerfahrenheit und Schüchternheit, die sie reizte.
Fünfzehn Minuten später sprang die Tür auf. Es war natürlich Lisa. Erhaben stolzierte sie in den Raum. „Hat es dich scharf gemacht?", kam es wie aus einer Pistole aus ihr herausgeschossen.
Sie war wieder unglaublich verführerisch angezogen. Ihr geblümter Minirock bedeckte gerade mal soeben ihr Hinterteil. Ich wettete, dass sie heute wieder keinen Slip trug.
„Ganz im Gegenteil, ich finde das abartig", sagte ich trocken.
„Sex findest du abartig? Danach sah es gestern aber ganz und gar nicht aus."

Sie kicherte und wirkte dadurch nicht mehr so kühl wie am Tag zuvor. „Ich finde es abartig, dass du gleich heute schon mit einem anderen fickst."

„Da ist ja einer eifersüchtig." Lisa kam um den Tisch herum und streichelte meinen Nacken.

„Lass das bitte." Ich zog den Kopf zur Seite.

Sie nahm ihre Finger weg und setzte sich mit übergeschlagenen Beinen auf den Tisch schräg vor mir. „Du brauchst nicht eifersüchtig zu sein. Dein Schwanz ist viel dicker und länger als Davids. Er konnte es mir nicht richtig besorgen."

Das hatte gesessen. Stimmte das wirklich, was sie da sagte, oder wollte sie nur, dass ich nicht mehr böse auf sie bin? Egal, ich fühlte mich trotzdem geschmeichelt.

Dann schwang Lisa ihre Beine auf den Tisch, zog die Knie hoch und spreizte ihre Beine.

Ich starrte direkt auf ihre Schamlippen, die vom Fick mit David noch gerötet waren. Mir wurde heiß.

„Das gefällt dir, oder?" fragte sie verschmitzt.

Ich antwortete nicht, denn ich war im Nu erregt und wollte sie einfach nur noch vögeln. Meine Unerfahrenheit hemmte mich kurz, aber dann fiel mir David wieder ein. Ich musste Lisa zeigen, dass ich es ihr besorgen konnte. Also stand ich auf, ließ meinen rechten Mittelfinger zielstrebig durch ihren feuchten Schlitz gleiten und küsste ihren Schmollmund.

„Hui, heute gehst du aber ran". Der Klang ihrer Stimme bestätigte mir, dass es ihr gefiel. „Besorg es mir!" befahl sie mir dann und lehnte sich auf ihren Ellenbogen zurück. Ich sah, dass bereits Saft aus ihrer Spalte quoll.

Schnell öffnete ich meine Hose, zog Lisa an der Taille weiter zu mir an die Tischkante und steckte meinen Schwanz sofort in ihr nasses Loch. Lisa schrie ein langes „Jaaa" aus und warf ihren Kopf zurück.

Das spornte mich nur noch mehr an. Ich wollte es ihr nun so richtig geben und stieß meine Latte daher nun in kurzen Abständen heftig in ihre Fotze.

Lisa stöhnte jetzt unglaublich laut. Das bewies mir, dass ich es richtig machte. Diesmal fickte ich sie und nicht sie mich. Ich hatte nun die Oberhand und es fühlte sich gut an. Und ich wollte sie abhängig von mir machen, denn nur so hatte ich eventuell eine Chance, sie nicht zu verlieren. Mit diesem Gedanken zog ich mein Glied aus ihr heraus und ließ mich auf dem Stuhl hinter mir nieder.
Erschrocken fuhr Lisa hoch: „Was ist denn los?"
„Du musst um ihn betteln", antwortete ich und zeigte dabei auf meinen steil nach oben gerichteten Speer.
Sie kroch von der Tischplatte, hockte sich vor mich hin und schaute mir tief in die Augen, während sie mein steifes Glied mit ihrem Schmollmund umschloss und ihn schmatzend lutschte.
Lisa verstand es, mich um den Verstand zu bringen. Ich hielt es kaum noch aus. Ich musste zum Höhepunkt kommen, wollte sie aber ebenfalls befriedigen. „Leg dich wieder auf den Tisch", forderte ich sie deshalb auf.
Sie gehorchte und legte sich mit weit geöffneten Beinen auf die Tischplatte zurück.
Der Blick auf ihre nasse Möse war wie ein Geschenk. Ich zog sie an ihren Beinen wieder etwas weiter zu Tischkante, um besser in sie eindringen zu können. Doch vorher erlaubte ich mir noch, einmal langsam und genüsslich durch ihren Schlitz zu züngeln. Dann war ich soweit, ich prügelte mein Ding regelrecht in sie hinein.
Lisa legte ihre Beine über meine Schultern, damit ich sie noch tiefer befriedigen konnte. Dann kam sie auch schon. Ihre Muschi zog sich zuckend zusammen und schnürte meinen Penis noch fester ein. Das war ein unglaubliches stimulierendes Gefühl für mich. Ich war wie in Trance und verlangsamte das Tempo, um diese Enge bewusst spüren und mich ganz entspannt in Lisa ergießen zu können. Anschließend ließ ich mich auf den Stuhl zurückfallen und schaute dabei zu, wie meine Samen aus ihrer Ritze flossen.
Nicht anders zu erwarten, stand Lisa sofort auf, wischte mit einem Taschentuch die Körperflüssigkeiten weg, zog ihren Rock herunter und stöckelte zur Tür.

„Ach so, jetzt verschwindest du einfach wieder, oder was?", rief ich ihr wütend hinterher.
„Willst du etwa noch ein Nachspiel?", fragte sie ironisch.
„Ne, aber wäre ja mal interessant zu wissen, wer du bist und was du studierst."
„Süßer, ich hab dir doch gestern schon gesagt, dass du zu viele Fragen stellst. Ich bin Lisa, das muss reichen." Sie ging und ich schlug mit einem „Verdammt" meine Faust auf den Tisch. So ging es nicht weiter, ich musste sie besitzen oder abhaken. So hielt ich es nicht länger aus.

Gedankenversunken schlenderte ich zu Fuß nach Hause. Ich brauchte frische Luft.
Martin war schon zu Hause. „Hey, Mann, wo warst du denn noch so lange?", begrüßte er mich. „Ich bin schon seit einer halben Stunde wieder zurück. Ist was passiert? Du siehst irgendwie fertig aus."
Nun saß ich in der Falle. Ich konnte und wollte meinen Sex mit Lisa nicht länger vor Martin verheimlichen. Und anlügen wollte ich ihn schon gar nicht. „OK, ich sag` dir jetzt, was in letzter Zeit mit mir los ist. Aber versprich mir bitte, dass du es wirklich für dich behältst!"
„Mensch, Arne, hab` ich je irgendwann mal was weiter getratscht?"
„Ich ficke Lisa", antwortete ich direkt. Mehr sagte ich nicht. Ich wollte erst einmal abwarten, wie Martin darauf reagieren würde. Denn ich und Frauen, ich und Sex, das war ein heikles und seltenes Thema bei uns. Frauen und Sex im Allgemeinen. Martin war zwar nicht so ein Aufreißer wie David und sah auf den ersten Blick vielleicht auch nicht wie ein typischer Frauenschwarm aus, versprühte aber dennoch einen gewissen Charme, auf den Frauen hin und wieder abfuhren. Doch gesprochen wurde darüber nur oberflächlich. Der Grund war sicherlich, dass mich Martin mit seinen Frauengeschichten nicht neidisch machen wollte.
Martin versuchte locker zu bleiben und nicht zu überrascht zu wirken.
„Ja, und was ist mit dieser Lisa? Wer ist die überhaupt?"

„Jetzt halt dich fest! Ich weiß, du glaubst mir jetzt wahrscheinlich nicht, aber es ist diese neue sexy Studentin, die neulich zum ersten Mal in der Vorlesung war. Frag bitte nicht nach Details!"
Jetzt konnte Martin seine Erstauntheit nicht mehr zurückhalten. „Du meinst die mit den blonden Locken?"
„Genau die."
Martin holte tief Luft. Nachdenklich musterte er mich.
Das irritierte mich. „Was ist?", fragte ich nervös.
„Ich kenne die", antwortete er trocken.
„Waaas? Woher das denn?" Ich war verdutzt. Hatte sich Lisa Martin etwa auch schon geschnappt?
„Komm mit in die Küche. Ich erzähl`s dir."
In der Küche setzten wir uns an den Küchentisch und Martin begann: „Die heißt nicht Lisa. Naja, ihren richtigen Namen weiß ich eigentlich auch nicht. Mir sagte sie jedenfalls, sie sei Anna." Martin blickte mir in die Augen.
„Und? Weiter?"
„Ich kenne sie von damals, als ich noch Tischtennis gespielt habe. Sie war bei einigen Turnieren Zuschauerin. Mir fiel sie natürlich gleich auf. Ist ja klar." Martin lachte kurz auf. „Na ja, und irgendwann fing sie mich nach einem Turnier draußen vor der Halle ab. Und so begann es." Er presste seine Lippen aufeinander und zog die Augenbrauen hoch. Dann: „Hak die ab, Arne, die will nichts Ernstes von Dir. Die will nur ihre Sexsucht stillen und dich von ihr abhängig machen. Du kannst dich bald auf nichts anderes mehr konzentrieren und hast nur noch sie im Kopf. Ich kenn` das."
Ich merkte, dass Martin das Thema schnell beenden wollte. Doch ich war neugierig. „Was lief denn genau zwischen dir und Lisa, äh, Anna?"
„Sie fing mich anfangs nur nach den Turnieren ab. Du weißt ja, die Turniere waren immer am Wochenende. Wir trieben es im Wald nebenan oder in der Umkleidekabine, wenn keiner mehr da war. Ich wollte ihre Handynummer, Adresse, irgendwas, aber sie rückte mit nichts raus. Du kannst dir vielleicht vorstellen, wie ich mich auf die

Wochenenden gefreut habe." Martin schien nicht weiterreden zu wollen.

„Du sagtest anfangs. Was war später?"

„Sie fragte mich, wann ich unter der Woche trainieren würde, und ich sagte montags und donnerstags. Dann kam sie auch diesen Tagen. Ich wollte sie dann bald jeden Tag sehen. Mann, ich hab`s dir ja gesagt, du wirst süchtig nach ihr."

„Und wollte sie dich auch jeden Tag sehen?"

„Ich sagte, wenn sie mich auch an den anderen Tage sehe wolle, könnte sie zu mir kommen. Erst ging sie darauf nicht ein, dann kam sie einmal zu mir und wir haben die ganze Nach gepoppt. Ich sag` dir, ich war fix und fertig. Die kann echt nicht genug bekommen, die ist sexgeil. Ich merkte irgendwann, dass ich nur noch darauf fixiert war, sie zu treffen, alles andere wurde unwichtig. Ich musste von ihr loskommen und hab` ihr klargemacht, dass ich sie nicht mehr sehen will. Die ersten zwei Wochen versuchte sie es trotzdem immer wieder. Dann hatte sie`s wohl endlich geschnallt und ließ mich in Ruhe."

Wir schwiegen eine Weile.

Dann fuhr Martin ernst fort: „Arne, Anna hat mich hier an der Uni wieder aufgesucht, und zwar schon eine Woche, bevor sie im Vorlesungssaal aufgetaucht war. Ich weiß nicht, woher sie weiß, dass ich hier studiere. Aber im Internet findet man ja alle. Ich hab` ihr gesagt, dass sie mich nicht mehr interessiert und mich in Ruhe lassen soll. Sie schien es sofort verstanden zu haben. Ich habe mich aber gewundert, was sie hier noch macht. Jetzt ist es mir klar. Arne, ich glaube, die will mich mit dir eifersüchtig machen. Wahrscheinlich denkt sie, dass du mir von euch schon längst erzählt hast. Das ist echt ein Miststück. Gib ihr eine Abfuhr. Die muss hier verschwinden."

Darauf ging ich nicht ein. Ich sagte nur emotionslos: „David hat sie auch gepoppt."

„Siehst du, die hat einen Knall."

Gern hätte ich erfahren, wie es zwischen Martin und Lisa alias Anna sexuell abgelaufen war. Aber das ging zu weit. Außerdem sollte es mich jetzt sowieso nicht mehr interessieren, denn Martin hatte völlig

Recht, ich musste sie loswerden, bevor ich völlig von ihr abhängig wurde.

Am nächsten Abend blieb ich wieder als Letzter im Projektraum zurück. Nicht, weil ich fleißig weiterarbeitete, sondern weil ich bewusst auf Lisa wartete. Ich plante, sie auf Martin anzusprechen. Und wenn es tatsächlich so war, dass sie Martin mit mir eifersüchtig machen wollte, würde sie sich ertappt fühlen und auf dem Absatz kehrt machen. Dann wäre ich sie los. Soweit mein Plan.
Ich war mir sicher, dass Lisa kommen würde. Und sie kam.
Ihr Anblick war atemberaubend, als sie hereinstolzierte. Doch ich versuchte, mein Verlangen zu unterdrücken.
Sie sagte nichts, tänzelte nur verführerisch vor mir herum, während sie sich ihr figurbetontes T-Shirt über den Kopf zog. Da sie keinen BH trug, entblößten sich ihre nackten Brüste vor mir.
Sie machte es mir wirklich nicht einfach, aber ich musste hart bleiben. „Anna", ich sprach sie absichtlich mit diesem Namen an, "ich weiß, dass du was mit Martin hattest."
Lisa stoppte. „Ja und? Durfte ich das nicht?"
Ich kam zur Sache: „Du benutzt mich, um ihn eifersüchtig zu machen. Das kannst du dir in Zukunft sparen. Er will definitiv nichts mehr von dir, und ihm ist es scheißegal, ob du mit mir poppst oder nicht."
„Und mir ist Martin scheißegal. Ich will nur dich." Lisa tänzelte weiter vor mir herum.
„Und warum hast du Martin dann hier an der Uni wieder aufgesucht?"
„OK, jetzt reichst." Sie hob ihr T-Shirt auf, zog es sich wieder über und flüchtete zur Tür. Dort drehte sich sie um. „Hör mal. Ja, ich habe nach Martin gesucht und ihn hier auch gefunden. OK, er hat mich abgewiesen. OK, ich wollte Martin mit dir ärgern. Aber nach unserem ersten Fick war mir Martin völlig egal. Aber weißt du was? Wenn du ständig alles geklärt haben willst, dann rechne doch an deinen langweiligen Formeln weiter!" Sie drückte die Klinke hinunter.

„Anna-Lisa-Schießmichtot kann auch mehr als einen Satz sprechen, Applaus." Ich klatschte in Zeitlupe in die Hände. Auf meinem Gesicht lag ein breites Grinsen.
Mit so einer Reaktion von mir hatte sie wohl nicht gerechnet. Ich war zufrieden. Bisher war alles so gelaufen, wie ich es geplant hatte. Bisher. Mich wurmte nur eine Sache. Lisa sagte, sie wäre seit unserem ersten Sex nicht mehr an Martin interessiert. Ich konnte sie anscheinend befriedigen. Diese Tatsache sollte mir jetzt aber eigentlich egal sein, denn ich wollte mich von ihr lösen. Es sollte eigentlich auch keine Rolle mehr spielen, ob sie mich nur benutzt hatte, um Martin eifersüchtig zu machen oder um ihre Sexsucht zu stillen. Aber sie war einfach zu verführerisch.
„Jetzt hat man dir einmal gesagt, dass du einen dickeren und längeren Schwanz hast als David und schon wirst du arrogant."
Das hatte gesessen. Mein Grinsen und Klatschen erstarb. Ich konterte aber sofort und machte meinen Plan damit zunichte: „Und wenn du jetzt gehst, wer soll dich dann heute noch ficken? Wenn ich tatsächlich so einen dicken, langen Schwanz habe, dürftest du dem doch jetzt nicht widerstehen können, oder?" Ich schmunzelte.
Damit hatte ich sie gefangen. Sie ließ die Türklinke los und kam auf mich zu. Ich war gespannt, was sie nun mit mir anstellen wollte. Ich schwor mir, dass es das letzte Mal sein sollte. Und bei diesem letzten Mal wollte ich ihr zeigen, wer hier als Sieger rausgeht.
Lisa stellte sich breitbeinig vor mich hin und zog ihren Rock hastig hoch. Leicht gewölbt lugten ihre Schamlippen hervor.
Mein Glied wurde sofort steif und drückte gegen die Jeans. In diesem Moment wurde ich schwach und bezweifelte, jemals von Lisa loskommen zu können.
„Leck sie", hörte ich Lisas Stimme kühl sagen.
Nun gab sie wieder den Ton an! Dabei wollte ich doch bestimmen, wie das letzte Mal abläuft! Aber der Akt hatte ja erst begonnen. Es war also noch alles möglich. Und so ging ich in die Hocke und ließ ich meine Zunge durch ihren Schlitz langsam vor und zurück gleiten.
Lisas Atemzüge wurden hörbar schneller.

Heute würde ich sie zappeln lassen. Sie sollte betteln. Daher umkreiste ich mit meiner Zunge immer wieder ihren Kitzler und ließ sie immer wieder durch ihren Schlitz gleiten. Lisas Saft lief auf meine Zunge und ich wunderte mich, dass sie mittlerweile nicht schon nach mehr bettelte.
Doch dann stöhnte sie atemlos: „Steck deinen Schwanz rein."
Jetzt hatte ich sie langsam soweit, aber es reichte mir noch nicht. Daher gehorchte ich ihr nicht und fuhr mit meiner Zunge weiter durch ihren Schlitz.
Dann endlich das Betteln: „Bitte tue es jetzt! Steck ihn endlich rein, ich halte es nicht mehr länger aus!"
Ich grinste innerlich, obwohl ich mich selbst schwer beherrschen konnte, sie nicht einfach auf den Tisch zu schmeißen und in wenigen Sekunden durchzuknallen.
Lisa wurde ungeduldig. Sie ging jetzt ebenfalls in die Hocke und begann, nervös an meinem Hosenknopf zu nesteln.
Das gefiel mir gar nicht, denn ich war noch nicht fertig mit ihrer Muschi. Ich löste ihre Hände von meiner Hosenöffnung, rieb meine Finger forsch an ihrem Kitzler und steckte dann zwei von ihnen in ihr feuchtwarmes Inneres.
Das schien Lisa zu gefallen. Mir ihren Nägeln krallte sie sich in meinen Oberarmen fest.
Mein Glied pochte. Ich wusste, dass ich es nicht mehr lange aushalten würde. Während ich sie weiterfingerte, öffnete ich daher mit meiner anderen Hand meine Hose und holte meinen Schwanz hervor. Ich stand auf, zog Lisa mit mir hoch und legte meine Latte zwischen ihre gespreizten Beine, um sie an ihren Schamlippen zu reiben. Dann widmete ich mich ihren Brustwarzen, die sich durch den Stoff ihres T-Shirts abzeichneten. Mit einem Schwung streifte ich es über ihren Kopf und saugte genüsslich an ihren Nippeln.
Das brachte Lisa um den Verstand. „Fick mich jetzt endlich!", schrie sie wütend, umfasste meinen harten Penis mit ihrer linken Hand und versuchte, ihn in ihr Loch zu schieben.

Ich hielt ihr Handgelenk fest und löste ihre Hand von meinem Glied. „Heute bestimme ich, wann und wie. Mein kleiner Freund gehört immer noch mir", flüsterte ich ihr streng durch ihre Locken ins Ohr.
Ein schmerzvolles Jammern kam aus ihrer Kehle: „Du willst dich rächen, du Schwein."
Ich konnte meiner Erregung kaum noch Stand halten, aber ich zwang mich zur Kontrolle und knabberte weiter an ihren Brustwarzen, während ich mein Glied weiter zwischen ihren Schamlippen rieb.
„Du quälst mich", quengelte Lisa weiter.
Das wollte ich höre. So schnell es ging, schob ich meinen Schwanz nun in ihre tropfnasse Muschi.
Lisa schrie lustvoll auf.
Doch mein Plan war nicht, in ihrer Vagina kommen. Ich wollte nur noch einmal Lisas warme Scheide an meinem Penis spüren, um sie anschließend so richtig abzuservieren, damit sie hoffentlich nie wieder das Bedürfnis bekam, mich aufzusuchen. Sonst würde ich ihr immer und immer wieder verfallen. Das wusste ich.
Da ich kurz vor dem Höhepunkt stand, schob ich mein Glied nun im Zeitlupentempo in ihre Vagina und zog es ebenso langsam wieder heraus, um es nicht zu stark zu stimulieren.
„Schneller", jaulte Lisa.
Ich erhöhte das Tempo etwas.
„Noch schneller", stöhnte Lisa jetzt lauter.
Aber mir war klar, dass sie, und auch ich, dann kommen würden. Den Orgasmus wollte ich Lisa heute aber verwehren. Sie brauchte einen Denkzettel. Daher zog ich mein Glied aus ihrer Möse.
Sofort protestierte Lisa: „Was soll das? Ich bin noch nicht gekommen!"
Es törnte mich an, sie so wütend und erregt zugleich zu sehen. Das hatte etwas Wildes. „Ich möchte, dass du ihn lutscht", antwortete ich so gefasst wie möglich. „Dann bekommst du, was du verdienst", schob ich noch nach.
Das ließ sich Lisa nicht zweimal sagen. Sie ging auf ihre Knie hinunter und führte meinen, mit ihrem Saft benetzten, Penis in ihren knallrot

geschminkten Schmollmund ein. Ihr eigener Saft lief ihr dabei an den Mundwinkeln hinunter.
Der Anblick erregte mich so stark, dass ich den Rhythmus nun selbst übernahm und meine Latte in kurzen, harten Stößen in ihren Mund stieß. Noch bevor sich Lisa beschweren konnte, ejakulierte ich. Es war ein unglaublich gutes Gefühl.
Lisa zog meinen Schwanz sofort aus ihrem Mund. Dabei spritzte noch restliche Samenflüssigkeit auf ihre linke Wange. Genau das hatte sie verdient. Nicht mehr, nicht weniger.
Geschockt blieb Lisa auf ihren Knien sitzen und schaute mich ungläubig an. Als sie sich wieder etwas gefasst hatte, beschimpfte sie mich: „Du bist das größte Arschloch, was ich je getroffen habe." Dann stand sie auf, zupfte ihren Rock zurecht und zog sich das T-Shirt über.
„Wenn du willst, kann ich es dir ja auch oral besorgen?" Ich versuchte, so ernst wie möglich zu klingen.
„Du bist echt ein Looser", keifte sie und stampfte zur Tür.
„Vielleicht ist David ja noch da!", rief ich ihr hinterher.
„Fick dich", hörte ich sie noch vom Gang herrufen, kurz bevor die Tür zufiel.
Ich hatte geschafft! Die kurzfristige Änderung meines Plans war besser gewesen als der Ursprüngliche. Ich hatte sie noch einmal gefickt, und zwar in ihren süßen Schmollmund, und sie war leerausgegangen. Mir war es egal, ob sie dachte, dass ich mich bei ihr rächen wollte oder dass ich nicht in der Lage war, mit dem Abspritzen zu warten, bis sie gekommen war. Ich war mir jedenfalls sicher, dass sie mir nicht mehr über den Weg laufen würde. Trotzdem war ich Lisa für die drei Sexakte dankbar, denn der Sex mit ihr hatte mich selbstbewusster gemacht. Nicht nur in sexuellen Dingen, auch im alltäglichen Leben. Allerdings lag das nicht nur am Sex an sich, sondern auch daran, dass ich nun wusste, dass ich einen großen und dicken Schwanz habe und Frauen befriedigen kann. Grins.

5. Gurken und Bananen

„Mist", fluchte Maggy. Sie hatte keine Gurken und Bananen zum Masturbieren mehr. Zu dumm, dass sie vor ein paar Stunden ihren Wochenendeinkauf bereits gemacht hatte. Nun musste Maggy also noch einmal hinunter zum Supermarkt. Doch als sie ihre Jacke anzog, hielt sie kurz inne. Was sollten die Kassiererin und die anderen Leute bloß von ihr denken, die mit ihr an der Kasse standen? Nur eine Gurke und ein paar Bananen auf dem Laufband waren ja mehr als offensichtlich. Und wenn sie so richtig Pech hatte, würde sie ein ganz hemmungsloser Typ lauthals mit einem ganz lustigen Witz auf ihren Einkauf ansprechen. Und dann würden sich an der Kasse alle nach ihr umdrehen. Nein, sie würde noch Quark und Kräuterquark dazukaufen. Kräuterquark als Dip für die Gurke und den Quark zum Anrühren eines Bananenquarks. Das sah logisch aus. Ja, so würde sie es machen. Vielleicht sollte sie langsam doch mal an den Kauf eines Dildos oder Vibrators denken.
Am Gemüsestand im Supermarkt konnte sich Maggy nicht so richtig für eine Gurke entscheiden. Die passenden Bananen waren schnell gefunden. Doch mit den Gurken gestaltete sich das etwas schwieriger. Nahm sie die Dickere, die gerade so eben in ihre Scheide passte oder eine etwas Dünnere? Zwei Gurken zu kaufen, wäre ihr zu peinlich gewesen.
„Ich würde die Dickere nehmen. Da bekommst du mehr für den gleichen Preis."
Erschrocken blickte Maggy nach rechts. Neben ihr, bei den Tomaten, stand ein Typ und zwinkerte ihr zu. Nun war Maggy klar, dass er sie die ganze Zeit beobachtet hatte. Wie peinlich! Schnell entschied sie sich für die dicke Gurke, denn in letzter Zeit törnte es sie an, wenn sie leichte Schmerzen beim Einführen hatte und die Scheide so richtig schön gespannt wurde.

Gerade wollte sie sich umdrehen und zu den Milchprodukten gehen, da sprach der Typ sie wieder an: „Wenn du mal eine echte Gurke brauchst, hier meine Telefonnummer."
Maggy sah auf einen kleinen weißen Zettel mit Zahlen. Hatte er sie das eben wirklich gefragt oder hatte sie da was falsch verstanden? Sie schaute zu ihm hoch und blickte geradewegs in stahlblaue Augen. Maggy wurde leicht schwindelig.
„Etwas Echtes ist doch immer besser als ein schlechtes Imitat, oder?" Er zwinkerte ihr wieder zu.
Hastig fuhr Maggy herum, aber es war sonst niemand in der Gemüse- und Obstabteilung, der etwas hätte mitbekommen können. „Ähm ja." Maggy nahm ihm den Zettel geistesabwesend ab und steckte ihn in ihre Jackentasche. „Mal schauen." Sie drehte ihm ruckartig den Rücken zu und marschierte schnellen Schrittes zur Kasse. Maggy war so verwirrt, dass sie die beiden Quark-Packungen völlig vergaß. Sie wollte nur so schnell wie möglich den Supermarkt verlassen.
An der Kasse achtete Maggy nicht auf eventuell vielsagende Blicke der Kassiererin und der anderen Kunden an der Kasse, denn sie war gedanklich zu sehr damit beschäftigt, was ihr eben am Gemüsestand widerfahren war. Sie hoffte, der Typ würde sie nicht verfolgen. Maggy drehte sich daher auf dem Nachhauseweg vorsichtshalber immer wieder um. Doch er war nirgendwo zu sehen.
Als sie zu Hause angekommen war, hatte sie keine Lust mehr zu masturbieren. Sie musste die Situation erst einmal verdauen. Der Typ hatte sie doch tatsächlich um ein Date zum Vögeln gebeten! Zwar hatte er es sehr diskret ausgedrückt, das musste man ihm lassen. Ein „Willst du ficken, hier meine Nummer", wäre sicher nicht so charmant rübergekommen. Aber war seine Art und Weise denn charmanter? War es nicht schlicht unerhört, dass er sie so ansprach? Oder passte es nur nicht zu ihren anerzogenen Normen? War sie einfach zu verklemmt? Maggy konnte die Begegnung nicht einordnen. Sie kam zu dem Schluss, dass er das Thema Sex eigentlich mit Witz angesprochen hatte. Aber dann fragte sie sich, ob er sie vielleicht schon die vorherigen Male im Supermarkt bemerkt hatte, wie sie wählerisch

die Gurken und Bananen auswählte? Maggy stieg vor Scham die Röte ins Gesicht. Sie würde nie wieder in den Supermarkt gehen können. Schade, er lag so nah an ihrer Wohnung.
Maggy blickte zu den gerade eingekauften Bananen und der Gurke. Sie würde sich nie wieder mit Gurken und Bananen selbstbefriedigen können, ohne an den Typ und die Situation im Supermarkt denken zu müssen. Er hatte ihr das Masturbieren gänzlich verdorben. Was sollte sie nun tun? Ihn anrufen? Das konnte ihr doch nun wirklich nicht in den Sinn kommen! Und heute schon gar nicht! Wie notgeil würde sie denn vor ihm dastehen!
Maggy schob die Gedanken beiseite. Sie musste sich erst einmal entspannen. Bei einem Bad konnte sie das immer am besten. Also stellte sie Teelichter im Badezimmer auf, ließ das Wasser in die Badewanne laufen und goss großzügig Badeöl hinein. Bevor sie in die halbgefüllte Badewanne stieg, stellte sie noch ruhige Musik an.
Kurze Zeit später war die Wanne voll. Maggy drehte den Wasserhahn zu und lauschte den Liedern. Langsam entspannte sie sich.
Leider schlich sich nach wenigen Minuten die Situation im Supermarkt wieder in ihre Gedanken. Doch Maggy ließ es ohne Bewertung geschehen und sah diese stahlblauen Augen wieder vor sich. Sie stellte sich vor wie der Typ sich zu ihr herunter beugte und mit seiner Zunge fordernd in ihren Mund eindrang. Sie züngelten wild und ausgelassen vor dem Gemüsestand, während er ihr die Hose öffnete und seine Finger grob an ihrem Kitzler rieb.
Maggys Puls raste, ihre Schamlippen pulsierten. Mit einem Satz war sie aus der Badewanne gesprungen, rannte in die Küche, schnappte sich die Gurke und ließ sich wieder ins Wasser gleiten. Mit den Fingern der linken Hand spreizte Maggy ihre Schamlippen auseinander und versuchte mit der rechten Hand die Gurke in ihr Loch zu schieben. Aber im Liegen klappte es nicht, die Gurke war einfach zu dick. Das erregte Maggy noch mehr. Sie musste es anders versuchen, und so drückte sie die Gurke mit der rechten Hand auf den Badewannenboden und hielt weiterhin mit den Fingern der linken Hand ihre Schamlippen gespreizt. Dann ließ sie die Spitze der Gurke in ihrem

Scheideneingang kreisen. Doch sie wollte spüren, wie die Gurke ihre Muschi dehnte. Daher drückte sie ihr Becken vorsichtig immer tiefer, so dass die Gurke weiter in sie eindrang. In ihrer Scheide zog und pikste es leicht, was Maggy sehr stimulierend fand. Auch der Anblick ihrer von der dicken Gurke gespannten Schamlippen törnte Maggy wahnsinnig an.

Sie ritt auf der Gurke auf und ab, so gut es mit dem breiten Durchmesser ging, und kehrte mit ihren Fantasien zu dem Mann im Supermarkt zurück. Seine Finger glitten von ihrem Kitzler zu ihrem nassen Schlitz. Zwei Finger drangen stoßweise immer wieder in sie ein. Dann nahm er eine Gurke aus dem Regal und drückte sie bohrend in ihre Vulva.

Maggy ritt in der Badewanne nun schneller auf der Gurke, ungeachtet der leichten Schmerzen, die sie an der Scheidenwand spürte. Aber das war ihr egal, denn sie war so geil, dass sich Stimulation und Schmerz vermischten. Der folgende Orgasmus erlöste Maggy, sie war wie berauscht. Kraftlos sank sie in die Wanne zurück und zog die Gurke aus ihrer Vagina. Sie fühlte sich gedehnt, aber befriedigt an. Maggy schüttelte den Kopf. Hatte sie den Typ aus dem Supermarkt doch tatsächlich in ihre Fantasien mit eingebunden! Es half nichts. Sie musste ihn morgen anrufen.

Es war Sonntag. Um 10 Uhr wachte Maggy auf. Sie schwang sich ihren Bademantel über, schlenderte in die Küche und bereitete ihr allmorgendliches Müsli zu. Sie nahm es mit ins Wohnzimmer, schaltete den Fernseher ein und machte es sich auf der Couch bequem. Es lief ein Reisebericht über Mallorca. Doch Maggy merkte wie unkonzentriert sie war, weil sie ständig an den Typ aus dem Supermarkt denken musste. Sie hatte sich vorgenommen, ihn heute anrufen. Doch wie sollte sie sich melden? Was sollte sie sagen? „Hallo, ich bin`s, die aus dem Supermarkt mit der Gurke?" Maggy fand das lächerlich. Vor allem, weil sie nicht so wirken wollte, als ob sie dringend einen Stecher benötigte. Aber genau so war es. Sie hatte schon lange keinen „echten" Sex mehr gehabt und war unglaublich heiß darauf. Und nun

würde ein Anruf genügen und sie könnte es einfach so besorgt bekommen. Eigentlich kam der Typ wie gerufen. Außerdem war Maggy gespannt auf seine Gurke. Ihr kamen seine Worte wieder in den Sinn: „Wenn Sie mal eine echte Gurke wollen..." Benutzte er das Wort Gurke nur so zum Scherz, weil sie im Supermarkt gerade mit den Gurken beschäftigt war? Oder war sein Penis wirklich so groß wie eine Gurke? Maggy war ernsthaft neugierig, wie sein bestes Stück nun tatsächlich aussah. Sie musste ihn jetzt anrufen. Sie stellte ihr Müsli beiseite und griff zu ihrem Handy. Die Telefonnummer lag schon parat auf dem Wohnzimmertisch. Maggy tippte die Nummern ein. Nach zweimal Klingeln meldete er sich mit: „Hallo?"
„Hi, hier ist Maggy. Du hattest mir gestern im Supermarkt deine Nummer zugesteckt."
„Ja klar erinnere ich mich. Die Dame mit der Gurke." Er lachte etwas. Maggy wäre gern im Erdboden versunken. Aber er sah es wohl lockerer als sie. Also, kein Grund zur Scham. „Ja, genau die."
„Hast du Lust heute?", fragte er direkt.
Maggy stellte sich dumm: „Worauf?"
„Naja, worauf wohl? Warum rufst du denn an? Zum Gurkenzählen etwa?" Er lachte auf.
Maggy wurde es langsam zu blöd. Warum hatte sie ihn bloß angerufen? Oder stellte sie sich einfach zu prüde an? „Ne, ich wollte fragen, ob wir uns heute vielleicht treffen wollen?"
„Das meinte ich doch! Jetzt gleich?", kam es wie aus der Pistole geschossen.
„Jetzt gleich? Äh..."
„Naja, so in einer Stunde vielleicht? Welche Straße wohnst du denn?" Er hatte sie also nicht verfolgt. „Meiersdorfer Str. 10."
„Und dein Name?"
„Maggy Rüders."
„OK, Maggy. Dann in einer Stunde bei dir. Ist das OK?"
„Ja, geht in Ordnung."
„Ach, da ist noch eine Sache. Ich würde gern einen Kumpel mitbringen."

„Sorry, aber das geht zu weit."
„Hey, warte. Ich sagte doch, dass ich ein Ding wie eine Gurke habe, mein Kumpel wäre da eher der Bananentyp."
„Verarschen kann ich mich auch selber. Tschüss." Maggy wollte gerade auflegen, da rief er ins Telefon: „Maggy! Bleib dran, warte. Ich will dich nicht verarschen. Bleib doch mal locker. Ich meine, du hast doch Gurken und Bananen gekauft. Ist doch klar, wozu du die unter anderem benutzt. Mein Kumpel und ich sind das halt in echt. Verstehst du?"
„Und wie kann ich euch trauen?"
„Vertrau uns einfach, wir sind Profis."
„Ach, zieht ihr öfter so eine Masche ab, oder was?"
„Was heißt hier Masche. Erstens trifft man nicht immer auf so süße Mädels wie dich und zweitens sind die Ansprechsituationen nicht immer optimal, um auf das Thema Sex zu sprechen zu kommen. Aber ich bin ehrlich. Wir schauen schon gezielt nach solchen Situationen und Mädels. Es geht echt nur um Sex, mehr nicht, damit wir uns nicht falsch verstehen."
„Ne, ist klar, dann bis in einer Stunde, bring deinen Kumpel mit."
Maggy legte auf. „Bring deinen Kumpel mit". Hatte sie das wirklich gesagt? War sie jetzt völlig übergeschnappt? Das hieß Sex mit zwei Kerlen! Na, Herzlichen Glückwunsch!
Schnell schlang Maggy das restliche Müsli herunter, putzte ihre Zähne, duschte kurz und schminkte sich etwas. Gut, dass sie lange Haare hatte, da reichte ein paar Mal durchkämmen. Den Bademantel ließ sie an. Anschließend räumte sie noch ein wenig auf.
Die letzte halbe Stunde fühlte sich für Maggy wie eine Ewigkeit an. Würden die beiden überhaupt vorbeikommen?
Ein Klingeln riss sie aus ihren Gedanken. Das mussten sie sein! Maggy nahm den Hörer der Gegensprechanlage ab und fragte: „Hallo?"
„Ja, wir sind`s, Mark und Tobias."
Maggy fiel auf, dass der Typ seinen Namen bisher noch gar nicht genannt hatte. War er nun aber Mark oder Tobias? Sie würde es gleich erfahren. Maggy drückte den Türöffner.

Die beiden hatten den zweiten Stock, in dem Maggy wohnte, schnell erreicht. Durch den Spion sah sie die beiden die letzten Stufen hochkommen. Sie erkannte den Typ aus dem Supermarkt sofort an seinen blauen Augen. Ihr war gar nicht aufgefallen, wie muskulös er war. Sein Freund dagegen war sehr schlank gebaut, aber nicht minder attraktiv. Sie klingelten nochmal. Maggy zögerte ein paar Sekunden, atmete noch einmal tief durch und öffnete dann die Tür.
„Hi", sagten alle gleichzeitig.
Maggy ließ die beiden rein. „Wer von Euch ist denn nun wer?"
Der Typ aus dem Supermarkt stellte sich als Mark vor, der andere als Tobias.
Maggy wusste nicht, wie es weiter gehen sollte. Um die kurze Stille zu unterbrechen, fragte sie: „Wollt ihr was trinken? Ich habe Sekt kalt gestellt. Ich dachte, das passt gut."
„Ja, gern!", antwortete Mark.
Sie gingen in die Küche und Mark öffnete gekonnt die Sektflasche. Dabei zeichneten sich seine angespannten Muskeln durch sein enges, langärmeliges Shirt ab. Maggy freute sich schon darauf, ihn nackt zu sehen. Ihr war die Situation überhaupt nicht mehr unangenehm, denn für die beiden Männer schien das alles normal zu sein. Außerdem waren sie nett und attraktiv.
Mark schenkte den Sekt ein. „Auf den heutigen Tag", sagte er und alle stießen an.
Schon nach dem ersten Schluck fuhr Tobias mit einer Hand unter Maggys Haare und streichelte ihren Nacken. Maggy lächelte dabei Mark an, und dann war es wie in ihrer Fantasie. Er stellte sein Glas ab und kam mit seinem Gesicht dichter an ihres. Maggy öffnete ihren Mund leicht. Diese Gelegenheit nutzte Mark sofort. Sanft legte er seine Lippen auf ihre und begann mit seiner Zunge ihre zu umspielen. Maggy machte mit. Dabei vergaß sie fast Tobias, der ihren knackigen Pobacken massierte und hin und wieder von hinten einen Finger durch ihre feuchte Ritze gleiten ließ.
Nun löste Mark den Gürtel ihres Bademantels, streifte den Mantel über ihre Schultern und ließ ihn zu Boden gleiten. Maggys runde, ap-

felgroße Brüste entblößten sich vor Mark. Ihre Brustwarzen waren noch flach. Doch Mark kümmerte sich darum, sie hart zu bekommen. Er kreiste mit seiner Zunge um ihre Knospen und saugte zart an ihnen. Dann streckte er seinen Kopf leicht zurück, um ihre Busen zu betrachten. „Du hast wirklich schöne Brüste", sagte er und massierte sie kräftig.
Tobias stimulierte weiterhin Maggys Muschi. Er hatte sich hinter sie gehockt und ihre Beine etwas auseinander gedrückt, um ihren laufenden Saft von den Innenschenkeln abzulecken. Es kitzelte Maggy ein wenig, doch noch mehr erregte sie es.
Plötzlich packte Mark seine Hand an Maggys Hinterkopf und drückte ihr Gesicht seinem entgegen. Fordernder und härter stieß er nun mit seiner Zunge erneut in ihren Mund. Mit der anderen Hand knetete er abwechselnd heftig ihre Brüste.
Ja, so wollte Maggy es. Dies war besser als in ihren Fantasien.
Sie hörte, wie Tobias sich ein Kondom überstreifte. Sie hatte gar nicht mitbekommen, dass er sich ausgezogen hatte. Sie wünschte sich aber, von Mark gevögelt zu werden, und so fragte sie ihn: „Was ist mit dir? Zeig mir deine Gurke!" Maggy lächelte ihn aus glasigen Augen an.
„Du kannst es gar nicht erwarten, was?" erwiderte Mark. „Ich hol` mal eben das Kondom aus meiner Jackentasche." Mark verschwand im Flur.
Derweil stützte sich Maggy mit ihren Unterarmen auf dem Bistrotisch ab und streckte Tobias auffordernd ihr Hinterteil entgegen. Gezielt drang Tobias in ihre Vulva ein und hielt sich an ihren Brüsten fest, um noch fester zustoßen zu können. Bei jedem Eindringen ertönte ein schmatzendes Geräusch. Das geilte Maggy nur noch mehr auf. Sie glaubte, noch nie so feucht gewesen zu sein.
Mark kam ausgezogen und mit übergestreiftem Kondom zurück. Maggy betrachtete seinen durchtrainierten Körper und sein wahnsinnig dickes Ding. Er hatte tatsächlich eine Gurke gemeint, schoss es ihr durch den Kopf.
„Euch hört man ja bis in den Flur!", lachte Mark Maggy entgegen.

Maggy war so in Ekstase, dass sie nicht antworten konnte. Wie in Trance ging sie Mark entgegen, Tobias Schwanz flutschte dabei aus ihrer Möse. Sie schlang ein Bein um Marks Becken und führte seinen Schwanz in ihre Muschi ein. Obwohl er sehr dick war, hatte ihre Vagina keine Schwierigkeiten ihn aufzunehmen, denn sie war klitschnass. Es folgten ein paar kurze, heftige Stöße, die Maggy fast den Verstand raubten. Dann ließ Mark von ihr ab. Unvermittelt drang nun Tobias wieder von hinten in ihre Vulva ein. Maggy gefiel Marks Schwanz aber besser. Sie wollte, dass er allein es ihr besorgte. Doch es kam besser.
„Stell dich gerade und breitbeinig hin", befahl Mark.
Maggy gehorchte und Mark stellte sich so dicht vor sie, dass nur noch ein Finger zwischen ihre Körper passte. Hinter ihr stand Tobias ebenso dicht.
„Nun kommt unsere Spezialität. Ich hoffe, dir gefällt es." Umgehend stieß Mark seinen Penis in Maggys nasse Fotze und zog ihn wieder raus. In dem Moment drang Tobias von hinten in ihre Muschi ein und zog ihn ebenfalls wieder heraus. So ging es immer im Wechsel. Maggys Scheide bekam auf diese Weise die Stimulation aus verschiedenen Winkeln. Ihr gefiel es.
Wenig später hatten Mark und Tobias ihren Takt gefunden und beschleunigten ihr Tempo.
Maggy hatte das Gefühl, zwei Schwänze gleichzeitig in ihrer Vulva zu haben. Es hätte für sie ewig so gehen können, doch ihre Lust wollte endlich gestillt werden.
„Gefällt es dir?" hauchte Tobias Maggy von hinten ins Ohr.
„Und wie", stöhnte Maggy zurück. Mehr schaffte sie nicht zu sagen, sie kam zum Höhepunkt ihres Lebens. Der Orgasmus hörte gar nicht mehr auf. Vielleicht lag es daran, dass nun erst Mark mit einigen heftigen Stößen in ihr kam und anschließend Tobias von hinten. Es spielte aber keine Rolle für Maggy, denn es war der beste Sex, den sie je hatte.
Mark und Tobias hielten sich nach dem Akt nicht mehr lange bei Maggy auf. Sie verschwanden nacheinander kurz im Bad und wollten

dann auch schon gehen. „Also, wenn du mal wieder Lust hast, melde dich doch einfach. Wir haben noch ein paar andere Tricks auf Lager", verabschiedete sich Mark mit einem Zwinkern.
Maggy schloss die Tür hinter ihnen, ging ins Wohnzimmer und ließ sich wie ein plumper Sack auf ihr gemütliches Sofa fallen. Sie war total fertig. „Das nenne ich vögeln", murmelte sie noch, bevor sie einschlief.

Gegen 16 Uhr wachte sie wieder auf, schnappte sich ihr Telefon und rief ihre beste Freundin Tina an, der sie einfach alles erzählen konnte, egal wie unangenehm oder intim es war. Doch Maggy war sich sicher, dass Tina ihr den Sex mit zwei Männern nie abnehmen würde.
„Hey, Maggy", meldete sich Tina. „Wollte dich auch gerade anrufen. Marion und Steffi fragen, ob wir heute Abend mit ihnen in den Tanztempel gehen wollen. Hast du Lust?"
„Ich weiß nicht. Bin grad total verwirrt. Und irgendwie immer noch total kaputt, obwohl ich grade eine Stunde geschlafen habe."
„Hey, Süße, ist doch nichts Schlimmes passiert, oder?"
„Ganz im Gegenteil. Ich hatte vor einigen Stunden Sex mit zwei Männern. Ich sage dir: Der beste Sex, den ich je hatte. Die beiden..."
Tina unterbrach sie: „ Moment mal, Maggy, hast du das geträumt oder meinst du in echt?"
„Ich weiß, du glaubst mir nicht, aber es ist tatsächlich passiert!"
„Wow! Du? Hast du Drogen genommen? Sorry, Süße, aber du weißt ja, du und die Männer..."
Maggy mochte es, wenn Tina so ehrlich war. Sie sagte einfach immer direkt heraus, was sie dachte. So eine Offenheit gefiel ihr besser als falsches Getue. „Ich weiß, aber es ist halt passiert."
„Ach so, die standen einfach plötzlich vor deiner Tür und haben dich gefragt, ob sie mal ficken können?" Tina lachte amüsiert. „Oder wie ist es dazu gekommen? Erzähl doch mal!"
„Fast so. Ich stand vorm Gemüseregal im Supermarkt und Mark, der eine Typ, stand neben mir bei den Tomaten..." Maggy erzählte ihr

alles, vom Kennenlernen bis zu dem Zeitpunkt, als die beiden vor ihrer Tür standen.

„Meine Güte! Warum passiert mir nie sowas?" Tina klang wirklich enttäuscht.

Maggy fuhr fort: „Ich hab jetzt nur ein Problem."

„Sag nicht, du hast jetzt einen Tripper!" Tina lachte wieder. Sie konnte sich so herrlich über ihre eigenen sarkastischen Witze amüsieren.

„Ne, ich glaube, ich habe mich in Mark verguckt. Das Problem ist nur, dass er ja am Telefon sagte, dass es nur um Sex geht. Männer können das Gefühl ja abstellen. Aber was ist, wenn ihm mal die Richtige über den Weg läuft, dann kann er doch auch nichts machen, oder?"

„Och, Süße. Das war mir klar. Und nun hoffst du, dass du die Richtige für ihn bist, stimmt`s? Weißt du was? Genieß es einfach! Irgendwann hat er eine Freundin oder du einen Freund und dann ist der Spaß eh vorbei. Warum denn eigentlich Mark und nicht der Andere? Hat Mark den Dickeren, oder was?" Tina kicherte.

„Ja, hat er. Aber deswegen finde ich ihn nicht gut."

„Nein, ist klar!", antwortete Tina entrüstet. Ihre Stimme wurde leiser: „Mal im Ernst. Wie dick ist er denn?"

„Also, ein Maßband habe ich nicht aus der Schublade geholt, Tina!"

„Ich meine doch nur so vom Gefühl. Gibt es einen Gegenstand, der so dick ist?"

„Ja, eine durchschnittliche Gurke würde ich sagen."

„Waaas? Spinn jetzt nicht! Echt? Oh Mann, kann ich das nächste Mal dabei sein? Ich meine im Ernst."

„Spinnst du? Ich habe doch keinen Sex vor und mit dir?"

„Maggy, du hattest Sex mit zwei Männern. Da dürfte es doch nun auch kein Problem für dich sein, dass ich dabei bin. Wir müssen uns ja nicht anfassen oder knutschen, oder so!"

„Aber darauf wird es hinauslaufen, ist doch logisch. Außerdem möchte ich Mark beim nächsten Mal fragen, ob er allein zu mir kommen könnte."

„Verstehe." Tina seufzte. „Aber wenn er das nicht will. Dann könntest du doch sagen, dass du dann auch eine Freundin dabei haben willst.

Und wir versuchen dann, uns gegenseitig so gut wie möglich zu umgehen. Warum war der Sex denn überhaupt so geil mit den beiden?"
Maggy erzählte ihr von der Vorne-Hinten-Stellung.
„Du Glückspilz!", schrie Tina in den Hörer. „Und dann willst du es nur noch mit Mark allein treiben?", fragte sie ungläubig. „Bist du des Wahnsinns? Gib mir mal Marks Nummer, ich würde es gern mit beiden treiben!"
„Mit den beiden lasse ich dich bestimmt nicht allein! Aber ich überlege mir nochmal, ob ich dich dabei haben möchte, in Ordnung?"
„In Ordnung." Tina klang etwas beleidigt. „Und was ist mit heute Abend?"
„Ich denke, ich bleibe zu Hause."
„Aber du rufst Mark heute nicht nochmal an, oder?" fragte Tina fast strafend.
„Ich weeeiiiß nicht." Maggys Stimme klang verheißungsvoll.
„Du blöde Kuh! Ich will dabei sein!"
„Ja, ist ja gut. Ich habe doch gesagt, ich überlege es mir."

Nach dem Telefonat überlegte Maggy tatsächlich, ob sie Mark heute nochmal anrufen sollte. Aber zum zweiten Mal am gleichen Tag? Auf keinen Fall! Aber standen Männer nicht auf sexgeile Frauen? Außerdem war es die Zeit um Maggy Eisprung. An diesen Tagen hatte sie meistens mehrmals am Tag Lust auf Sex. Zudem spürte sie an den Eisprung-Tagen den Orgasmus viel intensiver. Also, was sprach dagegen? Maggy zögerte. Eigentlich gar nichts. Es sprach alles dafür. Sie wollte es aber von Mark allein besorgt bekommen. Egal, welche Tricks Mark und Tobias zusammen noch drauf hatte. Mark würde ihr reichen. Sie wollte nur ihn. Mit diesem Gedanken nahm sie das Telefon und wählte Marks Nummer. Er nahm ab. „Hallo?"
„Hi Mark. Hier ist Maggy."
„Hey Maggy. Haben wir was vergessen?"
„Nein, ich wollte nur fragen, wie es mit heute Abend aussieht?"
„Nochmal heute? Da haben Tobias und ich ja einen guten Fang gemacht!" Mark lachte schälmisch. „Heute Abend ist allerdings

schlecht. Tobias geht auf eine Feier. Konnte ja keiner ahnen, dass du uns heute nochmal brauchst." Mark lachte wieder.
Das war Maggys Chance: „Ich wollte dich eh fragen, ob du alleine kommen willst."
Mark schwieg ein paar Sekunden, dann: „Hat es dir mit uns beiden zusammen nicht gefallen?"
„Doch, doch, so sollte das wirklich nicht rüberkommen. Aber ich, äh, kann mich am besten immer nur auf eine Person konzentrieren."
„Maggy, ähm, das geht nicht. Wie ich schon bei unserem ersten Telefonat sagte. Wir treten nur im Doppelpack auf. Du und ich allein, das ist mir zu intim, wenn du verstehst, was ich meine. Das hat sowas Privates. Das möchte ich vermeiden. Es geht hier echt nur um Sex."
„Das habe ich schon verstanden. Ich dachte nur…"
„Also, Tobias und ich zusammen oder gar keiner. Tobias macht das übrigens auch nicht allein."
„Aha." Maggy wurde sauer. Sie hatte zwei fremde Männer in ihre Wohnung gelassen. Und nicht nur das. Sie hatten Sex zu dritt gehabt, und dann schwafelt Mr. Ich-Bin-Der-Tollste davon, dass es ihm mit ihr allein zu intim und privat wäre. Maggy fand das albern. „Ich empfand das sehr intim und privat mit uns dreien. Was macht es da für einen Unterschied, wenn du allein kommst?" Maggy ärgerte sich, dass sie das gesagt hatte. Sie wollte nicht betteln, aber das hatte sie nun indirekt getan.
„Hör mal, Maggy. Es geht mir darum, dass ich im Moment keine Beziehung will. Ich will dir zwar nicht unterstellen, das du was von mir willst, aber wir beide allein, das geht in diese Richtung. Verstehst du, was ich meine?"
„Eine Beziehung will ich auch überhaupt nicht", log Maggy. Sie hoffte, er wäre dann entspannter, was das Thema anging.
„Trotzdem nicht, Maggy, sorry. Wir könnten aber morgen Abend nochmal vorbeikommen, wenn du möchtest?"
„Ja, gern!" rief Maggy fröhlich, obwohl sie eigentlich enttäuscht war. Aber sie war auch neugierig, was für Tricks sie zu zweit noch so auf Lager hatten. So verabredeten sie sich für den kommenden Abend.

Der nächste Tag auf der Arbeit war eine Qual für Maggy. Die Zeit verging einfach nicht. Sie arbeitete unkonzentriert, legte Akten falsch ab und gab verwirrende Auskünfte am Telefon. Maggy war so aufgeregt wie ein kleines Mädchen, das am Abend viele Geschenke zu ihrem Geburtstag bekommen würde. Immer wieder schob sich Marks Gesicht vor ihr inneres Auge. Sein Zwinkern, sein Lächeln, seine stahlblauen Augen, sein muskulöser Körper und natürlich sein Penis. Oh Gott, der Penis! An den durfte sie gar nicht erst denken! Sofort spürte sie einen Anflug von Erregung in sich aufsteigen. Maggy gelang es aber, das Bild von seinem steifen Schwanz zu verdrängen, sonst wäre die Konzentration völlig dahin gewesen.

Als Maggy Feierabend machte, blieben noch jede Menge unbearbeitete Dokumente auf ihrem Tisch zurück. Doch das war Maggy egal, denn sie konnte es einfach nicht abwarten, nach Hause zu kommen.

Der Bus schien heute viel langsamer zu fahren als sonst, und auch die Rotphasen der Ampeln fühlten sich für Maggy länger als üblich an.

Dann war sie endlich zu Hause. Schnell sprang sie unter die Dusche und rasierte die bereits nachwachsenden Härchen im Schambereich weg. Anschließend trocknete sie sich ab und sprühte ihren Lieblingsduft auf, den ihr Ex-Freund besonders verführerisch fand. Maggy hatte sich vorgenommen, Mark heute besonders zu gefallen. Sie musste ihn um den Verstand bringen, ihn richtig stimulieren, es ihm richtig besorgen. Sie wusste zwar nicht, wie sie es in der Gegenwart von Tobias fertig bringen sollte, aber ihr würde schon etwas einfallen. Maggy überlegte weiter, ob sie sich Dessous anziehen sollte, aber verwarf den Gedanken wieder. Die Jungs wollten bestimmt schnell zur Sache kommen und nicht kompliziert an den ganzen Verschlüssen herumfingern. Also entschied sie sich wieder für ihren Bademantel. Dann läutete es auch schon.

Als Maggy Mark sah, schlug ihr Herz schneller. Seine Muskeln zeichneten sich unter seinem engen schwarzen T-Shirt ab, welches das Blau seiner Augen noch mehr hervorhob. Am liebsten hätte sie sich sofort an ihn rangeschmissen. Doch da war ja noch Tobias, der Maggy

eine Sektflasche entgegen hielt: „Wir wollten uns revanchieren. Der ist kalt, wir können ihn also gleich öffnen."
Maggy wandte sich an Mark: „Willst du das wieder machen?"
„Klar!", entgegnete er.
„Aber am besten in der Küche. Falls der Sekt beim Öffnen übersprudelt, kann ich ihn da besser wegwischen."
„Sollten wir dann nicht lieber alle gleich in der Küche bleiben?" Mark schaute schmunzelnd zu Tobias hinüber.
Der antwortete mit einem breiten Grinsen.
Maggy hatte kapiert, sie war in ein Fettnäpfchen getreten, ihre Aussage war zweideutig gewesen. „Ha, ha. Ich finde, wir gehen heute mal ins Wohnzimmer. Tobias, du kannst ja schon mal rübergehen. Mark und ich kommen dann mit den gefüllten Sektgläsern nach."
Tobias verschwand im Wohnzimmer. Nun war sie mit Mark allein in der Küche. Er klemmte sich sofort die Sektflasche zwischen die Beine und fingerte am Korken herum, während Maggy drei Sektgläser aus dem Schrank holte und sie auf den Küchentisch stellte. Danach lehnte sie sich an den Türrahmen und lockerte den Gürtel ihres Bademantels etwas, so dass eine Brust aus dem Ausschnitt herausschauen konnte. Mark hatte beim letzten Mal gesagt, dass er ihre Brüste mochte. Dann würde ihm der Anblick bestimmt gefallen. Allerdings war er noch damit beschäftigt, den Korken aus der Flasche zu ziehen und würdigte sie keines Blickes. Aber als es „plopp" machte und der Sektkorken endlich draußen war, schaute er erfreut zu Maggy auf. Sein Blick streifte flüchtig ihre Brust, bevor er den Sekt in die Gläser füllte. Maggy schnappte sich das erste volle Glas und goss ein wenig Sekt über ihre Brust. Ihre Brustwarze wurde sofort hart. „Uups, ich habe gekleckert", tat sie völlig überrascht.
Mark blickte zu Maggy, die auf ihre Brust zeigte. Er trat zu ihr und beseitigte schlürfend und leckend die Flüssigkeit von ihrem Busen. Als er damit fertig war, beschäftigte er sich nur noch mit Maggys Brustwarze. Er züngelte und saugte an ihr, bis Maggy auch ihre zweite Brust freilegte und Mark diese zu liebkosen begann. Auf einmal

stoppte er. „Lass uns zu Tobias rübergehen, der wartet bestimmt schon", forderte er Maggy auf.
„Wir können uns doch hier noch kurz warm machen", schlug sie schnell vor und streichelte Marks Arm.
„Das ist unfair Tobias gegenüber. Komm lass uns." Mark machte eine Kopfbewegung Richtung Tür, schnappte sich zwei Sektgläser und verließ die Küche. Maggy bedeckte ihre Busen wieder mit dem Bademantel und ging ihm hinterher.
Tobias saß nur in Boxershorts bekleidet auf dem Sofa. „Was habt ihr denn solange in der Küche gemacht?"
„Maggy hat aus Versehen ihren Sekt in ihr Dekolletee geschüttet."
„So, so." Tobias hatte verstanden. „Lass mal sehen." Er stand auf und ging zu Maggy hinüber. Er zog den Ausschnitt des Bademantels auseinander, um ihre Brüste zu betrachten. „Hier sehe ich noch ein bisschen Sekt." Sofort leckte Tobias großzügig über ihren linken Busen. Den anderen begann er leicht zu massieren. Maggy wurde warm im Schritt. Nun öffnete er den Gürtel von ihrem Bademantel und ließ den Mantel zu Boden gleiten.
Maggy wurde von Mark abgelenkt, der sich gerade sein T-Shirt über den Kopf streifte. Sein durchtrainierter Oberkörper kam zum Vorschein. Dann zog er seine Jeans samt Boxershorts aus. Maggys Blick fiel natürlich sofort auf Marks Schwanz, der bereits steif in die Höhe ragte. Ihre Busen mussten ihn also ziemlich schnell erregt haben, stellte Maggy zufrieden fest.
Mark trat von hinten an sie heran. Maggy spürte seinen kräftigen Oberkörper an ihrem Rücken und sein hartes Stück, welches er ihr in die Poritze drückte. Ein Schauer überflog sie. Dann hob er ihre Haare hoch und fuhr mit seiner Zunge ganz zart links und rechts ihren Hals entlang. Ein zweiter Schauer durchzuckte sie.
Tobias war noch mit ihren Busen beschäftigt, drückte aber mittlerweile sein Glied gegen ihren Venushügel.
Maggy schloss die Augen und genoss, dass sie von allen Seiten verwöhnt wurde. Aber sie wollte Mark vor sich haben. Daher löste sie sich behutsam von den beiden Männern und legte sich mit dem Rü-

cken auf den flauschigen Wohnzimmerteppich. Mark und Tobias gesellten sich zu ihr. Mark legte sich rechts von Maggy, Tobias links von ihr, und so kam es, dass Tobias an ihrer linken Brustwarze saugte und Mark an ihrer rechten. Dann spürte sie, wie Mark mit seinen Fingern ihren Kitzler suchte. Als er ihn gefunden hatte, bewegte er seine Finger kreisend und mit leichtem Druck auf ihm. Maggys Erregung stieg.
„Möchtest du lutschen?", flüsterte Tobias ihr ins Ohr.
Maggy nickte. Allerdings hätte sie lieber Marks Schwanz liebkost.
Tobias kniete sich hin und drückte seine Latte Maggys Mund entgegen. Maggy begann sofort, an seiner Eichel zu lutschen. Tobias schob sein Becken weiter vor, um seinen Penis tiefer in ihren Mund zu stecken. Dann hörte Maggy, wie Mark ein Kondom öffnete. Sie drehte ihren Kopf zur Seite und Tobias` Penis glitt aus ihrem Mund. Schnell rief sie: „Stopp! Ich wollte deine Gurke auch noch lecken!"
„Ich würde sie jetzt aber gern in deine Möse stecken. Du bist so verdammt eng. Ich kann es kaum abwarten", antwortete Mark bereits mit keuchendem Atem.
Also, noch etwas, was ihm an ihr gefiel. Doch Maggy gab nicht auf: „Nur kurz…. Bitte!", flehte sie ihn an.
„Na gut."
„Leg dich dazu doch hin", schlug sie Mark vor.
Als Mark auf dem Rücken lag, hockte sich Maggy breitbeinig über Marks Beine und umfasste mit einer Hand Marks hartes Glied. Langsam schob sie seine Vorhaut immer wieder vor und zurück. Maggy war fasziniert von seinem dicken Schwanz. Sie beugte sich über seinen Knüppel, streckte dabei ihren Po nach oben und tastete mit ihrer Zunge seine Eichel ab. Aber sie wollte die Dicke und Härte seines Gliedes voll und ganz spüren und schob es langsam in ihren Mund. Da Marks steifer Penis wirklich einen beachtlichen Durchmesser hatte, kostete es Maggy etwas Anstrengung, ihren Mund so weit zu öffnen. Trotzdem wollte sie ihn weiter oral befriedigen, am liebsten bis zum Ende, wollte seinen Orgasmus in ihrem Mund spüren und sein Sperma trinken. Und so saugte und leckte sie immer stürmischer an Marks warmen Schwanz.

Das gefiel Mark besonders, er stöhnte einige Male auf und machte auch keine Anstalten, Maggys Bemühungen zu stoppen, denn eigentlich wollte er ja ihre enge Möse vögeln. Aber nun genoss er erst einmal Maggys feuchten Mund.
Tobias hatte zugeschaut. Es erregte ihn ungemein. Aber er wollte natürlich mitmachen. Maggys nach oben gestreckter Po und ihre gespreizten Beine gaben ihm die volle Pracht ihrer Muschi preis. Ihre Schamlippen waren rot angeschwollen und ihr Schlitz war weit geöffnet, so dass Tobias Maggys Scheideneingang sehen konnte. Aus ihm lief dickflüssiger Saft, der im Schein der Wohnzimmerlampe köstlich glitzerte. Reflexartig streckte Tobias seine Zunge danach aus. Maggy zuckte leicht zusammen, als sie die Zunge an ihrer Scheide spürte. Gierig leckte Tobias den Saft aus ihrem Schlitz. Er wollte mehr und steckte seine Zunge, so tief es ging, in Maggys Vagina. Dort tastete er ihr nasses Inneres ab.
Maggy hielt mit dem Blasen inne und genoss kurz die Stimulation in ihrer Vulva. Dann lutschte sie weiter an Marks Glied.
Tobias zog sich ein Kondom über und freute sich, dass er derjenige sein durfte, der Maggys enge Muschi vögeln durfte, denn eigentlich hatten Mark und er einen anderen Plan gehabt. Aber Maggy wollte ja unbedingt Marks Gurke oral verwöhnen. Das war Tobias nur recht so. Langsam führte er seinen Schwanz in Maggys Vulva ein, um sie nicht zu erschrecken. Für Tobias fühlte sich Maggys Muschi nicht so eng an wie für Mark, denn sein Schwanz war im steifen Zustand nicht so dick wie seiner. Aber immerhin war Maggys Vagina enger als die der letzten Mädels, die er gebumst hatte. Und mit Maggys straffen und knackigen Po im Blick war es einfach die perfekte Stellung für Tobias. Doch er hatte sich zu früh gefreut. Er hörte Marks atemlose Stimme: „Ich will deine Muschi jetzt durchficken."
Tobias vögelte Maggy schneller, um noch schnell abspritzen zu können. Aber dazu kam er nicht, denn Mark nahm Maggys Kopf in seine Hände, um ihn von seinem Glied wegzuheben, was zur Folge hatte, dass Maggy sich aufrichtete und Tobias Penis aus ihrer Muschi flutschte.

„Reite mich rückwärts", bat Mark Maggy.
Maggy hätte ihn lieber von Angesicht zu Angesicht geritten und ihn geküsst. Aber sie tat ihm den Gefallen. Sie setzte sich auf seinen dicken Schwanz, der ihre Vagina augenblicklich zu dehnen begann und ihre Scheidenwand so intensiv stimulierte, dass sie es kaum aushalten konnte.
Tobias Blick fiel auf Maggys stöhnenden, leicht geöffneten Mund. Die Vorstellung von seinem Penis in ihrem feuchten Mund und in ihm abzuspritzen, törnte Tobias so richtig an. Er zog schnell das Kondom ab und strich seine Eichel über Maggys Gesicht und ihre Lippen. Lechzend streckte Maggy ihre Zunge heraus, um an Tobias` Latte zu lecken. Er schob sie in ihren Mund und fickte ihn heftig, bis er abspritzte. Maggy schluckte das Sperma herunter, ein kleiner Rest lief ihr seitlich aus dem Mund.
Während Tobias ins Bad ging, witterte Maggy ihre Chance. Sie drehte sich um, um Mark vorwärts zu reiten. Verlangend strich sie mit ihren Händen über seinen schweißnassen Körper. Er roch so männlich, und Maggy wollte seinen Schweiß schmecken. Sie beugte sich nach vorn und leckte seine Brust ab.
Mark hob seinen Kopf, um Maggy zu küssen. Sie züngelten kurz außerhalb ihrer Münder, dann schmiss Mark Maggy auf ihren Rücken, um sie mit festen, kurzen Stößen zu bumsen. Sein Blick war wild, der Schweiß lief ihm an den Schläfen herunter. „So willst du es doch, oder?", prustete er hervor. „Du willst meinen dicken Schwanz, oder? Sag es!"
Für einen kurzen Moment war Maggy verängstigt. So grob und temperamentvoll hatte sie ihn noch gar nicht erlebt. Allerdings hatte er Recht. Sein Schwanz war einfach geil und sein Fickstil genau richtig so.
„Sag es!", wiederholte Mark. Er stoppte unverzüglich seine Stöße und zog seinen Schwanz heraus. „Sonst mache ich nicht weiter."
„Doch, bitte, fick mich weiter!", hörte sich Maggy selbst flehen. Sie streckte ihm ihr Becken entgegen.
„Willst du es wirklich?", fragte Mark gefühllos.

„Ja, steck ihn rein, bitte", antwortete Maggy gequält.
Mark hielt ihre Schamlippen auseinander, um ihr Loch richtig zu treffen. Dann drang er mit einem harten Stoß wieder in sie ein.
Maggy wusste nicht, ob dieser Stoß sie schmerzte oder erregte. Aber die darauffolgenden Stöße waren einfach nur noch stimulierend, und es war Marks Orgasmus, der sie letztendlich auch zu ihrem Höhepunkt brachte, denn das heftige Zucken seines dicken Schwanzes beim Abspritzen stimulierte Maggys Vagina noch einmal so richtig. Sie hatte das Gefühl, als würde sie fliegen und als würden tausend Ameisen durch ihren Körper krabbeln. Dann ebbte das Gefühl allmählich ab und wich dem Gefühl der vollen Befriedigung.
Marks Glied erschlaffte nicht sofort. Er massierte seinen Penis weiter in Maggys Scheide. Maggy erlebte dabei noch kleine nachträgliche Orgasmen.
Mark lächelte jetzt wieder, der feurige Ausdruck in seinen Augen war verschwunden. „Tut mir leid, dass ich so heftig war, aber deine schmale Muschi hat mich zum Tier gemacht."
„Das habe ich gemerkt. Aber es war gut so."
Mark zog seinen Penis jetzt heraus.
Tobias löste sich vom Türrahmen, von wo aus er den beiden zugeschaut hatte, setzte sich aufs Sofa und fragte: „Na, seid ihr Turteltäubchen nun befriedigt?"
Mark warf ihm einen Blick zu, der ihn bat, solche Äußerungen zu unterlassen. Nachdem er im Bad verschwunden war und Maggy sich ihren Bademantel wieder angezogen hatte, wandte sich Tobias an sie: „Bringt echt Spaß mit dir."
„Mit Euch auch", gab Maggy knapp zurück.
„Du stehst aber besonders auf Mark, oder?"
Maggy fühlte sich ertappt. Was sollte sie schon darauf antworten? Ein „Nein" wäre gelogen gewesen. Und ein „Ja"? Es kam darauf an, wie Tobias seine Frage meinte. Meinte er in sexueller oder in beziehungstechnischer Hinsicht? Wenn sie für die sexuelle Variante mit „Ja" antworten würde, würde sie Tobias damit beleidigen. Das wollte Maggy nicht. Und dass sie sich mit Mark eine Beziehung wünschte,

das würde sie sicherlich nicht zugeben. Sie würde Mark dann wohl nie wieder sehen.

„Keine Antwort ist auch eine Antwort", reagierte Tobias. Dann beugte er sich zu Maggy vor und flüsterte: „Aber ich kann dir sagen, ich glaube, er steht auf dich. Er will es nur nicht zugeben. Weißt du, er ist seit circa einem halben Jahr wieder Single. Marks Ex-Freundin hat ihn von heute auf morgen verlassen. Er hat nun Angst, sich wieder auf was Neues einzulassen, obwohl er meiner Meinung, nach voll der Beziehungstyp ist. Er sagt, er hat jetzt erst mal die Schnauze voll von Beziehung und will erst mal so viele Weiber wie möglich vögeln. Ich glaube, er belügt sich selbst."

Mark kam ins Wohnzimmer zurück. „Wollen wir los, Tobias?"

Tobias stand wie auf Kommando auf und Maggy begleitete beide zur Tür. Mark wirkte verlegen. Irgendetwas schien ihm auf der Seele zu liegen. Dann ergriff er das Wort: „Maggy." Eine kurze Pause folgte. „Ich denke, wir sollten uns nicht mehr treffen." Bei diesem Satz sah er Maggy nur kurz in die Augen, dann flüchtete sein Blick ins Wohnzimmer.

Tobias schaute verwirrt zwischen Maggy und Mark hin und her.

Maggy traf der Satz wie ein Schlag. Sie war selbst überrascht, wie schnell sie reagieren konnte: „Ähm, schade. Ich wollte euch nämlich fragen, ob eine Freundin von mir das nächste Mal mitmachen könnte?"

Tobias schien etwas daran zu liegen, dass ihr gemeinsamer Sex weiterging. Denn noch bevor Mark etwas antworten konnte, rief er schnell ein „Na klar" aus.

Mark gefiel der Vorschlag ebenfalls. Sein Gesichtsausdruck wirkte jetzt nicht mehr so sorgenvoll und er blickte Maggy wieder an. „Ich will ja nicht unhöflich sein, aber kann sie mit dir mithalten?"

Wieder ein Kompliment von Mark! Maggy fühlte sich geschmeichelt. „Ja, da könnt ihr euch drauf verlassen!"

Tobias und Mark waren soeben gegangen. Maggy saß auf ihrer Couch und war niedergeschlagen. Sie wusste selbst nicht warum, denn eigentlich hätte sie sich doch freuen müssen, Mark wiedersehen zu können. Doch so einfach war das Ganze nicht, denn im Grunde wollte Mark sie ja gar nicht mehr wiedersehen. Warum bloß nicht? Tobias` Worte hallten wie ein Echo in ihrem Kopf: „…ich glaube, er steht auf dich…. Er will keine Beziehung…. Er will so viele Weiber wie möglich vögeln…." Wenn Mark tatsächlich auf sie stand, dann wollte er sie natürlich nicht mehr sehen, weil er Angst hatte, sich ins sie zu verlieben. Bestimmt hatte er beim Sex gemerkt, wie fixiert sie auf ihn war. Wurde es ihm vielleicht zu verbindlich? Aber dann hatte sie Tina erwähnt und Mark wirkte plötzlich wieder interessiert. Natürlich! Wieder ein Weib mehr, das er vögeln konnte! Maggy war hin und hergerissen. Sie hatten vereinbart, dass Maggy mit Tina sprechen und sich dann bei Mark zwecks Terminabsprache melden sollte. Und wenn sie Mark einfach nicht anrief? Maggy behagte die Vorstellung, dass Mark Tina poppt, nämlich überhaupt nicht. Mit Sicherheit würde Mark versuchen, sich auf Tina zu konzentrieren, um sich von ihr abzulenken. Würde sich Mark aber bei Maggy melden, wenn sie ihn nicht anrief? Wenn ja, wie sollte sie sich dann erklären? Vielleicht so: „Tina hat kein Interesse mehr und mit mir allein wolltest du ja eh nicht. Deswegen habe ich nicht mehr angerufen."? Das war doch absurd. Oder auch nicht? Und wenn Mark nicht anrief? Dann hatte sie ihn verloren, denn Maggy würde ihm bestimmt nicht hinterher telefonieren und um Sex mit ihm allein betteln. Die einzige Chance ihn noch mal zu sehen, war also, wenn sie Tina mitbrachte. Sie musste es riskieren.

„Yuhu. Ich bin dabei, ich bin dabei!" Tina war ganz aus dem Häuschen.
„Nun beruhig dich wieder! Und denk dran, was wir besprochen haben. Du lässt, so gut es geht, die Finger von Mark! Ist das klar?"
„Ja doch! Aber sein Schwahaanz!"
„Tinaaa!"
„OK, OK, hab verstanden. Dann bis Freitag!"
Maggy legte auf. Sie war sich immer noch nicht sicher, ob das eine so gute Idee war. Allerdings hatte sie ein bisschen Hoffnung, dass Mark

auch beim nächsten Mal ihrer engen Muschi nicht widerstehen konnte. Sie wusste zwar nicht, wie eng oder weit Tinas Vagina war, aber da Tina fast 20 Zentimeter größer als sie selbst war, ging sie davon aus, dass auch ihre Vagina dementsprechend größer sein musste. Aber dann gab es da ja auch noch Tinas Brüste. Auf die konnte sie echt stolz sein. Sie wurde oft gefragt, ob sie sich die hat machen lassen, denn in Proportion zu Tinas Körper wirkten sie unnatürlich groß. Aber Tina hatte sie sich nicht vergrößern lassen. Es spielte jetzt aber auch keine Rolle für Maggy, ob vergrößert oder nicht, Fakt war einfach, dass die Männer reihenweise auf Tinas Brüste standen. Auch auf ihre Brustwarzen, wie Tina mal erwähnte. Die sollten wohl ziemlich lang sein. Da konnte Maggy nicht mithalten. Auch wenn sie ein Kompliment von Mark bezüglich ihrer Brüste erhalten hatte, es stand einfach außer Frage, dass Tina das hinreißendere Dekolletee von ihnen beiden hatte.
Maggy hätte nie gedacht, sich irgendwann einmal Gedanken über Tinas Vagina oder Brüste machen zu müssen. Verrückt, was Männer anrichten konnten!

Es war Freitag. Maggy machte gegen Mittag Feierabend, um zu Hause noch genug Zeit zum Aufräumen und Vorbereiten zu haben.
Als alles erledigt war, stand Tina auch schon vor der Tür. Sie hatten vereinbart, dass sie ein oder zwei Stunden vor Mark und Tobias vorbeikommen sollte.
Tina hatte ihren Bademantel mitgebracht und machte sich gleich daran, ihre Klamotten auszuziehen.
„Geht`s noch?" Maggy fiel die Kinnlade herunter. Sie glaubte zu träumen. Tina stand in aufreizenden Dessous vor ihr, im rosa Rüschen-BH, rosa Tanga und in rosa Strümpfen und Strapsen. „Meinst du, die beiden haben Lust, dich stundenlang auszuziehen? Ich bin nackt unter meinem Bademantel!"
„Mach doch, was du willst, ich bleibe so." Tina zog ihren mitgebrachten Bademantel über und machte es sich auf Tinas Sofa bequem.

„Wie du meinst." Es ging Maggy nicht ums Wohlergehen der beiden Männer, sie war einfach eifersüchtig auf Tinas Outfit. Natürlich würden Mark und Tobias darauf abfahren, keine Frage. Erst recht bei so großen Busen und so einer Figur. Maggy hätte zwar nun auch Dessous anziehen können, aber ihr war nicht danach zumute. Sie wollte nicht mit Tina konkurrieren. Tina bekam eh immer, was sie wollte. Maggy bereute die Verabredung jetzt schon. Die Lust auf Sex war ihr gänzlich vergangen.

„Süße, sei doch nicht beleidigt, ich schnappe ihn dir schon nicht weg. Mich interessiert nur sein Schwanz."

„Der sollte dich aber nicht interessieren. Vielleicht erinnerst du dich noch daran, was wir verabredet haben."

„Ja doch. Aber angucken darf ich ihn doch wohl noch, oder?"

Darauf reagierte Maggy nicht. Sie war wütend. Zickig sagte sie: „Ich weiß jetzt schon, dass du dich nicht an unsere Verabredung halten wirst. Du nimmst dir doch immer rücksichtslos das, was du haben willst!"

„Was soll das denn jetzt? Wollen wir das Ganze lieber ablasen? Ich hätte wissen müssen, dass dein ständiger Neid wieder dazwischen funken würde!"

In dem Moment klingelte es an der Haustür. Es war zu spät zum Absagen.

Maggy versuchte fröhlich zu wirken, als sie die Tür öffnete und Mark und Tobias hereinließ. Tina kam dazu, um die beiden zu begrüßen. Maggy konnte am Ausdruck von Marks und Tobias` Augen sehen, dass sie von Tina positiv überrascht waren. Am liebsten hätte sie die drei allein gelassen, stattdessen sagte sie: „Lasst uns ins Wohnzimmer gehen, ich habe den Sekt schon eingeschenkt." Sie ging voraus, setzte sich auf ihren Langflorteppich und nahm sich ein Sektglas vom Tisch. Tina kam, gefolgt von Mark und Tobias, hinterher. Bevor sich die drei auf dem Teppich niederließen, zog Tina ihren Bademantel aus. Selbstverständlich klebten sofort die Blicke der Männer an ihrem Busen. Maggy kochte vor Wut.

„Wie wär`s, wenn wir Brüderschaft trinken?", schlug Tina vor.

Die Männer waren einverstanden. Was blieb Maggy da anderes übrig, als sich anzuschließen? Nur zu dumm, dass Mark neben Tina und Tobias neben Maggy saß. Und wie war es anders zu erwarten? Nachdem Mark und Tina mit ihren Sektgläsern angestoßen hatten, steckte Tina ganz ungeniert ihre Zunge in Marks Mund. Kurz blickte Mark verstohlen zu Maggy hinüber, um zu prüfen, wie sie darauf reagierte. Doch Maggy wandte sich ab. Pah, dann würde sie halt mit Tobias Spaß haben, sagte sie sich. Und schon begann sie, wild mit ihm zu knutschen. Trotzdem schielte sie zu Mark und Tina hinüber und konnte erkennen, dass Mark eine Brustwarze von Tina zwischen seinen Fingern zwirbelte. Maggy versuchte, sich nicht mehr auf Mark zu konzentrieren. Sie ließ ihren Bademantel von ihren Schultern fallen und legte sich auf den Rücken. Tobias legte sich seitlich neben sie und knabberte zärtlich an ihrem Ohr. Behutsam strich er über ihr Gesicht, ihren Hals und ihre Brüste. Dann begann er, ihre Busen zu massieren und drückte sie leicht zusammen, so dass die Brustwarzen stärker hervorquollen und er besser an ihnen saugen konnte. Maggys Erregung stieg. Schlecht war Tobias auch nicht, vielleicht sogar sensibler als Mark. Und schon war Mark wieder in ihren Gedanken. Sie blickte zu Mark und Tina hinüber. Mark hatte bereits sein T-Shirt ausgezogen, und sein dicker, steifer Schwanz guckte steil aus seiner weit geöffneten Hose. Tina hatte das Privileg, ihn oral befriedigen zu dürfen. Sie saß vor Mark und war eifrig damit beschäftigt, sein Glied immer wieder vollständig in ihrem Mund verschwinden zu lassen. Mark hielt Tinas Kopf in seinen Händen und drückte ihn tiefer, wenn er das Bedürfnis dazu hatte. Seine Augen waren geschlossen, sein Mund leicht geöffnet. Offensichtlich genoss er es.

Während Maggy die beiden beobachtete, zog sich Tobias komplett aus. Ihm entging nicht, dass Maggys Augen auf Mark gerichtet waren. „Wenn du willst, kannst du mir auch einen blasen", hauchte er in Maggys Ohr und leckte es anschließend großzügig ab.

„Nein, ich möchte, dass du mich fickst."

Nichts hörte Tobias lieber als das. Hoffentlich kam er heute in den Genuss, ihre enge Fotze bis zum Schluss ficken zu können. Die Chan-

cen standen gut, denn Mark und Tina wirkten sehr beschäftigt.
Maggy hingegen hoffte, dass Mark eifersüchtig werden und Tobias abwechseln würde. Aber leider waren Mark und Tina tatsächlich intensiv mit sich selbst beschäftigt. Sie vögelten im Sitzen und Mark schaffte es, ihre Brustwarzen saugend in seinem Mund zu behalten, obwohl Tina wie ein wildes Pferd auf seinem Schwanz auf und ab hüpfte. Aber wahrscheinlich war das bei Tinas langen und dicken Nippeln nicht so schwierig. Maggy wendete sich ab, um sich auf ihren eigenen Fick zu konzentrieren. Sie hockte sich hin und streckte Tobias ihren Hintern entgegen.
Diese Einladung wollte Tobias natürlich sofort annehmen. Schnell zog er sich ein Kondom über und drang in Maggys Vulva ein. Auch wenn es anstrengend war, versuchte er so schnell zu rammeln wie ein Affe, denn er wollte diesmal auf alle Fälle in Maggys Möse abspritzen und eventuell nicht wieder von Mark weggedrängt werden. Aber er wollte Maggys enges Loch auch bewusst spüren. Daher steckte er seinen Schwanz zwischendurch immer wieder langsam in ihre Vagina und zog ihn ebenso langsam wieder heraus. Das machte Tobias aber jedes Mal so geil, dass er sein Tempo für einige Stöße wieder beschleunigen musste.
Maggy gefielen diese abwechslungsreichen Geschwindigkeiten, doch zum Höhepunkt würde sie noch lange nicht kommen, dazu brauchte sie Marks Schwanz.
Aber Tobias kam zum Höhepunkt. Anstatt seinen Penis nun ungezügelt in ihre Muschi zu stoßen, hielt er inne. Maggy spürte das heftige Zucken seines Schwanzes beim Abspritzen. Ein lautes, erlösendes Stöhnen entfloh Tobias` Kehle.
Mark, der mittlerweile im Liegen von Tina geritten wurde, wurde auf das Stöhnen aufmerksam. Auch wenn Tina zwar ihre Qualitäten hatte, besonders ihre Brüste waren der Hammer, wollte er auf alle Fälle noch Maggys Möse vögeln. Er wartete, bis Tobias von Maggy abließ, umfasste dann mit beiden Händen Tinas Becken und hob sie von sich herunter.
Maggy wollte sich gerade hinsetzen, als Mark sie am Hintern festhielt

und ein Stückchen zu sich hinüber zog. „Jetzt bist du dran", keuchte er atemlos.
Endlich, schoss es Maggy durch den Kopf.
Mark begann, sie so heftig zu bumsen, dass ihre Scheide schmerzte. Aber gerade das erregte Maggy noch mehr. „Ja, fick mich, schneller!", stöhnte sie und beugte sich noch weiter nach unten, um sich auf ihre Unterarme zu stützen, damit Mark noch tiefer in sie eindringen konnte. „Steck ihn ganz tief rein", bat sie ihn dann.
Daraufhin nahm Mark seine rechte Hand, drückte sie auf Maggys Klitoris und hielt sich mit der linken Hand an ihrer Pobacke fest. So konnte er sein Glied schön tief in sie hineinstoßen und gleichzeitig Maggys Kitzler stimulieren. „So ist es gut, ja, oh ja, du machst mich so geil", stöhnte er immer wieder. Dann bewegte er sich in ihrer Muschi mit kleinen Stößen vor und zurück, ohne seinen Schwanz ganz herauszuziehen, denn er wollte ihre Enge ununterbrochen an seinem ganzen Glied spüren.
Maggy wollte es aber heftiger haben. „Nimm mich härter", befahl sie Mark daher, aber der Druck auf ihrem Kitzler gab Maggy schon den Rest, sie kam zum Höhepunkt.
Marks Schwellkörper wurde dadurch noch mehr stimuliert. Mit wenigen, aber rasend schnellen Stößen hatte nun auch er seinen Orgasmus. Anschließend zog er sein immer noch leicht geschwollenes Rohr aus Maggys Möse und schnaubte: „Du bist einfach unglaublich." Dann ließ er sich auf den Teppich zurücksinken. Maggy tat es ihm gleich und beide beobachteten schweigend Tobias und Tina, die noch mitten im Akt waren.
Tinas Lieblingsstellung schien das Reiten zu sein. Maggy fand ihre Bewegungen etwas übertrieben, denn sie sprang, immer noch ihre halterlosen, rosa Strümpfe tragend, unnatürlich auf Tobias herum. Außerdem klang ihr lautes Stöhnen gekünstelt. Der Anblick erinnerte Maggy an einen schlechten Pornofilm. Sie hoffte, Tobias würde nicht mit einem Penisbruch ihre Wohnung verlassen.
Tobias fand es aber alles andere als schlecht. Ihm war alles recht, Hauptsache er hatte Tinas hopsende Megabrüste im Blick, deren di-

cke Knospen er von Zeit zu Zeit mit seinen Fingern befummelte oder nach denen er verlangend mit seiner Zunge haschte, sobald sich Tina etwas nach vorn beugte. Mit den Worten „Zeig`s mir, ja, gib es mir" spornte er Tina immer wieder an.
Ganz unerwartet stand Mark plötzlich neben Tina. Maggy war so auf die Szene konzentriert gewesen, dass sie gar nicht gemerkt hatte, dass er aufgestanden war. Er hatte schon wieder einen steil nach oben gerichteten Ständer und ging nun soweit in die Knie, bis sich sein Schwanz direkt vor Tinas Mund befand. Tina registrierte das dicke Stück, streckte ihre Zunge danach aus und züngelte an der Eichel, bevor sie sich die Latte fast komplett in den Mund schob.
Mark begann ihren Mund zu ficken, erst langsam, dann immer schneller. Die Stöße schlugen Tinas Kopf regelrecht zurück.
Was anderes hat sie auch nicht verdient, dachte sich Maggy. Durch das Zuschauen war ihr Spalt wieder feucht geworden. Sie hockte sich breitbeinig, mit dem Rücken zu Tina, über Tobias Gesicht. Tobias erblickte Tinas gerötete und nasse Muschi über sich, streckte seine Zunge nach ihr aus und umspielte ihre kleine Kirsche.
Kurze Zeit später stoppte Tobias mit den Liebkosungen, denn Tina hatte ihn soweit. Mit einem erlösenden Aufschrei kam er endlich zum Orgasmus. Tina blieb trotzdem noch weiter auf Tobias sitzen, um sich von Mark weiter oral ficken zu lassen.
Maggy wurde eifersüchtig. Warum hatte er ihr nicht seinen Schwanz angeboten? Wieso war er zu Tina gegangen? Sie konnte es nicht länger mit ansehen. Mark sollte nur in ihr kommen. So kniete sie sich neben Tina und lutschte an Marks Hoden. Augenblicklich wurden seine Stöße schneller, und als sein Penis einmal aus Versehen aus Tinas Mund glitt, ergriff Maggy die Chance. Sie fing ihn mit ihrer Hand ab und führte ihn in ihren Mund ein.
Mark gefiel das. Nicht nur Maggys Muschi war eng, sondern auch ihr Mund. Er stoppte seine Stöße und ließ Maggy die Arbeit machen. Er genoss es, und es dauerte nicht lang, bis sein Speer die Samen herausschleuderte. Maggy schluckte ein wenig davon und zog dann blitz-

schnell seinen Penis aus ihrem Mund, um sein restliches Sperma über ihr Gesicht spritzen zu lassen, da sie es auch dort spüren wollte.

Wie immer machten sich Mark und Tobias nach dem Sex schnell aus dem Staub. Es kam nur noch ein „Melde dich" über Marks Lippen, dann waren sie auch schon verschwunden und ließen Maggy und Tina schweigend zurück.
Tina brach das Schweigen: „Maggy, es tut mir leid wegen vorhin. Lass uns die Sache vergessen. Ich meine, du musstest doch überhaupt nicht zurückstecken. Du hattest Mark doch oft genug. Er ist zweimal in dir gekommen. Was willst du mehr?"
„Es hätte aber auch anders kommen können, Tina! Du hast dich anfangs ja total an ihn rangeschmissen! Was sollte das? Wir hatten doch was vereinbart!"
„Ich war halt sauer auf dich. Und dass sich Mark und ich an diesem Abend gar nicht berühren würden, war doch von vornherein sowieso unrealistisch, oder? Ich wollte wenigstens einmal sein Hammerding spüren. Sein Ding ist übrigens echt der Wahnsinn."
„Lassen wir das. Ich werde die ganze Sache jetzt eh abhaken. Ich werde Mark nicht mehr anrufen. Ich will nicht mehr mit ihm poppen, jedenfalls nicht nur. Ich will ihn ganz. Und wenn er das nicht will, dann hat er halt Pech gehabt. Dann gibt es eben auch keinen Sex mehr mit mir. Soll er sich doch melden. Ich sage es ihm dann."
„Aber du könntest jederzeit auf Knopfdruck Sex haben, überleg doch mal! Dann gib mir seine Nummer!"
„Ganz bestimmt nicht!", sagte Maggy mit Nachdruck.
„Komm her, Süße." Tina legte den Arm um ihre Freundin und zog sie zu sich. „Vielleicht hast du ja Recht, lassen wir das hinter uns."
Maggy zögerte, dann antwortete sie ergeben: „OK, Kriegsbeil begraben."

Maggy hielt sich an ihre Worte und rief Mark nicht mehr an. In den nächsten zwei Wochen musste sie zwar immer noch an ihn denken, doch es hätte keinen Zweck gehabt, ihn anzurufen, denn ihre Gefühle für ihn wären nur stärker geworden, wenn sie nochmal mit ihm Sex gehabt hätte und das wollte sie vermeiden. Hätte sie sich nicht in Mark verliebt, hätte sie tatsächlich jederzeit zwei kostenlose Callboys haben können, so wie Tina es gesagt hatte. Dieser Gedanke war natürlich verlockend. Doch Maggy entschied sich, die Angelegenheit abzuschließen. Die Hoffnung aber, dass sich Mark eines Tages bei ihr melden würde, die blieb…

Nora Flick

Feucht und Gierig

Erotische Geschichten

1. Schulsex

„Lisa! Handy ausmachen! Diese Dinger machen mich wahnsinnig! Warum wurden die bloß erfunden!?"

Herr Taler, Klassenlehrer an der Berufsfachschule für Apothekenhelfer/innen, liebte seinen Beruf. Aber seit vor vielen Jahren die Handys immer populärer wurden, kam nun ein neues Problem in die Klassenräume. Es wurde heimlich unter dem Tisch gechattet oder im Internet gesurft.

„So, wo war ich stehen geblieben. Ach ja, in Mathe habt ihr dieses Jahr Herrn Stiller."

„Och nö!", kam es einstimmig aus den Reihen.

„Oh ja, dafür gibt es in Chemie ein neues Gesicht."

Das Genörgel verstummte sofort.

„Herr Wagner startet seine Lehrerkarriere nach seinem Referendariat an der Flemmschule nun bei uns. Ich hoffe, ihr benehmt euch und erleichtert ihm den Start hier."

„Vielleicht freut er sich ja über eine Stinkbombe als Willkommensgruß! Dann haben wir gleich ein chemisches Gesprächsthema!", konterte Tim, der Klassenclown, sofort.

Ein lautes Gelächter brach aus.

Lisa verzog ihren Mund zu einem schiefen Lächeln, verdrehte die Augen und schüttelte mit dem Kopf. „Wie immer, große Klappe, aber im Bett der absolute Loser", flüsterte sie Maja, ihrer besten Freundin, die neben ihr saß, zu.

„Hä? Woher weißt du das denn?", fragte Maja überrascht zurück.

„Ich war am Wochenende mit ihm in der Kiste, nach Tobis Party."

Majas Augen weiteten sich, als sie leise ausrief: „Waaas? Das hast du mir gar nicht erzählt! Ich dachte, du wärst allein nach Hause gegangen, als du dich verabschiedet hattest?"

„Naja, jetzt ist es halt raus", antwortete Lisa verlegen. Ihr war es etwas peinlich, denn es verging kaum eine Woche, wo sie nicht mit jemandem Neues schlief.

„Lisa, du hast fast unsere ganze Klasse durch! Und jetzt auch noch den Oberspinner! Geht`s noch, sag mal? Das hätte ich nicht von dir gedacht!" Maja war empört, aber auch ein bisschen neidisch. Wie kriegte Lisa nur ständig die Jungs rum?
„Ist ja gut, war ja gar nicht wirklich dazugekommen, er hat ja gar keinen hoch gekriegt, war wohl zu besoffen. Aber lecken konnte er gut!"
„Hör auf!", versuchte Maja ihrer Freundin, so laut es ging, zuzuzischen. Ihr gingen Lisas Detailbeschreibungen jedes Mal zu weit. Sie selbst hatte erst zwei kurze Beziehungen gehabt. Lisa dagegen hatte sexuell schon alles ausprobiert, so kam es Maja jedenfalls vor.
„Du bist sexsüchtig!" sprudelte es dann plötzlich aus ihr hervor.
„Und wenn schon, bringt doch Spaß! Es ist ein so geiles Gefühl, wenn mit der Zunge an deiner Muschi rumgespielt wird. Brrr, mir wird schon wieder ganz heiß zwischen den Schenkeln, wenn ich nur daran denke!"
Herr Taler erlöste Majas Ohren: „Lisaaa, hier vorn spielt die Musik!"
„Ich höre nichts", antwortete Lisa frech.
Herr Taler ignorierte ihren Kommentar, und Maja bewunderte an Lisa jedes Mal, wie selbstbewusst sie Autoritätspersonen gegenüber war.

Am Mittwoch hatte Lisas Klasse zum ersten Mal Chemie mit Herrn Wagner. Vorbildlich still und voller Erwartung saßen alle Schüler auf ihren Stühlen, als Herr Wagner hereinspazierte.
„Guten Morgen, allerseits!", schleuderte er der Klasse mit starker Stimme entgegen und schmiss dabei seine Tasche aufs Lehrerpult.
Mario Wagner war zweiunddreißig Jahre alt und sehr gutaussehend. Er hatte braune kurze Haare und ebenso dunkle, feurige Augen. Sein Dreitagebart machte ihn noch besonders sexy.
Lisas Augen strahlten. Sie richtete sich auf und musterte Herrn Wagner genauer. Er trug ein bunt-kariertes Hemd, welches er bis zu den Ellenbogen hochgekrempelt hatte, so dass man seine muskulösen und braungebrannten Unterarme gut erkennen konnte. Über dem Hemd trug er ein knallgrünes T-Shirt, auf dem gelb aufgedruckt stand: „Mit mir nicht!". In seiner Jeanshose steckte ein knackiger Hin-

tern, und er schien auch sonst gut durchtrainiert zu sein, das fiel Lisa sofort auf. Den musste sie haben! Endlich mal ein junger hübscher Lehrer und nicht schon wieder so ein alter Sesselpupser wie all die anderen Lehrer, von denen sie sonst unterrichtet wurden.

Maja bemerkte, wie angetan Lisa von Herrn Wagner war und holte sie aus ihrer Traumwelt zurück, indem sie ihr zuraunte: „Nein Lisa, der ist tabu, das ist ein Lehrer!"

„Endlich mal ein richtiger Mann und dazu noch so sexy, findest du nicht?" konterte Lisa, ohne auf Majas Bemerkung einzugehen. Manchmal hatte sie den Eindruck, Maja sei lesbisch.

Maja musste sich zwar tatsächlich eingestehen, dass sie Herrn Wagner auch sehr attraktiv fand, aber was mit ihm anfangen, das würde ihr nicht im Entferntesten in den Sinn kommen.

Die beiden Freundinnen konzentrierten sich wieder auf Herrn Wagners Worte. Er war gerade dabei, von seinem Chemiestudium zu erzählen und warum er gerade Chemie als Lehrfach gewählt hatte: „Chemie hat mich schon zu meiner Schulzeit begeistert. Fügt man unterschiedliche Elemente zusammen, so vereinigen sie sich und lassen etwas Neues entstehen oder reagieren so heftig, dass sie ex- oder implodieren."

„So wie beim Sex, meinen Sie?", warf Tim wieder vorlaut ein.

Die ganze Klasse lachte.

Herr Wagner ließ sich nicht beirren und antwortete sachlich: „Eizelle und Spermium weder ex- noch implodieren bei der Vereinigung, aber dazu kann dir euer Biolehrer Herr Mais sicherlich Genaueres sagen." Dann fuhr er mit dem eigentlichen Thema fort: „Ich hoffe, ich kann meine eigene Begeisterung für Chemie an euch weitergeben. Herr Bernd hat mir berichtet, mit welchem Thema ihr im letzten Jahr aufgehört habt. Ich werde dort ansetzen und damit zum nächsten Lehrstoff überleiten. Noch etwas zur pädagogischen Seite meiner Lehrertätigkeit: Ich weiß, dass ihr versuchen werdet, mich zu testen und mir auf der Nase herumzutanzen. Aber ich habe klare Prinzipien: Handys sind in meinem Unterricht Tabu. Wen ich erwische, der bekommt

eine 6. Habe ich mich klar ausgedrückt?" Herr Wagner blickte streng in die Klassenrunde.
Die meisten antworteten brav mit einem kaum wahrnehmbaren Nicken.
„Gut, ich würde mir jetzt gern eure Klassensitzordnung aufmalen und eure Namen dort eintragen. Könntet ihr bitte dazu eure Namen auf einen Zettel schreiben und vor euch aufstellen? Habt ihr sonst noch Fragen?"
Lisa meldete sich.
„Ja, bitte? Wie ist dein Name?"
„Ich bin Lisa. Ich wollte wissen, was man so bei ihnen anstellen muss, um zwei Noten besser zu werden?" Dabei schmunzelte sie.
Ein leichtes Kichern ging durch den Raum, aber Maja fiel aus allen Wolken.
"Sag mal, spinnst du?", zischte sie Lisa von der Seite zu.
Aber auch darauf antwortete Herr Wagner cool: „Also, wenn du denkst, du kannst mit mir ins Bett hüpfen, um eine Note besser zu bekommen, muss ich dich leider enttäuschen. Gute Arbeiten schreiben und mündlich rege teilnehmen kann auch schon viel bewirken."
Er zwinkert Lisa mit einem Auge zu.
„Ich meinte aber zwei Noten. Da geht dann schon was, oder wie?"
Ein kicherndes Gemurmel ging erneut durch die Reihen.
„Auch bei zwei Noten nicht, Fräulein."
„Woher wissen Sie, dass ich noch nicht verheiratet bin?"
Aber zum Antworten kam Herr Wagner nicht mehr, Michi funkte dazwischen: „Also ein Fräulein ist sie im Bett ganz und gar nicht, das kann ich Ihnen schon mal sagen!"
Ein Gegröle ging los, gefolgt von Getrommel auf den Tischen.
„Halt die Klappe, Michi!", schrie Lisa zurück.
„Leute, Leute, Ruhe jetzt! Ich wollte nicht schon am ersten Tag mit dem Verteilen von Sechsen anfangen!"

Nach dem Unterricht sprangen alle auf, um in die Pause zu gehen.

Doch Lisa blieb sitzen und wandte sich kurz an Maja: „Maja, geh doch schon einmal raus, ich wollte Herrn Wagner noch was fragen."
„Du fragst ihn doch aber nicht, ob er mit dir schlafen will, oder?" fragte sie erschrocken zurück.
„Hallo? Natürlich nicht!" Lisa setzte einen gespielten Gesichtsausdruck auf.
Während Maja den Klassenraum verließ, stöckelte Lisa langsam nach vorn zum Lehrerpult, wo Herr Wagner gerade seine Unterlagen in seine Tasche packte, und wartete geduldig, bis er fertig war.
Natürlich hatte Herr Wagner Lisa bemerkt. Er warf einen kurzen Blick auf ihre schwarzen Pumps und ihre, mit knallroten Kussmündern bedruckte, schwarze Stretch-Leggins und fragte sie dann: „Na, Lisa, was gibt es?" Dabei wanderte sein Blick nach oben und fiel sofort auf ihr tief ausgeschnittenes Dekolleté, welches von einem hautengen, knallroten T-Shirt mit V-Ausschnitt geformt wurde. Zwischen ihren Busen baumelten mehrere Halsketten. Schnell überflog er noch ihren Schmollmund und blieb dann an ihren mandelförmigen, braunen Augen hängen, die ihn lasziv anschauten.
Lisa bemerkte seine Musterung und antwortete: „Ich wollte mich bei Ihnen entschuldigen, dass ich Ihnen vorhin so eine anstößige Frage gestellt habe. Ich hoffe, Sie haben jetzt nicht schon gleich ein negatives Bild von mir. Vielleicht kann ich mich ja mit einer Einladung zu einem Kaffee bei Ihnen entschuldigen?" Lisa strahlte Herrn Wagner fröhlich an.
Niemals würde Mario Wagner diese Dame auf einundzwanzig Jahre schätzen. Er hatte zwar schon von zwei anderen Lehrern gehört, dass Lisa sehr selbstbewusst und erwachsen wirken soll, aber mit so einer Sexbombe hatte er nicht gerechnet.
„Ist schon Ok Lisa, ich kenne euch Schüler doch, immer am Grenzen testen."
Lisa warf ihr welliges, langes, braunes Haar nach hinten und hielt ihren Kopf leicht schräg, während sie ihm lächelnd erwiderte: „Ich kenne keine Grenzen."
Herr Wagners Blick fiel wieder auf ihre üppigen Busen.

Lisa bemerkte das natürlich ganz genau.
„Naja, Sie müssen ja nicht gleich zusagen, überlegen Sie sich das!"
Mit diesem Satz drehte sie sich um und stöckelte zur Tür.
Gut, dass sich keiner mehr im Klassenzimmer befand, so konnte auch keiner bemerken, wie Mario Wagner auf Lisas üppigen, aber festen, wackelnden Po starrte.

Es kam der Abend des jährlichen Sommerfestes an der Berufsfachschule. Es wurden Tische mit Essen und Snacks aufgebaut und draußen auf der Wiese standen Grüppchen zusammen.
Lisa hatte beim Anrichten der Brötchen geholfen. Nun hielt sie nach Herrn Wagner Ausschau, konnte ihn aber nirgendwo sehen. Vermutlich war er noch nicht eingetroffen, das Fest begann ja schließlich erst. So gesellte sie sich zu ein paar Mitschülerinnen auf die Wiese.
Etwa eine halbe Stunde später gingen dann auch schon die Auftritte der Schülerbands los. Alle stürmten in die Pausenhalle und Lisa schaute sich immer wieder nach Herrn Wagner um. Dann endlich, nach ungefähr einer Stunde, sah sie ihn. Er stand weiter hinten, zusammen mit zwei Schülerinnen aus dem letzten Lehrjahr. Ganz offensichtlich himmelten sie ihn an. Schnurstracks steuerte Lisa auf Herrn Wagner zu. Dieser bemerkte Lisa erst, als sie direkt vor ihm zum Stehen kam. Sein Herz begann zu schlagen, denn Lisa sah einfach wieder umwerfend aus. Sie trug rote High-Heels, einen engen, schwarzen Mini-Lederrock und ein tiefausgeschnittenes schwarzes Leder-Wickeltop, welches sich verführerisch und eng um ihren Körper schlang. Obwohl Mario Wagner Lisa sexy fand, stand für ihn fest, dass so ein aufreizender Kleidungsstil in der Schule verboten werden sollte.
Lisa bemerkte den abschätzenden Blick der beiden anderen Schülerinnen, ihr war das aber egal. Selbstbewusst und mit einem strahlenden Lächeln begrüßte sie ihren Chemielehrer: „Hallo Herr Wagner, wie gefallen Ihnen die Bands?"
Herr Wagner schweifte mit seinem Blick flüchtig über ihren knallrot geschminkten Schmollmund und blickte dann in ihre hübschen Man-

delaugen. Seine feste Stimme ließ seine aufflammende Erregung nicht spüren: „Ja, sehr gut, plattenreif, würde ich sagen. Spielst du auch ein Instrument, Lisa?"

„Hm, kommt drauf an, was Sie unter Instrument verstehen", antwortete sie schmunzelnd mit einem zweideutigen Ton.

Herr Wagner wusste genau, was Lisa meinte, ignorierte ihre Antwort aber bewusst und wandte sich den beiden anderen Schülerinnen zu: „Und wie sieht`s bei euch aus? Spielt ihr ein Instrument?"

„Ja, ich spiele Klavier, Merle steht eher auf sportliche Hobbies", antwortete die eine für beide. Und dann weiter: „Wir gehen mal raus an die frische Luft, vielleicht sehen wir uns ja später noch einmal!" Dann verschwanden die beiden auch schon in der Menge.

Nun standen Lisa und Herr Wagner allein. Nach einer kurzen Schweigeminute fragte sie ihn: „Sind Sie eigentlich verheiratet oder haben eine Freundin?"

Herr Wagner wusste, dass Lisa nicht lockerlassen würde.

„Nein, im Moment nicht, das Studium und das Referendariat haben mir meine Zeit gefressen. Und du?"

„Ich? Nein, keinen festen Freund."

„Keinen festen? Dann einen unfesten?" Herr Wagner lachte leicht.

Direkt wie Lisa war, antwortete sie: „Ich habe gern Sex mit wechselnden Partnern, um genau zu sein." Sie musterte Herr Wagners Gesicht, um zu prüfen, wie er reagieren würde.

Herrn Wagner traf die Aussage wie ein Schlag. Niemals hätte er damit gerechnet, dass eine Schülerin ihm gegenüber so offen über persönliche intime Dinge sprechen würde.

„Warum wundert mich das nicht", reagierte er trotzdem mit Fassung.

„Wieso?", entgegnete Lisa überrascht.

„Naja, dein aufreizender Kleidungsstil lässt darauf schließen." Er blickte kurz auf ihren knackigen Latina-Po, der durch die straffe Lederhose gut zur Geltung kam und blieb dann wieder an ihren großen Busen hängen.

Das war Lisas Chance: „Haben Sie Lust mit mir ins „Meyers" zu gehen? Das ist eine gemütliche Kneipe in..."

„Ich kenne das „Meyers", unterbrach Herr Wagner sie. „Also schön, ich werde dich wohl eh nicht mehr los heute Abend. Dann lass uns in zehn Minuten draußen auf dem Parkplatz treffen." Herr Wagner wollte nicht unbedingt gesehen werden, wie er mit Lisa das Fest verlässt.

Zehn Minuten später saßen sie in Herrn Wagners Auto. Herr Wagner kämpfte mit seiner Erregung und hoffte, er würde ihr standhalten, obwohl er Lisa auch sofort hier im Auto hätte nehmen können. Vielleicht hätte er lieber doch kein Bier trinken sollen. Aber vielleicht war es auch einfach nur schon zu lange her, dass er Sex gehabt hatte.

„Wir können uns übrigens auch gern duzen, ich bin Mario." Lisa seine Hand hinzuhalten, vermied er. Das hätte er albern gefunden.

Lisa kicherte.

„Okaaay, ist da jetzt ein Angebot, Mario?" Sie blinzelte ihn von der Seite an und wackelte dabei leicht mit ihrem Oberkörper.

„Nehm` es, wie du möchtest." Dann startete Mario den Motor.

Es war zwar Freitag, aber im „Meyers" war nicht viel los. Die meisten hatten sich wohl schon auf den Weg in die Diskotheken und Clubs der Stadt gemacht.

Lisa und Mario setzten sich nebeneinander an einen Tisch in einer ruhigen Ecke und bestellten jeder ein Glas Whiskey-Cola.

„Ich weiß nicht, ob das so eine gute Idee war", begann Mario das Gespräch."

„Hierher zu kommen?"

„Nein, jetzt einen Whiskey zu trinken. Ich vertrage keinen Alkohol."

„Umso besser, dann kann ich mit dir machen was ich will. Grrr..."

Lisa schmiegte sich wie eine Katze an Mario und legte eine Hand auf seinen Oberschenkel.

Mario war klar, dass er aus der Nummer jetzt nicht mehr heraus kam, dafür war es nun zu spät. Lustvoll fixierte er Lisas volle, sinnliche Lippen und spürte, dass sein Schwanz augenblicklich hart wurde. Wie in Trance beugte er sich nun zu ihr herüber und begann mit seiner Zunge sanft über ihre Lippen zu lecken. Sofort schnellte Lisas Zunge hervor und sie fingen wild zu züngeln an. Dabei griff Lisa gierig in Marios Schritt und massierte kräftig sein steifes Stück.

„Ähm, ich muss mal stören, Ihre bestellten Whiskey-Cola!"
Lisa und Mario ließen sofort voneinander ab.
Der Kellnerin war es sichtlich unangenehm. Hastig stellte sie die beiden Gläser auf den Tisch und verschwand sofort wieder.
„Jetzt brauche ich erst einmal einen Schluck Whiskey-Cola", hechelte Mario, griff ein Glas und nahm einen kräftigen Zug.
Danach atmete Mario immer noch schwer, schüttelte seinen Kopf und rieb seine beiden Hände übers Gesicht. „Das habe ich noch nie erlebt."
„Irgendwann ist immer das erste Mal", flüsterte Lisa ihm dicht ins Ohr und begann mit ihrer Zunge an seinem Ohrläppchen zu spielen.
Mario rutschte etwas dichter an den Tisch und nahm noch einmal einen kräftigen Schluck aus seinem Glas. Lisa tat es ihm gleich.
„Ich sollte eigentlich auch keinen Alkohol trinken, ich werde dann immer so wild und kann gar nicht genug bekommen", verriet Lisa Mario.
Das hatte gesessen, Mario war nun nicht mehr zu halten. Er griff fest um Lisas Taille und zog sie weiter zu sich heran, während er sich auf der Sitzbank weiter zurücklehnte. Dann begann er Lisa stürmisch zu küssen und fuhr mit seiner Hand an ihrer Taille entlang hinunter zu ihrem Po, in den er kräftig grapschte.
Lisa stöhnte leise auf: „Ja, so mag ich das. Jetzt habe ich dich soweit."
Mario ließ wieder kurz von ihr ab, um den restlichen Inhalt seines Glases zu leeren. Danach forderte er Lisa auf: „Lass uns jetzt gehen."
„Und wohin?"
„Einfach raus."
Lisa exte ihr Glas, und nachdem Mario gezahlt hatte, nahm er ihre Hand und zog sie stolpernd hinter sich her.
Draußen zerrte er sie an ihrem Arm an der langen Hauswand entlang zum hinteren Teil des Gebäudes, an dem ein kleines Waldstück grenzte.
„Wohin gehen wir?", wollte Lisa wissen.

„Wo ich dich ungestört ficken kann. Das ist es doch, was du willst, oder?", rief Mario ihr schon fast wütend zu, ohne sich nach ihr umzudrehen.

Lisa blieb abrupt stehen, zog Mario zu sich heran und nahm seinen Kopf in ihre beiden Hände, um ihn ausgelassen zu küssen. Dann griff sie an seinen immer noch steifen Penis und schwang ein Bein um seine Hüfte. „Fick mich hier! Jetzt!", befahl sie ihm.

Doch Mario wand sich aus ihrer Umklammerung und zog Lisa weiter mit sich Richtung Wald.

Als sie die ersten Bäume erreicht hatten, stoppte er auch schon und drückte Lisa an den erstbesten Baum. Gekonnt griff er unter ihren Rock und war überrascht keinen Slip vorzufinden, denn er fasste direkt an ihre bereits glitschige Muschi. Mario konnte nun nicht anders, als sich in die Hocke zu setzen, Lisas Rock hochzuheben und gierig durch ihre Schamlippen zu züngeln. Mario genoss es sichtlich, denn er konnte sich nicht mehr daran erinnern, wann er das letzte Mal an einer Vagina geleckt hatte. Und Lisas Saft schmeckte einfach köstlich! Lisa stöhnte auf und Mario leckte großzügig weiter. Dabei öffnete er seine Hose, erhob sich dann und schob seine Hose samt Unterhose in die Knie.

Lisa konnte nun zum ersten Mal Marios steil aufgerichtete Latte begutachten und war mehr als beeindruckt. Sie wollte sein hartes Stück jetzt sofort in sich spüren und schwang gekonnt ein Bein um Marios Hüfte. Doch bevor dieser in sie eindrang, rieb er sein Glied an ihrer glattrasierten Möse und massierte ihre festen Pobacken. Dann puhlte er hektisch und keuchend eine Brust aus ihrem tiefem Dekolleté und massierte diese ebenso kräftig, bevor er ausgelassen an der harten Brustwarze züngelte.

Lisa stöhnte abermals auf.

„Fick mich jetzt endlich", kam es kläglich aus ihrer Kehle.

Mario war wahnsinnig erregt, aber auch sauer auf sie, dass sie ihn so weit gebracht hatte. Es könnte ihn seine gerade begonnene Lehrerkarriere kosten.

„Willst du es wirklich?", fragte er Lisa daher schnaufend und mit einem leicht aggressiven Unterton.

„Ja, gib`s mir richtig!" hauchte sie ihm erotisch entgegen und umfasste mit einer Hand seine Latte, um sie in ihre Möse führen, während sie sich mit der anderen an seinem Nacken festhielt. In diesem Moment drang Mario energisch in sie ein. Lisa durchzuckte es. Quälend stöhnte sie auf.

Mario spornte das nur noch mehr an. Immer schneller stieß er nun zu und prustete und stöhnte dabei.

Kurze Zeit später hob er auch Lisa zweites Bein hoch, und Lisa umklammerte ihre Beine hinter Marios Rücken, so dass sie mehr Halt hatte. Mario törnte diese Stellung wahnsinnig an, vor allem, weil er so noch tiefer in sie eindringen konnte und er mit seiner Zunge immer wieder an der Brustwarze ihrer ausgepackten Brust lecken konnte. Dann rammelte er Lisa noch heftiger und spritzte schließlich in ihr ab.

Lisa liebte es so hart und schnell und hatte ebenfalls einen intensiven Orgasmus, der sich mit einem lauten Gestöhne entlud.

Anschließend war Mario erschöpft. Er setze Lisa wieder ab und zog sich schnaufend seine Hosen hoch.

Lisa lehnte noch am Baum und strahlte ihn an: „Du bist der Hammer, genauso mag ich es!"

Mario aber war alles andere als glücklich. Zwar war er jetzt befriedigt, aber auch stinksauer auf sich selbst, weil er Lisa nun tatsächlich gevögelt hatte.

„Lisa, das war ein Versehen und muss unter uns bleiben. Das ist dir doch klar, oder?" Mario klang ernst.

„Ein Versehen?" Lisa war entrüstet. „Das heißt, du willst es nicht nochmal?"

„Nein, Lisa, das geht nicht. Wenn das rauskommt, kann ich meine Karriere an den Nagel hängen!"

Lisa ging darauf nicht ein. Sie näherte sich Mario und strich ihm über den Arm. „Lass uns gleich nochmal! Da weiter hinten im Wald. Du warst so guuut!", lobte sie ihn und schmiegte sich an ihn. „Ich brauch das jetzt!" Sie hatte die erotische Superweibnummer echt drauf.

Doch Mario drückte sie von sich weg.

„Nein, Lisa, es geht nicht! Versteh das doch!" Er schüttelte den Kopf.

„Wenn du mich nicht weitervögelst, gehe ich zum Schuldirektor und sage ihm alles!" Lisa verschränkte ihre Arme vor der Brust und schaute ihn mit zusammengekniffenen Augen und geschnürtem Mund wütend an. Auf einmal wirkte sie wie ein kleines Schulmädchen.

Mario blickte sie geschockt an.

„Das ist nicht dein Ernst, Lisa!?", prustete es aus ihm heraus.

„Du willst es doch auch! Gib`s doch zu!"

„Fakt ist: Ich darf nicht!"

„Aber du würdest gern, oder?" Lisa sah traurig drein.

Mario seufzte einmal tief.

„Lisa, du bist unglaublich attraktiv, das weißt du auch. Und der Sex mit dir, ja, der war toll. Aber es geht nicht, verdammt nochmal!"

Lisa machte wieder einen Schritt auf Mario zu, blieb aber vor ihm stehen, ohne ihn anzufassen. Leise und mit einem dahinschmelzenden Blick sprach sie dann zu ihm: „Mario, du kannst mich jeden Tag ficken, überall, wo du willst. Du brauchst das auch, du bist ein Mann."

Mario schwieg. Er könnte sie also jeden Tag durchnehmen. Er wollte sich gar nicht ausmalen, was er sonst noch so alles mit ihr anstellen könnte.

„Aber deswegen kriegst du keine Zensur besser, haben wir uns da verstanden?" Der Nachdruck in seiner Stimme wurde durch sein leichtes Schmunzeln gemildert.

Lisa schlang ihre Arme um Marios Hals und küsste sein ganzes Gesicht ab. Dann nahm sie seine Hand und zog ihn tiefer in den Wald hinein.

An einer Stelle, die mit Laubblättern bedeckt war, hielt Lisa an und zerrte Mario mit sich auf die Knie, wo sie sich leidenschaftlich küssten. Dabei knöpfte Lisa Marios Hemd auf und drückte seinen Rücken auf den Boden, um ihre Fingernägel über seine durchtrainierte, glatte Brust gleiten zu lassen.

„Du hast echt einen Hammer-Body!"

„Und du bist sowas von heiß!" Mario hielt sich nun nicht mehr zurück und begann Lisas Brüste durch ihr Leder-Wickeltop zu massieren.
„Zeig mir deine Titten!" forderte er sie dann auf und zog Lisas Ausschnitt weiter auseinander, um ihre Brüste erneut hervorzuholen. Aber Lisa machte kurzen Prozess und wickelte in Sekundenschnelle ihr Leder-Top ab. Zum Vorschein kamen wohlgeformte, üppige Busen mit erigierten Brustwarzen.
„Komm runter zu mir, ich will sie lecken", befahl Mario ihr.
Daraufhin beugte sich Lisa nach vorn und ließ Mario ausgiebig an ihren Brustwarzen saugen. Mit kreisendem Druck rieb sie dabei ihre Möse an seiner Jeans und spürte sein erneut steifes Glied. Das törnte Lisa unglaublich an. So öffnete sie Marios Hose, umfasste fest seinen Schwanz und massierte ihn langsam. Dann beugte sie sich hinunter und umschloss mit ihrem Schmollmund Marios Eichel, um wie an einem Lolli genüsslich an ihr zu saugen und zu lutschen.
Mario genoss Lisas Liebkosungen und stöhnte immer wieder auf.
Doch kurze Zeit später hatte Lisa schon genug vom Lecken. Sie richtete sich wieder auf, lüftete ihren Rock und begann Mario zu reiten.
Mario umfasste sofort Lisas Hüften, um den Rhythmus zu bestimmen, und hauchte ihr ein „Schneller" entgegen.
Lisa gehorchte ihm und ritt ihn mit quiekendem Stöhnen auf und ab, bis sie beide gleichzeitig kamen. Mario keuchte dabei und aus Lisas Kehle kam ein seufzender Schrei. Erschöpft sank sie dann nach vorn auf Marios Brust und atmete schwer. Doch Mario ließ Lisa keine Zeit sich zu erholen. Er streichelte ihren Rücken und flüsterte ihr leise ins Ohr: „Komm, lass uns aufstehen, falls wir hier noch erwischt werden. Du warst nicht gerade leise."
Lisa kicherte, richtete sich auf und stieg dann von ihm ab.

Mario fuhr Lisa nach Hause. Doch er parkte nicht direkt vor dem Haus ihrer Eltern, sondern unten an der Kreuzung.
„Meine Eltern reißen dir schon nicht den Kopf ab!", neckte Lisa Mario und kniff ihm in die Seite.
„Trotzdem ist es besser, wenn sie uns nicht sehen. Ich hoffe doch, du

erzählst ihnen nichts von uns."

„Klar, erzähle ich denen das! Hey Mama, hey Papa, hört mal her, mein neuer Chemielehrer hat mich eben zweimal im Wald geknallt!" Lisa lachte herzhaft auf.

Mario blickte Lisa mit zur Seite geneigtem Kopf schmunzelnd an. Er hatte den Witz verstanden.

„OK, dann kann ich mich ja auf dich verlassen!"

„Aber sicher, Herzilein!" Lisa beugte sich zu Mario hinüber, um ihn zu küssen, woraus ein leidenschaftliches und ausgelassenes Züngeln wurde. Dann hielt Lisa kurz inne, griff Mario in den Schritt und flüsterte ihm lasziv entgegen: „Ich habe schon wieder Lust auf dich."

„OK, Madame, bitte aussteigen jetzt!" Mario umfasste Lisas Handgelenk und zog ihre Hand von seinem besten Stück weg. „Genug für heute! Außerdem ist für Sex im Auto hier bestimmt nicht der beste Ort."

„Wieso?", fragte Lisa ganz erstaunt. „Mich törnt es total an, wenn ich damit rechnen muss, dass Leute vorbeikommen könnten."

„So, raus mit dir jetzt!" Mario beugte sich über Lisa hinweg zur Beifahrertür und öffnete diese.

„Na gut, wie du willst." Sofort stieg Lisa aus und schlug die Tür hinter sich zu. Dann stöckelte sie mit stark wackelndem Hintern die Straße hinauf.

Mario schaute ihr ein paar Sekunden hinterher und schüttelte lächelnd den Kopf, bevor er davonfuhr.

„Auf einmal warst du verschwunden! Warum hast du dich denn nicht verabschiedet?" Maja sprach Lisa am Montag vor der ersten Stunde auf das Schulfest an.

„Mir ging`s nicht gut, hatte meine Tage und war schlecht drauf, bin dann halt gegangen", antwortete Lisa gelangweilt.

„Naja, aber kurz Bescheid sagen hättest du ja trotzdem können!" Lisa ging darauf nicht ein. Zu sehr kreisten ihre Gedanken um Mario. Sowas war ihr noch nie passiert. Nach dem Sex hatte sie meistens kein Interesse mehr an den Männern gehabt. Naja, von Männern war ja bisher nicht die Rede gewesen, ihre Mitschüler waren ja eher noch Jungs. Aber trotzdem, wenn sie bekommen hatte, was sie wollte, war es danach uninteressant. Doch bei Mario war es anders. Sie schien süchtig nach ihm zu sein und konnte die letzten beiden Stunden kaum abwarten, denn dann hatte ihre Klasse Chemie bei ihm.

Um 12:15 Uhr war es dann endlich soweit. Chemieunterricht! Lisa konnte sich nicht daran erinnern, sich jemals so auf den Chemieunterricht gefreut zu haben.
Mario kam herein und schritt voller Elan nach vorn zum Lehrerpult. Wie immer schmiss er seine Tasche schwungvoll aufs Pult und begrüßte die Klasse energisch mit „Mahlzeit".
Er bekam ein ungleichmäßiges, schläfriges Gemurmel zurück.
„Ich weiß, es sind die beiden letzten Stunden, aber ich brauche jetzt nochmal zwei Stunden lang eure volle Konzentration!"
Lisa bemerkte, dass Mario es vermied, sie anzuschauen.
„Dann kommen wir gleich mal zur Sache. Wer schreibt mir die erste Hauptgruppe des Periodensystems an die Tafel? Er schaute wieder durch die Reihen, übersprang dabei aber Lisa.
Lisa kochte vor Wut, meldete sich aber als Einzige.
Mario blieb also nichts anderes übrig, als sie anzusehen. Dabei durchzuckte es ihn wie ein Blitz.
„OK Lisa, dann komm mal nach vorn und benenne die Elemente, während du die Kürzel an die Tafel schreibst!"
Lisa erhob sich von ihrem Platz und stolzierte schwingenden Schrittes zur Tafel.
Mario verzog keine Miene und ließ sich nichts anmerken. Erst als Lisa an der Tafel stand, schweifte sein Blick zu ihrem Hintern, der heute von einem extrem kurzen, geblümten Minirock verdeckt wurde.
Mario stellte sich vor, wie Lisa das Stück Kreide herunterfallen und sie sich danach bücken würde und wie dabei ihre beiden festen Pohälften zum Vorschein kämen. Er träumte weiter, wie er sie um die Hüften fassen, sie zum Lehrerpult schieben und dann von hinten nehmen würde.

„Hallo, Herr Wagner, sind sie noch da? Ist Lithium richtig für Li?" Lisa wedelte mit der Kreide vor Marios Gesicht herum.
Die Klasse lachte.
Mario erwachte aus seinem Tagtraum und schaute Lisa verwirrt an.
„Ähm, ja, tut mir Leid. Ja, Li für Lithium ist richtig." Hatte er zu lange auf ihren Hintern geschaut? Hatte die Klasse das bemerkt? So konnte es nicht weitergehen…

Nach dem Unterricht wartete Lisa, bis alle gegangen waren. Mario saß, wie immer, noch ein paar Minuten länger im Klassenzimmer, um sich Notizen zum Unterricht zu machen.
„Kommst du nun, oder was? Oder willst du wieder mit Herrn Wagner allein sprechen? Was hattest du eigentlich neulich mit ihm bequatscht?", fragte Maja Lisa neugierig, während sie aufstand.
„Frag nicht so doof. Ja, ich will mich nochmal kurz mit Herrn Wagner unterhalten", fauchte sie genervt zurück.
Maja verdrehte die Augen und marschierte beleidigt aus dem Raum.
Nun waren Lisa und Mario allein.
Mario hatte mitbekommen, dass Lisa noch auf ihrem Platz saß. Ohne den Kopf von seinem Notizheft zu heben, fragte er sie nüchtern:
„Willst du nicht nach Hause, Lisa?"
„Oh, du hast mich bemerkt! Ich dachte schon, ich wäre Luft für dich!", antwortete sie wütend und zickig.
„Du warst doch an der Tafel, wie kannst du da Luft sein?" Mario starrte weiter in sein Heft.
„Ich meine jetzt, in diesem Moment!" Sie stand auf, ging lautstapfend nach vorn und setzte sich mit einer Pobacke auf die Pultkante.
Mit zornigem Blick schaute Mario auf.
„Was soll das, Lisa?! Du hast mich vorhin fast um den Verstand gebracht!"
„Vorhin?" Du meinst an der Tafel? Was habe ich denn da schon wieder Unanständiges gemacht?"
„Ach nichts, du ziehst dich einfach zu aufreizend an! So geht das nicht!"

„Willst du mir also vorschreiben, was ich anziehen darf und was nicht?" Lisa hüpfte vom Pult und ging zur schweren grauen Gardine, die das Klassenzimmer von einem Seitenraum trennte, in dem sich Bücherregale befanden. Sie zog die Gardine von rechts nach links ein Stück zur Seite und lehnte sich dort mit ihrem besten Stück an einen Tisch, der an der rechten Wand stand. Dann knöpfte sie langsam ihre gelbe Bluse auf, so dass ihr lachsfarbener Spitzen-BH zum Vorschein kam.
Mario hatte ihre Bewegungen wie hypnotisiert verfolgt, war sich aber im Klaren, dass sie sich hier im Klassenzimmer befanden.
„Ich weiß, wo du vorhin mit deinen Gedanken gewesen bist, als ich an der Tafel stand. Ich bin doch nicht blöd! So, wie du mir auf den Hintern gestarrt hast! Haben ja alle gesehen!" Lisa drehte sich um und zog in tänzerischer Bewegung ihren Rock hoch, um Mario wackelnd ihren nackten Hintern entgegenzustrecken.
„Komm, nimm mich", hauchte sie ihm dabei mit einem verführerischen Blick über ihre Schulter zu.
Mario kämpfte mit seiner aufsteigenden Erregung. Er hatte zu viel Angst, dass jemand hereinkommen könnte.
„Hier nicht, Lisa!", antwortete er ihr daher im Befehlston.
Doch Lisa ließ sich nicht beirren. Sie liebte es, wenn sie nicht gleich bekam, was sie wollte. Das machte sie nur noch heißer. So ließ sie ihren Po langsam kreisen und hechelte Mario knurrend zu: „Ich bin sooo feucht! Komm her! Nimm mich!"
Lisa brauchte es jetzt unbedingt. Sie drehte sich wieder um und führte ihre rechte Hand nun zu ihrer nassen Vagina, wo sie mit ihrem Zeige- und Mittelfinger begann, in ihrem Schlitz auf und abzugleiten. Dabei fuhr sie mit ihrer Zunge über ihren Schmollmund.
Marios Glied wurde sofort steif. Aber er konnte Lisa hier unmöglich vögeln. Das kam für ihn nicht in Frage. Ruckartig stand er auf, nahm seine Tasche und ging mit zügigen Schritten Richtung Tür. Doch als er an Lisa vorbeikam, hielt sie ihn am Arm fest und zerrte ihn zu sich. Mario ließ es jetzt einfach geschehen. Reflexartig glitt ihm seine Tasche aus der Hand, die er sofort unter Lisas Rock und an ihren Hin-

tern führte. Gleichzeitig drückte er seinen steifen Penis fest an ihre Muschi.
„Willst du es so?", schnaubte er Lisa zornig entgegen, wartete aber auf keine Antwort, sondern drückte seine Lippen sogleich auf Lisas und steckte ihr lüstern seine Zunge in den Mund.
„Ja, fick mich jetzt endlich durch!", schmatzte Lisa ihm knutschend entgegen.
Mario konnte sich nicht mehr beherrschen und öffnete seine Hose, während sie wild weiter züngelten. Dann hob er Lisa auf den Tisch, die sofort ihre Beine um seine Hüfte schlang, und presste seinen Schwanz in ihre nasse Möse.
Lisa stöhnte hell auf.
„Sei leise!", flüsterte er ihr so laut wie möglich zu.
„Dann nimm mich richtig!", gab Lisa zurück.
Das ließ sich Mario nicht zweimal sagen. Wild begann er, Lisa zu rammeln, die sich nun zurücklehnte und links und rechts an der Tischkante festhielt.
Lisa genoss es. So ein hartes Stück hatte sie noch nie in sich gespürt, da war sie sich sicher. Und dann überkam Lisa plötzlich der Orgasmus, den sie laut herausstöhnte und seufzte.
Mario hielt ihr mit einer Hand den Mund zu, während seine andere an Lisas Hüfte blieb. Dann kam auch er zum Höhepunkt.
Lisa spürte, wie sich sein Glied zuckend in ihr entlud. Sie liebte dieses Gefühl und kam noch einmal mit ihm.
Anschließend zog Mario sofort sein Stück heraus und packte es in Windeseile in seine Hose, die er genauso schnell zumachte. Noch außer Atem warf er ihr zu: „Bist du jetzt endlich befriedigt?"
Lisa hatte keine Zeit, ihm zu antworten, denn schon war er aus der Tür.

Die nächsten 3 Tage war Mario auf einem Lehrerseminar in der Nachbarstadt. Somit fiel Chemie am Donnerstag aus. Lisa hielt es kaum aus, Mario so viele Tage nicht zu sehen. Sie hatte sich in ihn verliebt, das stand für sie fest und sehnte sich nach Freitag, an dem

Mario wieder in der Schule sein sollte. Allerding hatte Lisas Klasse freitags keinen Chemieunterreicht. So musste sie sich etwas einfallen lassen und beschloss, am Anfang der großen Pause im Lehrerzimmer nach ihm zu fragen. In der Pause klopfte sie dann an der Tür.
Herr Tiemann öffnete. „Hallo Lisa, was gibt es?"
„Ist Herr Wagner heute da?"
Herr Tiemann blickte über seine Schulter in das Lehrerzimmer hinein.
„Ja, da hinten sitzt er. Soll ich ihm etwas ausrichten?"
„Kann ich mal kurz mit ihm sprechen?"
„Moment." Herr Tiemann schloss die Tür wieder.
Zwei Minuten später öffnete sie dann Mario.
„Hi Lisa, du willst mich sprechen?"
„Ja, können wir das drüben im Besprechungsraum machen?"
„Ich habe jetzt Pause, so wie du. Ich gebe aber nach der 5. Stunde keinen Unterricht mehr. Wie sieht es bei dir aus?"
Lisa strahlte. „Das passt gut! Ich habe auch nach der 5. Stunde Schluss!"
„OK, dann lass uns danach hier treffen. Bis später!"
Mario wollte es nicht riskieren, noch länger mit ihr zu sprechen. Also schloss er die Tür sofort wieder.

Nach der 5. Stunde hetzte Lisa sofort zum Lehrerzimmer und wartete ungeduldig vor der Tür auf Mario.
Ein paar Minuten später kam er dann endlich.
„Dann lass uns mal ins Besprechungszimmer", begrüßte er Lisa ohne Umschweife im Vorbeigehen.
Schnell folgte Lisa ihm durch die Gänge zum Besprechungszimmer. Als sie dort angekommen waren, schloss Mario die Tür hinter sich und Lisa ab. Dann blieb er vor Lisa stehen.
„Was möchtest du?", fragte er sie kalt.
„Was wohl?", Lisa lächelte Mario augenzwinkernd an.
„Hör auf mit deinen Spielchen!" Mario ging zu einem der Fenster, die in einen Innenhof blickten und starrte hinaus, während er weiter-

sprach: „Wir müssen jetzt mal endlich klären, wo das Ganze hinführen soll!"
„Ich will mit dir zusammen sein!", sprudelte es aus Lisa hervor.
„Wir können nicht zusammen sein und auch nicht weiter rumvögeln, schon gar nicht hier in der Schule!" Mario drehte sich zu Lisa um und musste sich eingestehen, dass sie auch heute wieder unglaublich attraktiv aussah. Ein weißes luftiges Trägerkleid mit braunen Schnörkelverzierungen und tiefem Ausschnitt umspielte ihren wohlgeformten Körper und ihre großen Brüste. Mario konnte immer noch nicht fassen, dass dies der Körper einer Einundzwanzigjährigen sein sollte.
Lisa setzte sich in Bewegung und ging selbstbewusst auf Mario zu. Ihre braunen, welligen Haare wippten dabei verspielt um ihr Gesicht und ließen ihren, wie immer, knallrot geschminkten Mund besonders hervorstechen.
Wie in Trance blieb Mario an diesen glänzendroten Lippen kleben, unfähig irgendwie zu handeln.
Lisa kam derweil immer näher, und kaum stand sie vor Mario, presste sie auch schon ihre Lippen auf seine und massierte sein bereits steif werdendes Glied durch seine Jeans.
Mario stöhnte leise auf.
„Ich weiß, dass du mir nicht widerstehen kannst", flüsterte Lisa ihm ins Ohr, als sie seine Hose nun zu öffnen begann.
Mario wehrte sich nicht, war sich aber noch nicht sicher, ob er es riskieren sollte, hier mit ihr Sex zu haben, oder ob er sie lieber zurückweisen sollte.
Lisa machte weiter. Fordernd griff sie in Marios Hose und massierte seine nackte, steife Latte kurz weiter, bevor sie in die Hocke ging und anfing, ausgiebig an seinem steifen Penis zu lecken.
Mario törnte der Anblick der vor ihm hockenden und seinen Schwanz verwöhnenden Lisa an. Er konnte nicht anders, als seine Augen zu schließen und zu genießen.
Lisa ging nun dazu über, genüsslich an Marios Eichel zu lutschen, bevor sie seinen Schwanz ganz in ihren Mund steckte. Sein steifes Glied war so lang, dass sie es nicht schaffte, es komplett in ihren Mund zu

führen. Daher half sie mit der Hand nach und massierte zusätzlich seinen unteren Schaft, während sie ihm weiter einen blies.
Marios Stöhnen wurde lauter, und immer wieder kam ein atemloses „Du bist…, du bist…" aus seinem Mund. Doch Mario schaffte es nicht, zu Ende zu sprechen, denn schon kam er und spritze in Lisas Mund ab.
Lisa schluckte gierig sein Sperma und lutschte noch etwas weiter, bis Mario einfach dazwischen funkte. Wütend entriss er Lisa seinen schon fast erschlafften Penis und packte ihn schnell zurück in seine Hose.
Lisa ließ sich davon nicht aus der Ruhe bringen. Noch in der Hocke sitzend, lächelte sie zu Mario hoch und fragte ihn: „Und was bin ich nun?"
„Eine sexgeile Schlampe", gab Mario trocken und nüchtern zurück.
„Und nun lass uns das Zimmer verlassen, wir sind schon viel zu lang hier drinnen." Mario setzte sich in Bewegung.
Doch Lisa, die sich mittlerweile wieder erhoben hatte, hielt ihn fest. „Warte!" Sie schmiegte sich an ihn und hauchte ihm verführerisch ins Ohr: „Du musst es mir nun auch besorgen. Fingerst oder leckst Du mich? Oh ja, ich möchte, dass du mich leckst! Ich steh` auf Lecken!"
Mario spürte den Druck ihrer harten Brustwarzen an seinem Oberkörper und glitt mit einer Hand unter ihr Kleid. Er berührte ihre nasse Vagina und rieb seine Finger zwischen ihren Schamlippen langsam vor und zurück.
„Ja, weiter", stöhnte Lisa und warf ihren Kopf nach hinten.
Daraufhin ließ Mario seinen Zeige- und Mittelfinger in ihre warme Vulva gleiten.
„Oh Gott, ja, schneller", bat Lisa Mario in einem quälenden Ton.
Mario gehorchte ihr und fingerte sie jetzt ruckartiger.
„Ja, so es gut!", bestätigte sie Mario stöhnend. „Ich komme gleich!"
Aber dazu kam es nicht mehr. Ein plötzliches Klopfen an der Tür und ein Herunterdrücken der Klinke unterbrach sie. Dann eine Stimme: „Hallo? Herr Wagner?"
Mario ließ sofort von Lisa ab und marschierte zur Tür.

„Mario!", rief Lisa, so leise es ging, hinter ihm her. „Mario, du hast noch Lippenstift am Mund!"
Voller Panik drehte sich Mario zu Lisa um und wischte mit seinem Handrücken über seinen Mund. Dann fragte er sie: „Ist weg jetzt?"
Lisa nickte.
„Kleinen Moment, ich komme!" Mario lief weiter zur Tür, schloss sie auf und öffnete sie.
Herr Müller, ein Lehrerkollege, stand nun vor ihm.
„Warum schließen sie ab?", fragte er verwundert.
Mario winkte mit der Hand ab: „Ach, da waren zweimal 5. Klässler, die haben jedes Mal die Tür aufgerissen und herumgealbert. Ich habe dann abgeschlossen. Was gibt es?"
„Da ist Frau Simon von der Berufsfachschule für Chemielaborant/innen für Sie am Telefon."
„Alles klar, ich komme." Dann drehte er sich zu Lisa um: „OK, Lisa, wir haben dann ja auch alles besprochen. Wenn du noch Fragen hast, kommst du gern wieder auf mich zu." Dann ließ er Lisa im Besprechungsraum zurück und folgte Herrn Müller den Gang hinunter zum Lehrerzimmer.
Lisa war sauer. Sie war kurz davor gewesen zu kommen, und nun kam dieser blöde Herr Müller. Aber eigentlich war ja diese Frau Simon von der anderen Berufsfachschule Schuld. Was wollte die nur von ihm? Lisa beschloss, vor der Schule vor dem Parkplatz-Eingang auf Mario zu warten, um ihn das zu fragen, und eilte nach draußen.
  Ungefähr zehn Minuten später trabte Mario die lange Treppe hinunter, die zum Schuleingang führte. Auf halber Strecke bemerkte er Lisa und blieb eine Millisekunde stehen. Dann ging er langsamer weiter. Als er Lisa erreicht hatte, flüsterte er ihr im Gehen zu: „Wir können uns hier nicht unterhalten, Lisa."
„Doch, ich hab` doch nur eine schulische Frage."
Mario blieb stehen und schaute ihr in die Augen. „Und die wäre?"
„Wer ist diese Frau Simon? Und warum ruft dich die Berufsfachschule für Chemielaborant/innen an?"

„Das sind private Angelegenheiten", gab Mario knapp zurück und wollte schon wieder weitergehen, aber Lisa erlaubte es ihm nicht, denn sofort warf sie ihm ganz unverblümt und direkt ins Gesicht: „Du hast mich vorhin nicht befriedigt!"
Mario seufzte: „Das ist mir klar."
„Und? Nimmst du mich jetzt mit zu dir?" Lisa war voller Hoffnung.
„Ganz bestimmt nicht. Meinst du, das bekommt hier keiner mit?"
Mario war schon wieder im Begriff zu gehen, aber Lisa hielt ihn am Arm fest und flehte: „Dann sag mir wenigstens deine Adresse!"
Schnell zischte Mario zurück: „Gertrudstraße 7, und nun lass mich los!"
Daraufhin löste Lisa ihren Griff und ließ Mario gehen. Sie blickte ihm solange hinterher, bis er davongefahren war.
Was sollte sie nun bloß tun? Lisa war es nicht gewohnt, dass sie Männern hinterherlaufen musste. Normalerweise lief man ihr hinterher. Sollte sie ihn also lieber zappeln lassen oder jetzt gleich zu ihm fahren? Sie war noch immer verdammt heiß, aber sie entschied sich, heute nicht zu ihm zu fahren.

Den ganzen Samstag wartete Lisa auf ein Zeichen von Mario, aber es passierte nichts. Sie fragte sich, ob Mario überhaupt ihre Telefonnummer, geschweige denn ihre Handynummer, hatte. Wo sie wohnte, wusste er ja nun, aber er würde sicher nicht bei ihr klingeln.

Am Sonntag machte Lisa Hausaufgaben. Nach dem Abendbrot mit ihren Eltern entschied sie sich schließlich zu Mario zu fahren. Mit dem Fahrrad müsste sie in fünfzehn Minuten dort sein.
„Wo willst du denn noch heute hin, Schatz? Es ist schon 20 Uhr?", fragte Lisas Mutter verwundert, als Lisa sich im Flur ihre Strickjacke überwarf.
„Ich fahre noch zu Tanja, da war ich schon lange nicht mehr. Außerdem geht`s ihr grad nicht so gut, sie hat Liebeskummer", log Lisa.
„OK, dann steh` ihr mal bei und grüß` sie mal schön von mir!"
„Mache ich! Bis später!"

Dann schwang sich Lisa auf ihr Fahrrad und erreichte tatsächlich nach fünfzehn Minuten die Hausnummer 7 in der Gertrudstraße. Schnell schloss sie ihr Rad an und suchte dann den Namen „Wagner" auf den sechs Klingelschildern. Sie fand ihn gleich im Erdgeschoß und klingelte sofort.
Einige Sekunden später hörte sie Marios Stimme in der Sprechanlage: „Ja?"
„Hier ist Lisa. Darf ich reinkommen?"
Mario antwortet nicht, sondern betätigte gleich den Türöffner.
Als Lisa dann die vier Stufen zum Erdgeschoß nahm, sah sie Mario schon in der Wohnungstür stehen.
Sie sprachen kein Wort. Erst als Mario die Tür hinter sich geschlossen hatte, fragte er sie vorwurfsvoll: „Ich hatte am Freitag gedacht, du würdest gleich nachkommen?"
Sofort schlang Lisa ihre Arme um Marios Hals und fragte ihn blinzelnd zurück: „Hättest du das gewollt?" Aber Lisa wartete nicht auf eine Antwort, sondern fuhr fort: „Ich wollte, dass du so richtig scharf wirst, damit du mich heute so richtig stürmisch durchknallen kannst!"
Das ließ sich Mario nicht zweimal sagen. Sofort zog er Lisa das T-Shirt über den Kopf und riss ihr den Rock herunter. Kurz bewunderte er ihren Prachtkörper, dann öffnete er fahrig ihren BH, so dass sich Lisas Brüste in voller Pracht vor ihm ausbreiteten. Endlich konnte er wieder ihre Titten massieren und an ihren harten Brustwarzen saugen!
Lisa gefiel es, sie seufzte und stöhnte immer wieder auf.
Dann drehte Mario Lisa um und manövrierte sie zur Garderobe, wo er ihr den Slip auszog und anschließend seinen Schwanz aus seiner Hose hervorholte.
Schnell hielt sich Lisa an den Jacken fest und streckte Mario breitbeinig und empfangsbereit ihren Hintern entgegen.
Doch bevor Mario sie nun so richtig durchnehmen würde, wollte er erst noch von ihrem Saft kosten, der ihr schon an ihrem linken Innenschenkel hinunterlief. Also ging Mario in die Hocke und leckte ihn von unten nach oben ab und züngelte anschließend an Lisas Schamlippen herum. Dann steckte er seine Zunge tief in ihre Vagina.

Lisa schrie auf: „Ja, mehr, mehr!"
Doch Mario kam wieder hoch, zog Lisas Pobacken etwas auseinander und führte sein Glied in ihre Vagina ein. Hier verweilte er einen Augenblick, um ihre feuchte, enge und warme Muschi an seinem Glied zu spüren.
„Oh ja! Fick mich doch endlich!", schrie Lisa jammernd auf.
Mario war es egal, ob die Nachbarn es hörten. Er hatte Lisa hier nun ungestört für sich allein und würde sie so oft und so lange durchbürsten, bis sie endlich genug hatte. So krallte er sich von hinten in ihre Brüste und begann Lisa rhythmisch zu ficken. Mario wurde dabei automatisch immer schneller.
Lisa stöhnte laut, bis sie relativ schnell zum Orgasmus kam.
Danach zog Mario Lisa mit sich ins Badezimmer, wo er sich auf die Toilette setzte und Lisa sofort begann, ihn wild zu reiten. Ihre Titten wippten dabei unkontrolliert hin und her, und Mario erhaschte mit seiner Zunge hin und wieder eine ihrer Brustwarzen, die er dann versuchte, saugend festzuhalten.
„Steh auf!", befahl er ihr dann plötzlich. „Bück dich und halt dich an der Badewanne fest, ich will dich weiter von hinten nehmen!"
Lisa war alles recht. Sie tat, wie ihr geheißen und spürte, wie Mario langsam seinen Schwanz zwischen ihre Beine schob. Dann rammte er seinen Penis plötzlich so wuchtig in ihren nassen Schlitz, dass Lisa beinahe in die Badewanne gefallen wäre. Doch sie hielt sich an der gegenüberliegenden Wand fest und genoss den harten Fick.
Mario geilte diese Stellung noch mehr auf, denn er hatte dabei die ganze Zeit einen schönen Blick auf Lisas sexy opulenten Hintern, an dem er sich nun mit seinen Händen festhielt und sie rhythmisch fickte. Sein Orgasmus ließ jetzt auch nicht mehr lange auf sich warten und machte sich durch immer stärkere Stöße bemerkbar, bis er endlich abspritzte. Dann ächzte Mario laut auf, blieb aber noch ein paar Sekunden in Lisas feuchtwarmer Möse stecken, bevor er seinen Schwanz herauszog.
„Du machst doch etwa nicht jetzt schon schlapp?", hänselte Lisa Mario neckisch.

„Ich brauche eine Pause und was zu trinken." Mario klatschte Lisa auf eine Pobacke und verschwand dann in seiner Küche.
„Aua!", protestierte Lisa und folgte ihm. „Ich nehm` ein Glas Wasser."
Mario schenkte zwei Gläser ein, dann gingen sie ins Wohnzimmer und lümmelten sich nackt auf das große Sofa, Mario in die eine, Lisa in die andere Ecke. Schweigend tranken sie ihre Gläser aus.
Als Lisa fertig war, stellte sie das Glas auf dem Tisch ab und begann mit ihrem rechten Fuß an Marios Oberschenkel entlangzustreichen. „Nun sag schon, was wollte diese Frau Simon von dir?" Mittlerweile war sie an seinen Hoden angelangt und massierte diese leicht mit ihren Zehen.
„Ich werde die Schule wechseln."
Lisa stoppte sofort mit ihrer Hodenmassage und zog ihren Fuß zurück. Voller Entsetzen antwortete sie: „Warum denn das?"
„Weil ich das so wollte", entgegnete er nüchtern. Und dann weiter: „Das geht zu weit mit uns. Erst Sex im Klassenzimmer, dann im Besprechungsraum. Ein Glück, dass wir noch nicht erwischt wurden. Aber irgendwann wird es soweit sein und das wäre ein Skandal. Ich stehe am Anfang meiner Karriere."
Lisa nickte geschockt, fragte dann aber mit sanfter, vorsichtiger Stimme: „Sehen wir uns dann trotzdem noch?" Ihre Augen hefteten groß und erwartungsvoll an den seinen.
Mario seufzte einmal tief, bevor er erwiderte: „Ehrlich gesagt, weiß ich es nicht, Lisa. Ich werde in die Nähe der Berufsfachschule für Chemielaborant/innen ziehen." Dies bedeutete hundert Kilometer entfernt von ihrem jetzigem Wohnort.
Lisa schaute bedrückt und mit hängenden Mundwinkeln zu Boden. Mit zitternder Stimme fragte sie dann vorsichtig: „Ich dachte, wir wären jetzt zusammen?"
„Zusammen? Wir sind nicht zusammen, Lisa, wir haben eine Affäre, eine Sex-Affäre! Ich bin Anfang dreißig und möchte langsam mal anfangen eine ernste Beziehung zu führen, mit Heiraten und Kindern und allem was dazu gehört! Du bist einundzwanzig und hast sowas noch gar nicht im Kopf!"

Lisa zuckte zusammen. Soweit hatte sie natürlich noch nicht gedacht. Mario fuhr fort: „Aber sicher, solange ich noch keine neue Freundin habe, können wir uns gern hin und wieder mal treffen und es miteinander treiben. Der Sex mit dir ist nämlich wirklich hammergeil!"
„Und was ist, wenn du es jeden Tag brauchst? Ich meine, fährst du dann jeden Tag die hundert Kilometer zu mir?" Lisa war voller Hoffnung und malte sich aus, wie er völlig erregt und mit hartem Schwanz vor ihrer Tür stehen und sie sofort durchbumsen würde.
Mario lachte: „Ich denke, ich habe meinen Sex-Trieb ganz gut unter Kontrolle, aber wenn es mich packt, klar, dann komme ich vorbei!"
Lisa gefiel das gar nicht. Sie war nun von ihm und seinen Trieben abhängig. So hatte sie es sich nicht vorgestellt. Normalerweise war sie diejenige, die sich nahm, was sie wollte. Nun aber hatte Mario den Spieß umgedreht. Lisa schaute missmutig drein.
Mario gefiel Lisas deprimierte Miene gar nicht. Mit den Worten: „Entspann` dich jetzt, wir kriegen das schon hin" versuchte er sie wieder aufzumuntern. Lisas Gesichtszüge wurden daraufhin etwas weicher. Dann richtete sich Mario auf und wendete sich Lisas Schritt zu.
Lisa lag zwar mit überschlagenden Beinen auf dem Sofa, aber als Mario anfing, ihren glattrasierten Venushügel zu küssen, öffnete Lisa automatisch ihre Beine und sah Mario zu, wie er dazu überging, großzügig an ihren festen Schamlippen zu lecken.
Über Lisas Lippen kam ein leichtes „Oh", und als Mario bemerkte, dass sie feucht wurde, massierte er mit seinem rechten Daumen gefühlvoll ihre Klitoris.
Lisa legte ihren Kopf zurück und schloss die Augen.
Mario nahm nun noch seinen Zeige- und Mittelfinger dazu und führte diese zaghaft in Lisas Vagina ein. Sein Daumen stimulierte dabei weiter ihren Kitzler.
„Ist es gut so oder willst du lieber geleckt werden?"
„Beides", hauchte Lisa ihm dann wie in Trance zu.
So fingerte er sie sanft weiter und sog zusätzlich an ihrem Kitzler anstatt ihn mit dem Daumen zu massieren.

Lisa stöhnte auf, und gerade als Mario begonnen hatte, sie kräftiger zu fingern, kam sie auch schon. Dabei bäumte sie stöhnend ihren Unterleib auf und krallte ihre Hände in Marios Haare.

Zehn Sekunden später war schon wieder alles vorbei. Lisas Hände entkrampften sich und sie ließ sich wieder ins Sofa fallen.

Mario hatte die ganze Aktion erst so richtig angetörnt. Er lutschte sich Lisas Saft von seinen Fingern und nahm sich dann ihre Brüste vor. Ihre Brustwarzen waren noch fest, und er tat alles dafür, dass es auch so blieb. So kniff und drehte er die Brustwarzen erst leicht zwischen seinen Fingern, dann umkreiste er sie mit seiner Zunge. Anschließend lutschte er ausgiebig an ihnen.

Lisas Atem ging wieder schneller und ihre folgende Frage war eher ein Bitten: „Diesmal fickst du mich wieder richtig mit deinem Schwanz, OK?"

Mario antwortete darauf nicht, sondern schaute noch einmal kurz auf ihre rotgefingerte Muschi, aus der glitzernder Schleim austrat, und drang dann auch schon in sie ein.

Sofort schrie Lisa quälend auf und krallte ihre Nägel in Marios oberen Rücken.

Nach ein paar Stößen ließ Mario kurz von Lisa ab, um die Stellung zu wechseln. Dabei drehte er Lisa auf die Seite, schlang sich ihr oberes Bein um die Schulter und stellte sein linkes Bein auf den Boden. Das andere Bein blieb kniend auf dem Sofa. So hatte er mehr Stoßkraft und konnte Lisa kräftig ficken. Dazu kamen noch Lisas lustvoller Blick und ihr leicht geöffneter Mund, aus dem lautes und quietschendes Stöhnen kam. All das törnte Mario wahnsinnig an. Er war in voller Ekstase und hatte Schweißperlen auf der Stirn, sein Gesicht war gerötet. Doch plötzlich stoppte Mario seine Stöße, ließ sein heißes Glied aber in Lisas Vagina. Mit feurigem und erregtem Blick fragte er sie dann: „Willst du mehr? Soll ich's dir so richtig geben? Soll ich deine Fotze so richtig wund vögeln, du kleine Schlampe?"

„Ja, gibt's mir!", quiekte Lisa zurück.

Das ließ sich Mario nicht zweimal sagen. Ein paar Mal drang er nun kräftig in sie ein, nachdem er sein Glied jedes Mal komplett heraus-

gezogen hatte. Sie war einfach so schön eng! Dann kam er schließlich und brach anschließend erschöpft über Lisa zusammen.
„Du bist der Wahnsinn", keuchte Mario ihr dabei ins Ohr.
Lisa schmunzelte. Vielleicht würde ja nun doch mit ihr zusammen sein wollen.
Als Mario wieder ruhiger atmen konnte, richtete er sich auf.
„Ich gehe jetzt duschen, was ist mit dir?"
Lisa schaute auf die Uhr und erschrak: „Waaas? Schon halb zwölf?" Sofort sprang sie auf, suchte ihre Sachen im Flur zusammen und zog sich zügig an. Schnell drückte sie Mario noch einen Kuss auf den Mund, dann war sie auch schon verschwunden.

Am nächsten Tag hatte Lisas Klasse wieder Chemie, doch zur 5. Stunde trat nicht Herr Wagner, sondern Herr Bernd ein.
„Mahlzeit, ihr Lieben!", begrüßte er die Schüler. „Ja, ich weiß, ihr seid überrascht, genauso wie wir Lehrer. Herr Wagner wird ab sofort an der Berufsfachschule für Chemielaborant/innen unterrichten. Dies war eigentlich erst für den folgenden Monat vorgesehen. Da es dort aber einen langen Krankheitsfall gibt, wurde Herr Wagner gebeten, schon diese Woche anzufangen. Ab jetzt müsst ihr also wieder mit mir vorlieb nehmen."
Mehrere Schüler fingen zu tuscheln an.
Lisa war sprachlos, fand ihre Fassung aber schnell wieder und meldete sich.
„Ja, Lisa, bitte."
„Ähm, kommt Herr Wagner nochmal vorbei, um sich zu verabschieden? Ich meine, er wohnt ja noch hier in der Stadt, oder?"
„Ich weiß nicht, ob er sich noch verabschieden wird. Und ja, er wohnt noch hier. Soweit ich weiß, hat er aber eine neue Wohnung ab nächsten Monat in der Nähe von seinem neuen Arbeitsplatz. Und nun lasst uns zum Thema Chemie kommen!"
Lisas Gedanken schweiften ab. Wie konnte sie ihn kontaktieren? Wann würde sie ihn das nächste Mal wiedersehen? Würde sie ihn

überhaupt wiedersehen? Sie bekam Panik und beschloss am Abend bei ihm vorbeizufahren.

Mario war am Abend aber nicht zu Hause. Es brannte kein Licht, und Lisa sah auch nirgendwo sein Auto parken.

Sie fuhr nun jeden Abend zu ihm, traf ihn aber die ganze Woche nicht an. Es hingen allerdings noch Gardinen am Fenster. Ausgezogen schien er also noch nicht zu sein. Daher hoffte Lisa, ihn eventuell am Wochenende anzutreffen. Und tatsächlich, am Samstagnachmittag antwortete Mario durch die Sprechanlage mit einem fragenden „Hallo".

Freudig erwiderte Lisa: „Hi Mario, hier ist Lisa!"

Aber Mario wies sie gleich ab: „Es geht jetzt nicht, ich packe gerade Kartons und baue auch schon einige Möbel ab. Morgen werde ich schon umziehen! Ich werde mich bei dir melden!"

Aber Lisa ließ nicht locker: „Nur kurz! So zwischendurch eine kleine Entspannung?"

„Hör zu Lisa, ich bin wirklich im Stress. Tschüss!" Dann verstummte die Anlage.

Wütend machte Lisa auf dem Absatz kehrt und radelte wie besessen nach Hause.

Es verging eine Woche, zwei Wochen, drei Wochen, aber Mario meldete sich einfach nicht. Doch dann, nach fast einem Monat, war es endlich soweit: Mario rief an. Lisa war gerade oben in ihrem Zimmer, als ihre Mutter von unten rief: „Lisa, da ist ein Mario für dich am Telefon!"

Lisa sprang sofort von ihrem Schreibtischstuhl auf und trampelte die Treppe hinunter. Sie entriss ihrer Mutter das Telefon und hechelte ein kurzes „Hi" in den Hörer.

„Hallo Lisa, hier ist Mario, ich hoffe, deine Mutter weiß nicht, wer ich bin?!"

„Ne, keine Sorge, die kennt nur die Nachnamen." Lisa nahm das Telefon mit hoch in ihr Zimmer.

„Pass auf, ich war eben nochmal kurz in der Schule, um ein paar Sachen abzuholen. Ich dachte, wir könnten uns eventuell jetzt kurz treffen, bevor ich wieder zurückfahre?"
„Ja, ja, wann, wo?" Lisa war ganz aufgeregt.
„Beim Wiesenfeldweg, dort wo das Waldstück beginnt. Ich wäre gleich da."
„Ok, ich komme! Bis gleich!" Lisa legte auf, zog fix ihren Rock an und schaute noch schnell in den Spiegel, bevor sie sich ihre Jeansjacke schnappte und losradelte.
Zehn Minuten später war Lisa am Waldrand angekommen. Von weitem sah sie schon Marios Auto. Er war ein paar Meter weit in den Feldweg hineingefahren und wartete dort auf sie.
Lisa stellte ihr Rad an einen Baum und ging zu Marios Auto. Als sie dort angekommen war, öffnete sie die Beifahrertür, ließ sich auf den Sitz plumpsen und schlug die Tür wieder zu.
„Hi", begrüßte sie Mario mit einem schüchternen Lächeln.
Mario kam gleich zur Sache: „Hey Sexbombe, jetzt können wir nachholen, was wir damals nicht konnten. Sex im Auto. Hast du Lust mich zu reiten?"
Natürlich hatte Lisa Lust, besonders auf Mario und besonders jetzt, denn sie hatte seit dem letzten Sex mit Mario vor circa einem Monat mit keinem anderen mehr geschlafen.
Und Mario war genauso ausgehungert wie Lisa. Er beugte sich zu ihr herüber und küsste sie. Dabei fummelte er ihr unters T-Shirt und grapschte unsanft nach ihren Busen.
Lisa quietschte leicht auf, aber es törnte sie auch wahnsinnig an.
Mario fackelte jetzt nicht mehr lang. Während sie sich weiterküssten, öffnete er schnaufend seine Hose und forderte Lisa auf, ihn zu besteigen.
Lisa streifte schnell ihren Slip ab. Doch bevor sie Mario bestieg, lutschte sie noch gierig an seinem Schwanz auf und ab.
Plötzlich drückte Mario Lisas Kopf nach unten, während Lisa noch seine Latte im Mund hatte und befahl ihr: „Bleib unten, da kommt ein Auto!"

Der Wagen fuhr im Schritttempo an ihnen vorbei und weiter in den Wald hinein.

„Komm lass uns schnell machen, der Feldweg ist eine Sackgasse! Der kommt bestimmt gleich wieder zurück!"

Lisa zögerte nicht. Sie kam wieder hoch, schwang ihr rechtes Bein über Mario und begann ihn zu reiten.

Mario zog ihr dabei das T-Shirt bis über die Brust und klappte ihren BH etwas nach oben, so dass er an ihren Brustwarzen züngeln konnte. Er liebte ihre schweren Brüste.

Beide waren so in Ekstase, dass sie nicht bemerkten, dass das vorbeigefahrene Auto tatsächlich wieder zurückkam. Kurz bevor der Wagen auf gleicher Höhe war, kamen sie gemeinsam zum Orgasmus. Lisa hüpfte dabei laut stöhnend und wild auf Mario herum und brachte Marios Auto damit stark zum Wackeln.

Nach dem Ritt blieb Lisa noch etwas auf Mario sitzen. Beide atmeten schwer, lachten sich aber glücklich an. Dann erst nahm Mario das Auto aus seinem Augenwinkel war, welches neben ihnen angehalten hatte. Erschrocken drehte Mario seinen Kopf und schaute in das Gesicht eines älteren Herrn. Dieser schüttelte unmissverständlich seinen Kopf und brauste dann davon.

Lisa lachte. „Kanntest du den?"

„Nicht das ich wüsste. Ich hoffe jedenfalls, dass der uns nicht kennt oder mein Kennzeichen aufgeschrieben hat. Bei denen weiß man nie!"

Lisa stieg wieder auf die Beifahrerseite, und während sie sich ihren Slip anzog, sagte sie: „Ach wenn schon, kann er ja eh nicht beweisen. Wo fahren wir denn jetzt hin?" Erwartungsvoll blickte sie Mario an.

„Nirgendwohin. Das war das letzte Mal mit uns", antwortete er kühl.

Lisa schaute Mario geschockt an. Sie spürte, dass er es ernst meinte.

Mario blickte starr durch die Windschutzscheibe, als er weiterredete: „Ich habe da jemanden kennengelernt, eine Lehrerkollegin von der neuen Berufsfachschule. Es ist noch nichts zwischen uns gelaufen, wir waren erst zweimal abends essen. Aber ich denke, es wird sich was zwischen uns entwickeln."

Lisa spürte einen Stich in ihrem Herzen.
„Hast du dich in sie verliebt?" Tränen stiegen ihr in die Augen.
„Ja, vielleicht."
„Und warum vögelst du dann mit mir, du Schwein?!"
Lisa war außer sich.
„Weil ich noch nicht mit ihr zusammen bin und außerdem schon lange keinen Sex mehr hatte", entgegnete Mario trocken.
„Und wenn der Sex mit ihr nicht gut ist? Kommst du dann heimlich zu mir?", fragte Lisa weinerlich, aber voller Hoffnung.
„Nein, ich bin treu. Fakt ist, dass ich das jetzt hier beenden möchte."
„Aber wir können doch auch zusammen sein!", flehte Lisa ihn an.
„Nein, das können wir nicht! Wir können uns nirgendwo zusammen blicken lassen! Außerdem sind wir an einem anderen Punkt in unserem Leben. Du musst dich ausprobieren, rumvögeln, ich bin jetzt auf dem Familientrip. Was haben wir denn anderes zusammen gemacht, als zu vögeln? Wir hatten eine Affäre, Lisa, mehr nicht!"
„Familientrip! Ja, das merke ich! Eine Einundzwanzigjährige ficken und Familie wollen. Komisch, passt irgendwie nicht zusammen." Lisa wurde wütend. Sie fühlte sich ausgenutzt.
„Lisa, es wird jetzt schmutzig, lass uns nicht so auseinander gehen! Ich hatte geilen Sex mit dir, du bist eine absolute Sexbombe, aber jetzt ist es vorbei. Du kannst jeden haben!"
Lisa wollte nicht mehr jeden haben, sie wollte nur noch Mario. Ohne Vorwarnung verpasste sie ihm eine Ohrfeige.
Mario reagierte nicht, er verstand Lisas Ohnmacht. Vielleicht hatte er es sogar verdient.
Lisa wurde noch wütender, weil es Mario nichts auszumachen schien.
„Fick dich!", schrie sie ihm daher noch nachträglich entgegen, riss dann die Tür auf und rannte zu ihrem Rad. Ohne sich noch einmal umzublicken, radelte sie davon. Sie war sich sicher, dass Mario wieder zu ihr zurückkommen würde, doch dann würde sie ihm eiskalt den Laufpass geben! Sollte er doch betteln, wie er wollte! Sie war jetzt fertig mit ihm!

Mario lief oder fuhr ihr nicht hinterher, auch wenn sie ihm irgendwie Leid tat. Aber er liebte Lisa nicht, sie war nur eine Affäre gewesen. Und eine Affäre mit einer seiner Schülerinnen war zu riskant für seine Karriere. Die wollte und durfte er auf keinen Fall aufs Spiel setzen. Außerdem war die Geschichte mit der Kollegin gelogen gewesen. Aber Mario hatte Lisa einen Grund geben müssen, ihn endgültig zu vergessen. Anders wäre er sie nicht losgeworden. Das wusste er.

2. Dildoparty

„Dildoparty?", fragte ich meine Kollegin Mia fassungslos. Ich konnte es nicht glauben.

„Ja, sowas wie eine Kerzenparty. Da kommt eine Verkäuferin mit verschiedenen Kerzen oder eben Dildos und stellt diese vor. Willst du nun mitkommen oder nicht? Ich muss heute zu- oder absagen."

„Hm." Mehr konnte ich in diesem Moment nicht von mir geben. Ich wusste nicht, was ich davon halten sollte. Klar, kannte ich diese Verkaufspartys. Ich war mal auf einer Schmuckparty gewesen, aber was sollte ich auf so einer Dildoparty? Ich brauchte keinen Dildo, ich hatte einen Ehemann. Auch wenn es im Bett nicht mehr so gut zwischen uns lief und der Sex immer seltener wurde, wäre ich nie auf die Idee gekommen, mir einen Dildo zu kaufen.

„Also, was nun? Ich rufe jetzt Julia an. Bist du dabei?", riss mich Mia aus meinen Gedanken.

Und wieder kam nur ein „Hm" aus mir heraus.

„Britta, so ein Dildo bringt mehr Schwung ins Eheleben! Du musst ihn ja nicht allein benutzen", zwinkerte mir Mia verschwörerisch zu.

„Na gut, wenn`s nichts für mich ist, kann ich ja gehen", entschied ich mich.

„Genau." Und schon wählte Mia Julias Nummer.

Am übernächsten Samstag war es dann soweit. Mia und ich hatten vereinbart, dass ich erst zu ihr komme, und wir dann gemeinsam zur Dildoparty gehen.

Als ich klingelte, machte mir Mia mit einem Glas Wein in der Hand schon leicht beschwipst die Tür auf.

„Komm rein!", flötete sie mir fröhlich zu. „Silke ist auch schon da!"

Silke war eine andere Freundin von Mia, die ich noch nicht kennengelernt hatte. Lachend winkte sie mir aus dem Wohnzimmer zu.

„Wir haben schon ein Glas Wein für dich bereitgestellt. Wer weiß, was uns heute Abend noch so erwartet. So sind wir ein bisschen lo-

ckerer", teilte Mia mir mit, als ich meine Jacke im Flur aufhängte.
„Müssen wir nicht gleich schon los? Ist doch schon zwanzig vor sieben?", fragte ich etwas verwundert zurück.
„Für ein Glas Wein ist immer noch genug Zeit, Brittamaus! Ab ins Wohnzimmer mit dir!" Mia schob mich vor sich her, bis wir im Wohnzimmer standen. Dann stellte sie mich Silke vor: „Silke, das ist meine Kollegin Britta und Britta, das ist meine ehemalige Kollegin Silke und nun eine gute Freundin von mir!"
Silke und ich gaben uns förmlich die Hand, bevor ich mich in den schwarzen Ledersessel setzte. Sofort drückte mir Mia das Weinglas in die Hand und schwärmte: „Ein Merlot der Spitzenklasse und trotzdem so günstig. Einfach lecker, lecker, lecker!" Dann setzte sie sich mir gegenüber neben Silke aufs Sofa.
Mia war sehr extrovertiert, bildhübsch und sah zehn Jahre jünger aus als sie war. Nur der richtige Mann war ihr noch immer nicht über den Weg gelaufen. Sie hatte zwar mehrere Affären gehabt, von denen sie immer gern ausschweifend berichtete, vor allem wenn es um den sexuellen Teil ging, aber keiner der Männer meinte es bisher wirklich ernst mit ihr. Ich fühlte mich aufgrund ihrer ganzen Bettgeschichten immer etwas bieder, denn der Sex mit meinem Mann war eher langweilig und eintönig geworden.
Silke schien auch kein Kind von Traurigkeit zu sein. Sie wirkte sehr offen und aufgeschlossen und war ebenfalls eine Schönheit, wenn auch etwas herber als Mia. Heute hätten die beiden jedenfalls gut den Teufel und den Engel spielen können, denn Mia, mit ihren blonden langen Haaren und großen blauen Augen, hatte sich in eine enge weiße Stretch-Bluse gequetscht, damit ihre Brüste gut zur Geltung kamen. Silke dagegen hatte kurze, dunkelbraune Haare und große braune Rehaugen und trug eine schwarze Bluse und eine schwarze, enge Lederhose. Als Domina hätte sie bestimmt eine gute Figur abgegeben. Wer weiß, vielleicht war das ja ihr heimlicher Nebenjob, für den sie nun Dildos brauchte. Mir war es aber auch egal. Hauptsache der Abend ging schnell an mir vorüber.
„Wer kommt denn eigentlich noch zur Party?", wollte ich von Mia

wissen, damit ich mich innerlich auf die Gäste einstellen konnte.
„Meine Freundin Julia ist ja die Gastgeberin, wie du weißt. Von ihr kommen auch zwei Kolleginnen, Susi und Ulla. Naja, und dann die beiden Frauen, die die Dildos an den Mann, äh Frau, bringen wollen."
Mia hielt sich die Hand vor den Mund und kicherte.
„Zwei Frauen gleich?" Ich zog fragend die Augenbrauen hoch.
Doch Mia kam nicht mehr zum Antworten, Silke unterbrach uns: „Ich glaube, wir sollten mal los, Mädels, es ist kurz vor sieben."
So zogen wir im Flur unsere Jacken an und gingen dann zu Fuß drei Straßen weiter zu Julias Wohnung. 5 nach 7 waren wir dann dort.
„Da seid ihr ja endlich!", begrüßte uns Julia ungeduldig. „Es sind schon alle da!"
Schnell legten wir unsere Jacken ab und folgten ihr ins Wohnzimmer. Dort traf mich der Schlag. Zwei großgewachsene Frauen in schwarzen enganliegenden Lackoveralls, die eine mit knallgelben, die andere mit feuerroten Haaren, waren gerade dabei auf einem mitgebrachten Klapptisch ihre Dildos aufzubauen.
Als Julia uns alle Anwesenden vorstellte, erfuhr ich, dass die Verkäuferin mit den roten Haaren Maria hieß und die mit den gelben Lucy, und dass Susi die linke von den beiden Frauen war, die auf dem Sofa saßen und Ulla die rechte.
Was war ich erleichtert, dass Susi und Ulla in Jeans und T-Shirt gekommen waren, denn so war ich nicht die einzige, die legere Kleidung trug, denn auch Julia, die Gastgeberin, war schick gekleidet mit einem knielangen, geblümten Rock, einem schmalen, beigen Gürtel und einer roten Bluse.
Julia war es dann auch, die mich aus meinen Gedanken riss: „Setzt euch, wo Platz ist. Ich schenke euch fix Sekt in der Küche ein." Und schon war sie wieder verschwunden.
Ich fühlte mich zu den beiden Jeansträgerinnen hingezogen und ergatterte mir schnell den freien Platz links neben Susi. Jetzt war das Dreiersofa auch schon voll. Silke setzte sich in den Sessel rechts und Mia in den Sessel links vom Tisch. Dann kam Julia auch schon mit einem Tablett zurück, auf dem drei Sektgläsern standen. Sie gab uns

die Gläser, nahm dann auf der Sofalehne neben mir Platz und wandte sich an Maria und Lucy: „So, wir sind nun alle vollständig. Wenn ihr wollt, könnt ihr beginnen!"
„Wir sind gleich fertig, gebt uns noch 2 Minuten!", antwortete Maria.
Ich nutzte die 2 Minuten, um Susi und Ulla anzusprechen: „Seid ihr zum ersten Mal auf einer Dildoparty?"
Beide nickten.
„Und du?", fragte Susi zurück. Susi hatte ihre rotblonden Haare zu einem strengen Pferdeschwanz gebunden, so dass ihre lebhaften grünen Augen noch mehr herausstachen. Ihre Sommersprossen ließen sie irgendwie niedlich aussehen.
„Ja, ich auch und ehrlich gesagt, habe ich auch noch keinen Dildo benutzt", verriet ich freimütig, schließlich befanden wir uns ja hier auf einer intimen Party.
Susi schaute etwas beschämt zu Boden, als sie antwortete: „Also, ich schon, ich bin ja seit einem Jahr Single."
Ulla war da selbstbewusster und klärte mich ziemlich direkt über ihr Sexualleben auf: „Ich bin lesbisch, und meine Freundin und ich benutzen immer Dildos."
„Ah." Mehr konnte ich grad nicht sagen, ich war zu überrascht über ihre Offenheit. Noch nie hatte ich mit einer Lesbe gesprochen, schon gar nicht über ihre sexuellen Praktiken. Außerdem fiel mir auf, dass ich scheinbar ein ziemliches Vorurteil gegenüber dem Aussehen von Lesben hatte. In meiner Vorstellung hatten sie alle kurze Haare und eine kräftige Figur und sahen irgendwie männlich aus. Ulla aber hatte blondes schulterlanges Haar, war leicht geschminkt und zierlich gebaut. Ich hätte sie auf der Straße nie als lesbisch eingestuft.
Als ich den ersten Schock überwunden hatte, fragte ich sie weiter: „Und deine Freundin? Wollte die nicht mitkommen heute?"
„Nein, die steht nicht auf solche Partys. Außerdem lässt sie mich immer die Dildos aussuchen. Ich bin ja auch eher diejenige, die die Dildos braucht. Meine Freundin steht er aufs Fingern oder Oral."
„Ah." Und wieder erschreckten mich ihre Worte. War ich etwa zu prüde? Und war ich hier etwa die einzige, die noch nie einen Dildo

benutzt hatte? Ich fühlte mich auf einmal sehr unwohl.
„Okay, wir wären dann soweit!", wandte sich Maria dann plötzlich mit erhobener Stimme an uns.
Wir verstummten und richteten unsere Blicke auf die beiden extravaganten Verkäuferinnen.
Dann fuhr Maria fort: „Also, kurz zu uns beiden. Unsere Namen kennt ihr ja bereits. Wir beide sind seit einiger Zeit sehr erfolgreich mit unserer Dildo-Verkaufsshow. Ursprünglich hatten wir mit einer ganz normalen Verkaufsparty angefangen, haben uns dann aber immer mehr getraut und festgestellt, dass durch unsere Erweiterung der Dildo-Präsentation die Umsatzzahlen stark steigen."
Ich bekam Panik und ahnte schon etwas. Während Maria weitersprach, fragte ich daher sicherheitshalber leise bei Julia nach, die ja neben mir auf der Sofalehne saß: „Was ist denn so besonders an deren Show?!"
„Wart`s ab!" flüsterte Julia aufgeregt zurück.
Leider hatte ich nun einen Teil von Marias weiterer Ansprache verpasst. Ich hörte nur noch ihre letzten Sätze: „Wir zeigen euch somit hautnah, was man mit den Dildos und Vibratoren machen kann, wie sie sich anfühlen und was sie bewirken. Und anschließend könnt ihr die Dildos natürlich auch selbst ausprobieren!"
„Waaas? Hier?", schoss es ungläubig aus meinem Mund.
Alle Blicke richteten sich auf mich.
„Ja, selbstverständlich, du sollst ja bei uns kein Produkt kaufen, das dir nachher nicht gefällt", konterte Lucy. „Aber wenn du nicht möchtest, musst du es natürlich auch nicht."
Dann übernahm Maria wieder das Wort: „Okay Mädels, ich würde sagen, dann starten wir mal!" Sie schnappte sich den ersten Dildo vom Tisch, der einem echten Penis zum Verwechseln ähnlich sah. „Wir fangen mal mit dem meistverkauften Stück, dem „Real Dildo" an. Wie ihr sehen könnt, sieht er täuschend echt aus. Die Eichel ist sehr gut ausgeprägt, und er ist sehr flexibel und biegsam." Maria bog den Dildo hin- und her, bevor sie fortfuhr: „Aber warum er so beliebt ist, und das ist das absolute Highlight an diesem Dildo, er hat sehr

ausgeprägte Adern, und ich kann euch aus Erfahrung sagen, dass diese die Vagina höchstintensiv stimulieren! Da lässt der Orgasmus nicht lange auf sich warten! Für längere Liebesspiele daher eventuell nicht geeignet, es sei denn, man, äh Frau, kommt nicht so schnell zum Orgasmus. Ich gebe ihn mal rum, damit ihr ihn mal in euren Händen fühlen könnt."
Maria übergab den Dildo Silke, dann kam er über Ulla und Susi zu mir. Allerdings wusste ich nicht so recht, was ich mit dem Dildo machen sollte. Ich nahm ja noch nicht mal den Penis meines Mannes in die Hand. Daher reichte ich den Dildo schnell an Julia weiter.
Und Julia war begeistert.
„Der sieht ja sogar von Nahem täuschend echt aus! Wow, der ist bestimmt wirklich höchst anregend! Am liebsten würde ich den gleich mal ausprobieren", vertraute sie euphorisch der Runde an.
Wo war ich hier nur gelandet? Ich kannte Julia nur flüchtig, und nun sprach ich hier mit ihr über Dildos! Ich musste mich selbst kneifen, um festzustellen, dass ich nicht träumte.
Dann gab Mia den Dildo zurück an Lucy, die sofort zur Sache kam: „So, dann führen wir euch mal vor, wie schnell man mit dem „Real Dildo" zum Orgasmus kommt!"
Ich traute meinen Ohren nicht! Die wollten doch tatsächlich hier und jetzt den Dildo benutzen? Das ging mir zu weit. Aber aufstehen und einfach gehen, wagte ich nicht. Ich wollte ja keine Spielverderberin sein und schon gar nicht als bieder abgestempelt werden. Also musste ich mir die Prozedur wohl oder übel anschauen.
Maria hatte es sich mittlerweile auf dem Zweiersofa, das neben dem Dildotisch stand, bequem gemacht. Sie lag auf dem Rücken und öffnete gerade mit einem Reißverschluss den gesamten Schritt des Lackoveralls, so dass sie im Prinzip nun zwei lange Lackstrümpfe trug, die nur noch mit dem Oberteil des Overalls verbunden waren. Zwischen Marias Beinen sah man jetzt ihre glattrasierte Vagina.
Derweil rieb Lucy den Dildo mit einem Gleitgel ein. Als sie damit fertig war, beugte sie sich über Maria und begann sie zu küssen.
Ich wandte mich angeekelt ab, während die anderen ein leises Johlen

anstimmten. Es nützte nichts, ich musste da nun durch und zwang mich wieder hinzusehen.

Lucy hatte bereits angefangen, den Dildo kreisend zwischen Marias Schamlippen hin und her zu reiben.

Maria schien es zu gefallen, denn sie schloss ihre Augen und begann leicht zu stöhnen.

Daraufhin führte Lucy den Dildo fast bis zum Ansatz in Marias Vagina ein, um ihn anschließend langsam wieder herauszuziehen.

Dies ging eine Weile so weiter, bis Maria „Schneller!" rief und Lucy ihr gehorchte. Sie beschleunigte den Stoßrhythmus und zog den Dildo nun nicht mehr ganz so weit aus Marias Vulva.

Ich war erstaunt darüber, wie sich Maria hier so vor versammelter Mannschafft gehen lassen konnte. Und noch immer konnte ich nicht glauben, dass ich hier live beim Sex zuschaute!

„Komm, Baby, komm!", spornte Lucy Maria dann an und bewegte den Dildo noch schneller.

Plötzlich bäumte Maria ihren Unterleib auf, zog die Augenbrauen zusammen und schrie immer wieder: „Ja, ja, ja!" Es war offensichtlich, dass sie einen Orgasmus hatte.

Ich muss zugeben, dass mich der Anblick schon etwas erregte, und den offenstehenden Mündern der anderen nach zu urteilen, ging es ihnen augenscheinlich genauso.

Maria blieb noch auf dem Sofa liegen, als sich Lucy uns freudig zuwandte: „Also, ihr seht, das ging ziemlich schnell, nicht mal zehn Minuten und Maria hatte einen Orgasmus!" Sie wusch den Dildo in einer Wanne mit Wasser, trocknete ihn ab und packte ihn anschließend in ein Säckchen. Währenddessen sprach sie weiter: „Wir zeigen euch jetzt noch ein paar weitere Dildos und auch Vibratoren, und dann könnt ihr gern einen wählen und selbst ausprobieren."

Maria hatte sich unterdessen den Schrittteil schon wieder an den Overall gezippt und stand jetzt wieder neben Lucy. Sie packte weitere Dildos auf den Tisch und übernahm dann das Wort: „Die nächste Steigerung zum „Real Dildo" wäre dann dieses Prachtexemplar." Sie hielt einen neonpinkfarbenen Dildo aus Gummi hoch und fuhr fort:

„Eigentlich ist er fast identisch mit dem „Real Dildo", denn er ist gleich lang, also 23 cm, und auch gleich breit, also circa 4 cm. Und er hat auch die ausgeprägten Adern. Aber es kommt noch etwas hinzu. Er sieht zwar wie ein Dildo aus, ist aber in Wirklichkeit ein 3-Stufen-Vibrator. Die Vibration wird von Stufe zu Stufe schneller und stärker, je nachdem wie man es gerade braucht." Maria demonstrierte uns die 3 Stufen, und man konnte deutlich den Unterschied hören. Dann übergab sie uns auch diesen Vibrator, damit wir ihn uns in Ruhe anschauen konnten. Diesmal war ich etwas aufgeschlossener, ließ den Vibrator durch meine Hände gleiten und probierte die verschiedenen Stufen aus. Dabei stellte ich fest, dass es zwischen meinen Beinen zu prickeln anfing. „Vielleicht hätte ich den Penis meines Mannes mal öfter anfassen sollen", schoss es mir durch den Kopf, „das törnt mich ja richtig an."
Als alle den sogenannten „Pink Rabbit" begutachtet hatten, stellte Lucy den nächsten Vibrator vor: „Hier haben wir den „G-Spot Vibe One". Wie ihr seht, ist er glatt, also ohne künstliche Äderchen, dafür ist er aber stärker gebogen und das Ende ist schön groß und rund geformt. Dadurch lässt sich der G-Punkt perfekt und gezielt stimulieren. Zusätzlich hat er zehn Vibrationsstufen. Von klassischer Vibration über pulsierend bis hin zu kreisenden Bewegungen ist alles dabei. Außerdem liegt er sehr leicht in der Hand, weil er ohne Batterien auskommt. Man kann ihn bequem mit einem Ladekabel aufladen."
Lucy gab dann auch diesen Vibrator herum, und ich hörte, wie meine Kollegin Mia ausrief: „Den würde ich gern mal ausprobieren!"
Und ich traute meinen Ohren schon wieder nicht, als Silke erwiderte: „Ich helfe dir dabei, Schatz!"
Wo war ich hier nur gelandet?
Der nächste Vibrator wurde wieder von Maria vorgestellt: „Und hier nun der absolute Wahnsinn, der „Turbo Deluxe G-Spot". Das Ende ist auch hier schön gebogen und knubbelig, um den G-Punkt gezielt zu stimulieren, aber der Knaller ist der kleine Klitorisarm hier vorn. So wird der Orgasmus so richtig schön intensiv. Aber das ist noch nicht alles! Der „Turbo Deluxe G-Spot" hat zusätzlich noch sagenhafte 20

Vibrationsstufen! Sanft, fordernd, ruckartig, pulsierend, klopfend, alles was das Herz begehrt! Da kommt einfach jede Frau zum Orgasmus!" Maria führte uns einige Stufen vor.
„Wow", kam es aus einigen Mündern gleichzeitig, und auch ich begann Lust zu spüren, diesen Vibrator mal auszuprobieren.
Nachdem der „Turbo Deluxe G-Spot" herumgegangen war, stellte Lucy einige andere Dildos und Vibratoren nur flüchtig vor: „So, nun habt ihr die beliebtesten Dildos und Vibratoren kennengelernt. Wir haben hier noch einige andere aufgestellt, zum Beispiel diesen hier." Lucy hielt einen schwarzen, nicht gebogenen, kürzeren Vibrator mit Klitorisarm hoch. „Der ist auch gut für anale und zusätzlich klitorale Stimulation geeignet." Dann zeigte sie auf das eine Ende des langen Tisches. „Dort drüben haben wir noch ein paar andere Dildos in verschiedenen Größen aufgestellt. Da gibt es kleinere, wer zum Beispiel eine schmalere Vagina hat, oder auch sehr breite oder längere Dildos, wer eine größere Vagina hat oder gern etwas Schmerz beim Sex spüren möchte." Lucy schaute uns verheißungsvoll an. Dann sprach sie weiter: „Und wer es nicht gebogen mag, für den gibt es natürlich auch gerade Dildos, oder welche mit Noppen, so wie dieser hier." Lucy fischte einen knallgelben Noppen-Dildo, der gut zu ihrer Haarfarbe passte, zwischen den anderen Dildos hervor. „Sehr einfach, aber höchst effektiv, ich spreche aus Erfahrung." Lucy blickte uns dabei tief in die Augen. „Also, steht ruhig auf, schaut euch um und sucht euch einen Dildo oder Vibrator zum Ausprobieren aus!"
So erhoben wir uns, gingen zum Tisch und begutachteten die dort aufgestellten Dildos und Vibratoren. Hin und wieder nahmen wir auch einen in die Hand, um uns diesen genauer anzuschauen und fragten auch mal bei Lucy und Maria nach, was so besonders an diesem und jenem war. Wir brabbelten dabei alle durcheinander, bis Mia allen etwas lauter mitteilte, dass sie den „G-Spot Vibe One" immer noch am besten finden würde und diesen jetzt gern ausprobieren wolle.
„Hilfst du mir nun, Silke?", hörte ich sie dann ganz offen fragen.
Oh mein Gott, nun würde ich meine Kollegin beim Sex mit einer ihrer

Freundinnen sehen! Was sollte ich bloß tun?
Aber ich konnte nicht lange überlegen, denn schon sah ich, wie sich Mia auf das Zweiersofa setzte, wo vorher Maria gelegen hatte, und Silke ganz selbstverständlich neben ihr Platz nahm und sie zu küssen begann.
Ich war wie erstarrt bei dem Anblick, besonders, als Silke nun ihre Hand an Mias Bluse führte und den ersten Knopf öffnete, dann den zweiten und dann auch noch den dritten! Anschließend tastete Silke sich zu einer Brust vor und holte sie aus dem BH, um dann zart an der Brustwarze zu saugen.
Mia seufzte auf und legte sich mit geschlossenen Augen nach hinten an die Sofalehne und ließ sich weiter von Silke verwöhnen, die nun Mias Bluse komplett aufknöpfte und sie ihr vorsichtig auszog. Anschließend öffnete sie noch ihren BH und nahm ihn ihr ebenfalls ab.
Zum ersten Mal sah ich nun Mias Brüste. Natürlich waren auch diese perfekt, genauso wie ihr restlicher Körper. Ich spürte Neid in mir hochkommen, aber auch irgendwie das Bedürfnis, Mias schöne Brüste zu berühren. In diesem Moment sprach mich Silke an: „Britta, steh` da nicht so rum, hilf mir Mia zu befriedigen!"
In mir stieg Panik hoch, und nach zwei Schreckenssekunden antwortete ich murmelnd: „Ja, gleich, ich muss nochmal schnell ins Bad", und schon verschwand ich auch schon Richtung Badezimmer.
Dort angekommen, schaute ich erst einmal in den Spiegel, weil ich mir nicht mehr sicher war, ob ich vielleicht gerade träumte. Mein Kopf war hochrot und pulsierte, und ich schüttete mir erst einmal kaltes Wasser ins Gesicht, um wieder zur Besinnung zukommen. Dann setzte ich mich auf die Toilette und stellte fest, dass ich stark feucht zwischen den Beinen geworden war und meine Schamlippen angeschwollen waren. Ich musste mir eingestehen, dass ich hocherregt war. Und nun? Was sollte ich nun machen? Ich kämpfte mit meinem inneren Widerstand. Sollte ich mich fallenlassen oder ging das zu sehr gegen meine Norm? Hatte ich jetzt überhaupt noch eine andere Wahl? Warum nicht mal aus Konventionen ausbrechen? Ging ich etwa fremd, wenn ich meine Kollegin befriedigte? All das schwirr-

te in meinem Kopf herum. Doch ich hatte mich bereits entschieden, öffnete die Badezimmertür und blieb dann doch, bei dem Anblick, der sich mir nun bot, wie angewurzelt stehen. Nicht nur Silke und Mia vergnügten sich gerade, sondern auch Lucy und die lesbische Ulla. Ulla stand dabei hinter dem linken Sessel und hatte sich mit ihrem Oberkörper nach vorn auf die Sessellehne gelehnt. Ihre Augen waren wie in Trance halb geschlossen und ihr Mund leicht geöffnet, während Lucy Ulla an den Hüften festhielt und sie von hinten in einem wilden Rhythmus vögelte. Im ersten Moment war mir nicht klar, wie sie das machte, doch dann sah ich, dass sich Lucy so einen Penisgürtel umgeschnallt hatte.

Dann wanderte mein Blick weiter zum Dreiersofa, das man nun auch wirklich so nennen konnte. Julia lag hier mit gespreizten, aufgestellten Beinen, während Maria am Ende des Sofas saß und sie mit dem Noppendildo beglückte. Die rothaarige Susi saß dabei neben dem Sofa und stimulierte Julias Brustwarzen, indem sie an der einen nuckelte und die andere zwischen ihrem Daumen und ihrem Zeigefinger hin und her rieb.

Ich kam mir wie in einem Freudenhaus vor und wusste nicht, was ich nun tun sollte. So schweifte mein Blick wieder zu Mia und Silke zu meiner Rechten, und ich sah, dass Silke gerade dabei war, Mia großzügig am Hals entlang zu lecken, während sie Mias Klitoris mit dem dicken knubbeligen Ende des Vibrators massierte.

Wie eine Marionette ging ich auf die beiden zu und setzte mich neben Mia aufs Sofa.

„Da bist du ja endlich!", hauchte Silke mir zu und nahm dann auch gleich meine Hand, um sie auf Mias linke Brust zu legen. „Liebkose du sie hier oben, ich kümmere mich um ihre Muschi." Und schon hockte sich Silke auf den Boden zwischen Mias geöffnete Beine und drang mit dem Vibrator in ihre feuchte Möse ein. Mia seufzte auf.

Der Anblick meiner erregten Kollegin machte mich heiß. Ich begann, ihre Brüste zu massieren, und als Silke den Vibrator auf die erste Stufe schaltete, ging ich dazu über, behutsam an Mias Brustwarzen zu lutschen.

Was für ein unglaublich antörnendes Gefühl es ist, die Brustwarzen einer Frau zu liebkosen! Einfach Wahnsinn!
Nun traute ich mich auch endlich, Mia zu küssen, und dieses Gefühl von so weichen und zarten Frauenlippen auf den meinen, war ebenso prickelnd!
Als wir dann zu züngeln anfingen, kam Mia auch schon zum Orgasmus. Sie stöhnte dabei mit Julia, die ja auf dem anderen Sofa lag, um die Wette.
Ich wollte nun unbedingt auch einen Orgasmus! Und als ob Silke meine Gedanken lesen konnte, fragte sie mich: „Willst du jetzt auch?"
„Ja", antwortete ich kurz, mehr bekam ich nicht heraus.
„Und mit welchem Dildo?"
„Der mit dem Klitorisarm", sagte ich leise.
Sofort stand Silke auf und schnappte sich den „Turbo Deluxe G-Spot" vom Tisch.
Mia war inzwischen wieder zu sich gekommen und knöpfte bereits ihre Bluse zu. Dann lächelte sie mich an: „Ich danke dir, Britta. Das war wirklich total schön."
Für mich war das alles immer noch ziemlich verwirrend, aber ich hatte keine Zeit mehr, mir darüber den Kopf zu zerbrechen, denn schon stand Silke mit dem Vibrator vor mir.
„So, Mia, nun ist deine Kollegin dran! Rück` mal rüber, damit sich`s Britta bequem machen kann!"
Daraufhin rutschte Mia etwas weiter nach rechts, so dass ich mich in die Mitte des Sofas setzen konnte.
Mia lächelte mich an und begann, mir zärtlich über meinen Arm zu streicheln. Dann küsste sie mich sanft auf meine Lippen, und wir fingen wieder zu züngeln an. Dabei zog Mia mein T-Shirt hoch, und wir unterbrachen unsere Knutscherei kurz, damit sie es mir über den Kopf ziehen konnte. Mit einem Handgriff hatte Mia dann auch schon meinen BH geöffnet. Langsam nahm sie ihn mir ab und streichelte mit ihren Handflächen über meine harten Brustwarzen, bevor sie sie mit ihrer Zunge abwechselnd umkreiste.
Ein Schauer kam über mich, und ich merkte wie es zwischen meinen

Beinen stark pulsierte.
Als Mia dann an meinen Brustwarzen sog, war ich nicht mehr zu halten. Ein erleichterndes Stöhnen kam über meine Lippen, und Mia wies Silke mit einem Kopfnicken an, meine Hose zu öffnen.
Als Silke mir dann schließlich die Hose samt Unterhose ausgezogen hatte, spreizte ich meine Beine ganz automatisch, so dass sie den Vibrator zwischen meine feuchten und leicht geöffneten Schamlippen drücken konnte und bewegte ihn dort kreisend hin und her.
Ich konnte es nun kaum abwarten, den Vibrator ganz in mir zu spüren. Aber Silke machte mich erst noch heißer. Sie stellte den Vibrator auf die erste Stufe, und ich spürte eine ganz sanfte, aber höchst stimulierende Vibration zwischen meinen Schamlippen.
Und dann endlich, als ob Silke meine Gedanken schon wieder gelesen hatte, fragte sie mich: „Willst du ihn jetzt ganz in dir spüren?"
Silkes Stimme schien von weit weg zu kommen, so erregt war ich. Ich konnte nur leicht nicken, und das war das Zeichen für Silke. Sie führte den Vibrator tief in meine Vagina ein und schaltete dann auf die Stufe, die Penisstöße simulierte.
Es kam mir vor, als würde ich schweben. Quälend stöhnte ich im Rhythmus der Stöße, und als Silke zusätzlich noch die Vibration des Klitorisarm einstellte, kam ich auch schon. Das Kribbeln in meinem Unterleib breitete sich über meinen ganzen Körper aus, und dann entlud sich meine Anspannung explosionsartig. Ich konnte mich jetzt nicht mehr zurückhalten und ließ einen langen lauten Aufschrei aus meiner Kehle. Noch nie hatte ich die Kontraktion meiner Vagina so intensiv gespürt!
Kurze Zeit später öffnete ich langsam wieder meine Augen. Ich fühlte mich total erschöpft, aber auch sehr entspannt.
Silke war gleich aufgestanden, um den Vibrator zu säubern, aber Mia saß noch neben mir und fragte mich mit einem breiten Grinsen: „Und? Wie war`s?"
„Gut", antwortete ich leise und etwas schüchtern.
„Gut?" Mia schaute mich mit großen Augen an. Dann nahm sie ein Kissen und klopfte es mir immer wieder spielerisch auf meinen

Bauch, während sie mich neckte: „Gut? Gut, sagst du? Das sah aber nach mehr als gut aus! Das war doch der absolute Hammer! Einen vorbildlichen Orgasmus hattest du da! So sah es jedenfalls aus!"
„Ja, ja, es war der totale Wahnsinn!", gab ich mit etwas mehr Enthusiasmus zu.
„Siehst du!" Damit stand Mia auf und schenkte sich noch ein Glas Sekt ein.
Ich hatte gar nicht mitbekommen, was in der Zwischenzeit bei den anderen noch so passiert war, aber mittlerweile saßen alle wieder auf ihren ursprünglichen Plätzen und sahen irgendwie glücklich, entspannt und zufrieden aus.
Schnell huschte ich auch wieder auf meinen Platz auf dem Dreiersofa neben Susi. Scheinbar war ich die letzte gewesen, und alle hatten mir zum Schluss wohlmöglich noch zugeschaut. Bevor aber Scham in mir aufsteigen konnte, ergriff Maria auch schon das Wort: „Also, wie ich sehe, hat euch das Ausprobieren der Dildos Freude bereitet!"
Alle antworteten mit einem Nicken.
Maria grinste breit und fuhr dann fort: „Wir stehen nun für Fragen bereit, und natürlich könnt ihr euch die Dildos und Vibratoren noch einmal anschauen! Und kaufen könnt ihr sie natürlich auch! Wir haben von jedem Dildo und Vibrator genügend Exemplare dabei!"
Einige standen sofort auf, um sich die Dildos nochmal anzuschauen. Ich aber war total erschöpft und blieb erstmal auf dem Sofa sitzen.
Kurze Zeit später ließ sich Mia neben mich plumpsen. In der einen Hand hielt sie den G-Spot Vibe One, den sie grad gekauft hatte.
„Willst du dir den Vibrator etwa nicht kaufen?", fragte sie mich.
„Ich weiß nicht so recht. Ich allein würde ihn nicht benutzen und zusammen mit meinem Mann? Niemals!", rief ich entrüstet aus.
Mia legte mir ihre rechte Hand auf meinen Oberschenkel und schaute mir tief in die Augen. „Britta, du musst ihn nicht allein oder mit deinem Mann benutzen. Ich vertraue dir jetzt mal etwas an." Sie schaute sich kurz im Raum um, um sicher zu gehen, dass sie keiner hören konnte, dann sprach sie weiter: „Also, Silke und ich treffen uns hin und wieder, um uns gegenseitig zu befriedigen. Das hat nichts damit

zu tun, dass wir lesbisch sind, wir lieben uns nicht, oder so. Es ist nur etwas ganz anderes, Sex mit einer Frau zu haben als mit einem Mann. Es ist etwas Besonderes. Es ist tiefer und erfüllender. Und ich habe gemerkt, dass es dir Spaß gemacht hat, meine Brüste zu liebkosen." Mia stoppte und wartete auf eine Reaktion von mir.
Röte stieg in mein Gesicht.
„Du bietest mir also an, regelmäßig mit dir Sex zu haben? Oder vielleicht sogar mit euch beiden?" Ich schaute sie verwundert an.
„Ja, genau das tue ich. Du musst mir jetzt nicht antworten. Überlege es dir." Mia klatschte mir aufs Knie und stand auf.
Ich war total verwirrt. Das musste ich erst einmal verdauen, sowie überhaupt den ganzen heutigen Abend, der sich langsam dem Ende zuneigte. Ich musste mich langsam mal entscheiden, ob ich mir den Vibrator nun kaufen sollte oder nicht. Alle schienen einen Dildo oder Vibrator gekauft zu haben, außer mir. Also gab ich mir einen Ruck, ging zum Dildotisch und kaufte mir den Vibrator mit dem Klitorisarm.
„Dir scheint's gefallen zu haben, was?", hörte ich dann plötzlich von links.
Ich fühlte mich irgendwie ertappt. Ruckartig drehte ich meinen Kopf herum und schaute in Ullas Gesicht. Sie zwinkerte mir zu.
„Ähm ja." Mehr brachte ich nicht heraus und senkte meinen Blick auf den soeben gekauften Vibrator.
„Muss dir nicht peinlich sein, ich benutze Dildos und Vibratoren regelmäßig."
Lucy mischte sich ins Gespräch ein: „Ich finde mit der Sexualität wird heute immer noch zu verklemmt umgegangen. Und wie man heute wieder feststellen konnte, hatten alle ihren Spaß mit freiem Sex! Maria und ich sind zum Beispiel nicht lesbisch, wir haben nur hin und wieder Sex zusammen. Meistens dann, wenn es neue Dildos und Vibratoren auszuprobieren gibt oder eben auf den Dildopartys."
„Habt ihr beide eigentlich einen Mann?", fragte ich neugierig.
„Maria ja, ich nicht."
„Und wie findet dein Partner das, Maria? Also, dass ihr zusammen Sex habt? Weiß er das überhaupt?" Ich wurde immer neugieriger,

denn das war alles ziemliches Neuland für mich.
„Ja, mein Freund weiß Bescheid und findet es sehr antörnend."
Mir schwirrte der Kopf. Ich hatte das Gefühl von einem anderen Planeten zu kommen.
Kurze Zeit später verabschiedeten wir uns alle von Julia, und Silke, Mia und ich machten uns auf den Weg zurück zu Mias Wohnung, wo ich mein Auto geparkt hatte.
Gleich nachdem wir uns unten vor dem Wohnblock von den anderen verabschiedet hatten, fragte mich Silke: „Na, das war doch mal eine schöne neue Erfahrung für dich, oder?"
Ob ich diese Erfahrung schön fand, wusste ich immer noch nicht so genau. Ohne diese hätte ich auch gut weiterleben können. Allerdings regte sich etwas in mir, dem ich nicht vollständig erlaubte, in mein Bewusstsein zu kommen. Es törnte mich aber scheinbar an, mit Frauen Sex zu haben. „Ja, doch", gab ich daher knapp zurück.
Kurze Zeit später standen wir dann auch schon vor Mias Wohnblock.
„Also, Mädels, wenn ihr noch Lust habt, könnt ihr gern noch mit hochkommen", lud Mia uns ein.
„Au ja, warum nicht! Lass uns noch mit hochgehen!" Silke hakte sich bei mir ein und zog mich mit Richtung Eingangstür.
Eigentlich war es mir schon zu spät, schließlich war es schon 22 Uhr, aber ich leistete keinen Widerstand.
In Mias Wohnung angekommen, machten wir es uns wieder im Wohnzimmer bequem, und Mia stellte ruhige französische Musik an, die leicht erotisch klang. Mir schwante etwas. Und auch schon im nächsten Moment begannen sich Silke und Mia, die beide wieder auf dem Ledersofa Platz genommen hatten, zu knutschen. Manchmal sogen sie an ihren Lippen, dann züngelten sie wieder ausgelassen außerhalb des Mundes.
Ich starrte wie gebannt auf diesen Live-Porno vor mir, in dem sich Mia und Silke nun filmreif ihre Blusen aufknöpften und sich gegenseitig ihre BHs auszogen.
„Komm zu uns rüber, Britta", unterbrach Mia dann plötzlich flüsternd die erotischen Szene.

Diesmal zögerte ich nicht, und Silke und Mia rückten etwas auseinander, so dass ich mich in die Mitte vom Sofa setzen konnte.
Sofort konzentrierte ich mich auf Silkes große Brüste und hatte das starke Bedürfnis sie anzufassen.
Silke schien erneut meine Gedanken zu lesen. Sie nahm meine Hand und führte sie zu einer ihrer Busen. Langsam begann ich sie zu kneten und nahm noch die andere Hand dazu, um ihre andere Brust ebenfalls zu massieren. Es war ein unbeschreiblich erregendes Gefühl für mich, so große Frauenbusen in meinen Händen zu spüren.
Dann streckte mir Silke ihren Kopf entgegen und wir begannen uns wild zu knutschen. Doch kurze Zeit später hielt sie schon wieder inne und drehte meinen Kopf in Mias Richtung, mit der ich mich dann ebenso ausgelassen küsste. Mias Brüste waren zwar nicht so groß wie Silkes, aber ihre Brustwarzen waren schön dick und hart. Vorsichtig züngelte ich an ihnen, dann wurde ich forscher und begann an ihnen zu lutschen. Mia schien es zu gefallen, denn ihr Seufzen und Stöhnen wurde immer lauter.
Silke hatte sich währenddessen komplett ausgezogen und stellte sich nun so vor Mia und mich hin, dass wir ihre Vagina genau auf Augenhöhe hatten. Ihr Venushügel war nur von einem schmalen Haarstreifen überzogen, und man konnte ihren Kitzler zwischen ihren Schamlippen hervorstehen sehen.
Ohne zu zögern, beugte sich Mia nach vorn und züngelte an ihm.
Silke jauchzte sofort auf.
Während Mia nun ausgiebig an Silkes Schamlippen leckte und ihre Zunge immer wieder in ihrer Muschi verschwinden ließ, legte ich Stück für Stück meine Kleidungsstücke ab, ohne Mia und Silke aus den Augen zu lassen.
Auf einmal stoppte Mia ihre Liebkosungen und wandte sich mir zu: „Schätzchen, hol` mal den neuen Vibrator, der liegt da vorn auf dem Flurschrank." Dann widmete sie sich wieder Silkes Vulva. Dabei hielt sie sich an Silkes Pobacken fest, um ihre Zunge mit mehr Druck in Silkes Möse stoßen zu können.
Ich riss mich von dem hocherregenden Anblick los und beeilte mich,

den Vibrator zu holen. Schnell packte ich ihn im Flur aus und flitzte dann wieder zurück zum Sofa. Hier nahm mir Mia den Vibrator aus der Hand und ließ ihn kurz mit der knubbeligen Spitze zwischen Silkes Schamlippen kreisen, bevor sie ihn komplett einführte.
„Mach`s mir ohne Vibration", kam es dann sofort hechelnd über Silkes Lippen.
Daraufhin bewegte Mia den Vibrator in einem langsamen Stoßrhythmus, wobei sie ihn nie ganz aus ihrer Vagina zog.
Mein Blick wanderte wieder zu Silkes Brüsten. Ich konnte ihnen einfach nicht widerstehen und knetete sie erneut vorsichtig, indem ich mich neben Silke stellte. Dann quetschte ich eine Brust leicht in meine Richtung, um genüsslich an der Brustwarze zu saugen.
Silkes Stöhnen wurde dabei lauter, und Mia nahm das zum Anlass, um den Stoßrhythmus zu beschleunigen, woraufhin Silke ihren Kopf voller Ekstase nach hinten warf. Ihr Körper war nun vollkommen angespannt und straff und immer wieder drang ein keuchendes „Ja, ja" aus ihrer Kehle, bis sich ihre Anspannung schließlich beim Orgasmus entlud. Dabei zuckte und zitterte ihr Körper für einige Sekunden. Dann sackte sie leicht in sich zusammen und ließ sie sich aufs Sofa plumpsen.
„Nun bist du dran." Mia schaute zu mir auf. „Komm` näher, ich bin heute scharf auf Muschi lecken."
Ich war mir nicht sicher, ob ich das wollte und erwiderte, um Zeit zu gewinnen: „Und was ist mit dir?"
„Ich kann danach. Erstmal will ich dich so richtig ausgelassen lecken."
Und schon fühlte ich Mias Zunge an meinen feuchten Schamlippen.
„Hm, dein Saft schmeckt gut", hörte ich Mia dann zwischen meinen Beinen säuseln. Sie umspielte jetzt mit ihrer Zunge meine Klitoris und sog dann zart an ihr.
Das brachte mich sofort um den Verstand, reichte mir aber nicht, denn ich wollte Mias Zunge in mir spüren und bettelte: „Steck sie rein, bitte!"
„Hey, nicht so ungeduldig, Madame, ich mach` ja schon!"
Und schon spürte ich Mias zitternde Zunge in meiner Scheide.

Das erregte mich so sehr, dass ich an die Decke hätte gehen können! Mein Mann befriedigte mich nie oral. Wir hatten ehrlich gesagt auch nie über unsere Vorlieben gesprochen. Aber mir war jetzt klar, dass ich scheinbar ein Faible dafür hatte.

„Silke, kannst du mal eben den Penisgurt holen? Du weißt ja, wo er ist", hörte ich dann ganz benommen Mia zwischen meinen Beinen sagen.

Als Silke mit dem Penisgurt zurückkam, forderte Mia mich auf, in den Vierfüßlerstand zu gehen. Dann eröffnete sie mir: „Silke wird dich jetzt so richtig schön mit dem Penisgurt durchnehmen, die kann das besser als ich. Die war in ihrem vorherigen Leben bestimmt ein Mann! Einfach ein Naturtalent!" Mia lachte kurz auf.

Ich hockte mich also hin und spürte dann auch schon, wie Silke mit ihren Händen von hinten meine Hüften umfasste und langsam den Dildo zwischen meine Schamlippen und in meine Vagina schob.

Ich stöhnte kurz auf, vor allem weil der am Dildo befestigte Klitorisarm nun stark meinen Kitzler stimulierte. Beim zweiten Stoß war ich schon wie in Trance.

„Willst du`s schneller oder härter oder beides, Baby?", fragte mich Silke hinter mir.

„Egal!", konnte ich nur keuchen. Hauptsache, es hörte nicht auf.

Daraufhin stieß Silke den Dildo immer schneller werdend in meinen nassen Schlitz. Genau das hatte ich in diesem Moment gebraucht! Ich musste endlich mal wieder so richtig hart gebumst werden! Mit meinem Mann hatte ich bestimmt schon seit 3 Monaten nicht mehr geschlafen.

Zwischenzeitlich hatte Mia ihren Kopf unter meine Brüste gelegt, um an meinen Brustwarzen zu lutschen. Das erregte mich so sehr, dass sich all meine Zurückhaltung löste und ich in voller Ekstase stöhnte: „Ja, gib`s mir!"

Im selben Moment spürte ich, wie Silke noch einmal ihre Stöße verstärkte. Dabei klatschte sie mir immer wieder auf meinen Hintern und spornte mich mit einem wiederholenden „Komm, Baby, komm!" an. Nur wenige Sekunden später kam ich dann wie ein Vulkan.

Ich stöhnte so ausgelassen, wie ich wohl noch nie gestöhnt hatte. Der Orgasmus schien einfach nicht enden zu wollen.

Ein paar Sekunden später sank ich dann auf den Boden, ich war total erschöpft.

Als ich langsam wieder in die Realität zurückkam, musste ich über den Anblick, der sich mir nun bot, schmunzeln. Ich lag nackt mitten im Wohnzimmer meiner Kollegin Mia. Diese saß oberkörperfrei auf ihrem Sofa, und gegenüber im Sessel saß Silke, ebenfalls nackt, und lächelte zu mir herüber.

Mia erhob als erste das Wort und bot uns an, bei ihr zu duschen.

Doch Silke und ich verneinten dankend. So zogen wir uns wieder an und setzten uns noch gemütlich zusammen, um den restlichen Sekt zu trinken und ein bisschen über unsere Arbeit, unsere Kollegen, Familie und Freunde zu plaudern. Kaum zu glauben, dass wir eben noch zusammen Sex gehabt hatten, zumal ich Silke vorher ja gar nicht gekannt hatte.

Bevor Silke und ich schließlich um halb eins aufbrachen, teilte mir Mia noch unverblümt und offen mit: „So, Britta, jetzt bist du eingeweiht!" Wenn du es mal wieder nötig hast, weißt du ja, an wen du dich wenden kannst." Sie strahlte.

Irgendwie war ich nun vollkommen locker und antwortete ganz natürlich: „Ja, gern!"

Dann verabschiedeten wir uns.

Von diesem Tag an war ich regelmäßig bei Mia, meistens einmal die Woche. Mal war Silke dabei, mal nicht. Wir probierten dann verschiedene Stellungen und Dildos aus, und mir gefiel es. Zudem machte mich der ungenierte Sex im Alltag ausgelassener, und auch der Sex mit meinem Mann kam wieder in Schwung. Das lag daran, dass ich mir im Bett nun mehr zutraute und gieriger wurde. Meinem Ehemann gefiel das natürlich. Gott sei Dank hat er mich bisher nie gefragt, warum ich mich so gewandelt habe...

3. Der Schwestern-Beglücker

Timo war um 17 Uhr mit Steffi verabredet und hatte Glück. Normalerweise schlich er mit seinem Auto minutenlang durch die Nebenstraßen, um einen Parkplatz zu finden. Doch heute ergatterte er direkt vor Steffis Wohnblock einen Parkplatz.

Obwohl er nun überpünktlich war, nahm er im Treppenhaus routinemäßig zwei Stufen auf einmal, bis er vor Steffis Wohnung im 3. Stock stand. Leicht außer Atem klingelte er.

Als ihm Hanna, Steffis jüngere Schwester, die Tür öffnete, war Timo etwas verwirrt. Zwar wohnte Hanna schon seit ungefähr einem Jahr bei Steffi, da sie es bei ihren Eltern nicht mehr ausgehalten hatte, aber in der Regel machte Steffi ihm die Tür auf. Außerdem fiel ihm zum ersten Mal auf, wie hübsch Hanna war. Er fragte sich, wie ihm das in den vergangenen Jahren entgangen sein konnte? Vielleicht lag es daran, dass Hanna in den Jahren zuvor noch ein Teenie gewesen war und er damals kein Interesse an kindlichen, verspielten Mädchen gehabt hatte. Nun war Hanna aber vor einem halben Jahr 21 geworden und dies schien sich auch in ihrem Äußeren widerzuspiegeln. Aus ihr war eine bildschöne junge Dame geworden. Ihre braunen, krausen Locken umrahmten ihr zartes, blasses Gesicht, aus dem ihn stechendblaue Augen fragend anschauten.

Timo musste sich kurz wieder fassen und räusperte sich, bevor er sie begrüßte: „Hey Hanna! Schön dich zu sehen! Ist Steffi da?"

Zart und leise antwortete Hanna ihm: „Nein, sie ist noch mit Merle unterwegs, müsste aber gleich kommen."

Timos Blick glitt über Hannas Körper. Sie trug ein lockeres Spaghetti-Top, das sich auf Brusthöhe ganz leicht spitz abhob. Timo stand zwar auf pralle Brüste, so wie Steffi sie hatte, aber der Gedanke an Hannas kleine Brüste erregte ihn plötzlich.

Hanna bemerkte Timos musternde Blicke und fühlte sich unwohl. Schnell drehte sie sich um und bog links in ihr Zimmer.

Timo starrte ihr wie gebannt hinterher und blieb an ihrem kleinen Knackarsch hängen, der in einer engen Jeans-Hot-Pants steckte. Erst, als Hanna in ihrem Zimmer verschwunden war, fand er wieder zurück in die Realität, trat in die Wohnung ein und schloss die Haustür hinter sich. Dann lehnte er sich lässig mit einem Arm an den Türrahmen zu Hannas Zimmer, während er seine andere Hand in die Hüfte stemmte.
Hanna saß wieder an ihrem Schreibtisch, wo sie fürs Studium paukte. Sie blickte kurz hoch und hatte das Gefühl, Timo würde sie mit seinem Blick ausziehen. Ihr war es unangenehm und peinlich, dass der Freund ihrer Schwester sie so ansah. Hatte er das schon vorher getan? War es ihr bisher nur nicht aufgefallen? Oder lag es daran, dass sie so kurze Sachen trug? Erregte ihn das?
Hanna war ein Spätzünder, was Männer anging und hatte im Gegensatz zu ihren Freundinnen und Schulkolleginnen bisher wenig Erfahrung mit Jungs gesammelt. Viele ihrer Freundinnen hatten schon mit 15 oder 16 ihren ersten Freund gehabt. Hanna war zwar auch mit zwei Jungs gegangen, aber da war nie etwas gelaufen, außer ein bisschen Geknutsche. An ihrem 21. Geburtstag war sie dann mit Sven zusammengekommen, ihrer ersten großen Liebe. Sven hatte sie ziemlich unwirsch entjungfert. Anstatt vorsichtig in sie einzudringen, hatte er kräftig zugestoßen, was Hanna ziemlich wehgetan hatte. Und dann wollte er ständig ausgefallene Sachen mit ihr im Bett machen, für die Hanna noch gar nicht bereit gewesen war. Sie sollte zum Beispiel fast jedes Mal Striptease vor ihm machen, obwohl sie mit ihrem Körper gar nicht zufrieden war. Sven lag dabei immer nackt auf dem Bett und hatte dabei seinen Penis massiert. Wenn er bereit war, sollte sie sich auf ihn setzen und ihn ganz schnell reiten. Es hatte, Gott sei Dank, nie lange gedauert, bis er gekommen war. Oder er hatte ihr, während sie auf dem Rücken lag, in den Mund gevögelt. Hanna musste dabei jedes Mal versuchen, ein Würgen zu unterdrücken. Entweder spritze er dann in ihren Mund oder ihn ihr Gesicht ab. Hanna hatte all das mitgemacht, weil sie Sven nicht verlieren wollte, da er der Erste gewesen war, für den sie so stark empfunden hatte. Aber gefal-

len hatte ihr der Sex mit Sven nie, und zum Orgasmus war sie dabei erst recht nie gekommen. Sven hatte immer nur seine Befriedigung gewollt und war nie zärtlich auf ihre Wünsche eingegangen. Vor drei Monaten hatte er dann schließlich mit ihr Schluss gemacht hatte, weil Hanna keinen Analsex mit ihm machen wollte. Zuerst war Hanna sehr verletzt und gekränkt gewesen, mittlerweile aber war sie über Sven hinweg und froh, dass sie nicht mehr mit ihm zusammen war.
Timo unterbrach ihre Gedanken: „Hat Steffi gesagt, wann sie zurückkommt?"
„Äh, nein, gar nichts", entgegnete Hanna, ohne von ihrem Heft aufzublicken.
„Paukst du grad fürs Studium?"
Hanna antwortete mit einem kurzen Nicken.
„Was studierst du eigentlich noch?" Timo näherte sich Hanna und blickte ihr über die Schulter.
Hanna spürte seine Nähe und bekam eine Gänsehaut.
„Ähm, Englisch und Bio auf Lehramt", entgegnete sie knapp.
Timo beugte sich etwas hinunter, bis sich sein Gesicht rechts neben ihrer Lockenpracht befand, damit er in ihr Heft schauen konnte.
Hannas Herz fing zu pochen an.
„Was steht da? X-Chromosomen teilen sich? Was ist denn das?" Timo hockte sich nun neben Hanna und stützte seinen Kopf mit seinem rechten braungebrannten, muskulösen Arm auf dem Schreibtisch ab, um noch besser in ihr Heft schauen zu können.
Hanna musterte Timo von der Seite. Er trug ein enges schwarzes T-Shirt, so dass man seinen durchtrainierten Oberkörper darunter gut erahnen konnte. Und auf dem Unterarm, auf dem er seinen Kopf abstützte, zog sich ein langes, schnörkeliges Drachentatoo bis hoch zu seinem Oberarm. Hanna fand das irgendwie sexy.
Timo redete weiter, ohne Hanna zu beachten, obwohl er ganz genau mitbekommen hatte, dass sie ihn von der Seite musterte:
„Ich verstehe nur Bahnhof. Hab`s halt nur bis zur Hauptschule geschafft, aber dafür bin ich jetzt mit 30 auch schon Tischlermeister!"

Timo grinste und zwinkerte Hanna zu. Dann erhob er sich wieder und setzte sich hinter sie auf ihr Bett.

Hanna konnte sich nun nicht mehr aufs Lernen konzentrieren, denn offensichtlich wollte Timo ihre Aufmerksamkeit. Daher drehte sie sich mit ihrem Stuhl zu ihm um, ohne zu wissen, was sie eigentlich mit ihm reden sollte.

Doch das war erst einmal nebensächlich, denn ihre Blicken trafen sich sofort wie Feuer. Beide wirkten wie gelähmt, keiner sagte etwas, aber in der Luft knisterte es heftig.

Hanna hielt das nicht aus. Sie stand auf, ging zum Fenster und öffnete es. Dabei plapperte sie: „Puh, ist das stickig hier drin, findest du nicht? Kein Wunder, dass ich mich nicht konzentrieren kann."

Timo antwortete nicht. Zu angetan war er von Hannas Erscheinung, die ihn einfach nur heiß machte und folgte ihr mit seinem Blick. Erst blieb er wieder an ihrem Po kleben, der sich leicht von links nach rechts bewegte. Dann, als sich Hanna wieder umdrehte, fiel sein Blick auf ihre spitzen Brüste. Er stellte sich vor, wie sie wohl aussehen mochten und bemerkte, wie er einen Ständer bekam, der nun an seine Jeans drückte. Am liebsten hätte er Hanna einfach zu sich gezogen und ihr das Top vom Körper gerissen, um ihre Busen zu liebkosen. Bei dem Gedanken daran stieg seine Erregung ins Unermessliche. Er spürte seinen Puls im ganzen Körper und träumte weiter, wie er ihr die Hot-Pants ausziehen würde, um nach ihrem nackten Po zu grabschen. Und dann würde er sie einfach auf ihr Bett werfen und Sex mit ihr haben.

„Nein! Stopp! So geht es nicht weiter! Timo, das ist die Schwester deiner Freundin!", ermahnte er sich in Gedanken selbst.

Um wieder Herr seiner Sinne zu werden, sprang er abrupt auf und antwortete Hanna mit etwas Verzögerung: „Nö, geht so. Aber was trinken könnte ich. Ich hol` mir mal ein Glas Wasser. Willst du auch eins?"

Hanna nickte.

In der Küche schüttelte Timo erst einmal seinen Kopf und schlug sich anschließend kaltes Wasser ins Gesicht. Dann schenkte er sich und

Hanna jeweils ein Glas Wasser ein und ging mit den Gläsern zurück in Hannas Zimmer.
Dort stand Hanna nun zwischen ihrem Bett und ihrem Schreibtisch und nahm von Timo das Glas Wasser entgegen.
Timo blieb dicht vor Hanna stehen und ergriff sofort das Wort: „Hanna, ich muss sagen, du hast dich echt gemausert. Du bist wirklich eine attraktive junge Dame geworden!"
Hanna war das peinlich. Sie senkte ihren Blick und wurde rot. Dabei quetschte sie ein leises, unsicheres „Danke" heraus.
„Das muss dir nicht unangenehm sein. Du musst dich echt nicht verstecken", erwiderte Timo daraufhin aufmunternd.
Hanna hob ihren Blick wieder und wirkte dabei so unschuldig und schüchtern, dass Timo sie am liebsten an sich gedrückt hätte.
Er wusste, dass Hanna mit diesem Sven zusammen gewesen war. Mit Sicherheit hatte er sie auch entjungfert. Oder hatte sie schon vorher mit einem Jungen geschlafen? Zu gern hätte er gewusst, was für sexuelle Erfahrungen sie schon gemacht hatte. Mit Steffi hatte er nie darüber gesprochen. Also fragte Timo Hanna jetzt einfach selbst: „Du warst doch mit diesem Sven zusammen, oder?"
„Ja, wieso?" Hanna schaute ihn mit weitgeöffneten Augen fragend an.
„Naja, wieso seid ihr denn jetzt nicht mehr zusammen?"
„Ach, das hat halt nicht gepasst..." Hanna blickte zur Seite.
„Hattest du Sex mit ihm?" Timo musste es jetzt wissen.
Hannas Kopf schnellte wieder zurück. Sie guckte Timo völlig entgeistert an und fragte etwas schnippisch: „Was geht dich das an?"
„Ich frag mich halt nur grad, was für sexuelle Erfahrungen du bereits gemacht hast."
„Ja, ich habe mit ihm geschlafen, aber das war alles andere als schön!" Hanna wirkte wütend, ging zurück zu ihrem Schreibtisch und klappte leicht aggressiv die Bücher zusammen.
„Ups, das ist wohl ein wunder Punkt bei dir, was?"
Hanna antwortete mit einem Achselzucken.
Und dann schoss es aus Timo heraus: „Ich finde dich sehr begehrens-

wert, Hanna."

Was hatte er ihr grad gesagt? Oh Mann, seine Libido ging nun vollends mit ihm durch! Dies hier war die Schwester seiner Freundin, verdammt nochmal! Was war bloß in ihn gefahren? Er liebte Steffi! Wie konnte er nur sowas zu Hanna sagen!

„Du bist aber mit Steffi zusammen", erwiderte Hanna dann auch gleich nüchtern.

Timo wusste nicht, wie er Hannas Aussage deuten sollte. Würde Hanna etwa was von ihm wollen, wenn er nicht mit Steffi zusammen wäre? Außerdem musste er sich beherrschen, nicht dauernd Hannas Figur zu begutachten. Aber er spürte eine ungeheure Lust auf sie und ihren zarten schlanken Körper, auf ihre Apfelbrüste und ihren kleinen Hintern. Brauchte er nun nach fünf Jahren Beziehung mit Steffi etwa genau das Gegenteil? Steffi hatte weibliche Rundungen, einen pralleren Po und dicke Brüste, worauf Timo eigentlich immer gestanden hatte. Aber nun merkte er, dass er Lust auf Hannas Körper hatte, als ob er dies jahrelang vermisst hatte und dieses Verlangen nun mit voller Wucht zum Vorschein kam. Aber er musste sich beherrschen, das wusste er.

Um wieder zu sich zu kommen, raufte sich Timo mit einer Hand die Haare, grinste, seufzte und blickte dabei zu Boden.

„Es tut mir Leid, Hanna, dass ich sowas gesagt habe. Du hast Recht, ich bin mit Steffi zusammen."

Eigentlich wollte Timo sofort auf dem Absatz kehrt machen und Hannas Zimmer verlassen, doch er war bewegungsunfähig. Wie hypnotisiert schaute er direkt in Hannas Engelsgesicht. Ihre Blicken trafen sich erneut, und nach einigen Sekunden des Schweigens, die beiden wie eine Ewigkeit vorkamen, streckte Timo nur ganz leicht sein Gesicht nach vorn, und er hatte das Gefühl, Hanna würde ihr Gesicht ihm genauso entgegenstrecken. Oder bildete er sich das nur ein? Doch dann berührten sich ihr Lippen ganz zart und weich, und es entfachte ein Feuerwerk in beiden, wie sie es zuvor noch nicht erlebt hatten.

Nachdem die ersten Lichtblitze vergangen waren und sie ihre Lippen fester aufeinander gepresst hatten, wurde Timo fordernder. Vorsichtig und sanft schob er seine Zunge nach vorn, bis er Hannas Zunge berührte. Hanna ging darauf ein, und während sie zärtlich züngelten, legte Timo seine Hand auf Hannas Rücken und streichelte sie liebevoll. Dann glitt er langsam mit seiner Hand hinunter zu ihrem Po und verstärkte seinen Griff etwas.

In diesem Moment hörten sie Steffis Stimme im Treppenhaus und daraufhin gleich das Geräusch des Schlüssels im Türschloss.

Sofort ließen Timo und Hanna voneinander ab. Intuitiv drehte Timo Hanna den Rücken zu und begab sich in den Flur.

Steffi trat nun telefonierend in die Wohnung.

„So, Merle, ich bin jetzt zu Haus und mein Schatz ist schon da." Sie blickte lächelnd zu Timo hoch und gab ihm einen Kuss. „OK, wir hören uns dann! Tschau!" Steffi drückte Merle weg und begrüßte Timo: „Hey Schatz, du bist ja schon da! Ich dachte, du kurvst bestimmt noch in der Nachbarschaft rum, um einen Parkplatz zu finden."

„Ne, diesmal hatte ich echt Glück. Hast du meinen Wagen nicht direkt vor der Tür gesehen?"

„Ne, hab` ich nicht drauf geachtet." Steffi ging in ihr Zimmer und schmiss ihre Handtasche neben ihr Bett. Dann drehte sie sich zu Timo um, der ihr ins Zimmer gefolgt war.

„Und? Was machen wir beiden Schönen denn heut` noch?" Freudig grinste Steffi ihn an.

„Ähm, ich wollt fast schon gehen. Ich dachte, du hast mich versetzt, und ich würde gern noch das schöne Wetter draußen genießen."

„Also, ich weiß was Besseres!" Steffis Augen blitzten Timo verführerisch an. Dann fuhr sie mit ihren Händen und mit leichtem Druck jeweils links und rechts an Timos Armen hoch und an seiner gestählten Brust wieder herunter, bis sie an seinem besten Stück angekommen war und es kräftig durch seine Jeans massierte. Timos Penis war durch die Erregung, die ihm Hanna beschert hatte, immer noch steif.

„Oh la la, da ist ja jemand geil! Das glaubst du doch wohl selbst nicht, dass du jetzt raus willst, Schätzchen!"

Steffi hatte Recht. Er war spitz und musste seinen Druck ablassen.

Aber konnte er jetzt hier sofort mit Steffi Sex haben, obwohl er eben noch Hanna gestanden hatte, dass er auf sie stand? Doch Timo hatte keine Entscheidungsfreiheit, denn schon drückte Steffi mit beiden Händen gegen seinen Bauch und dirigierte ihn Richtung Bett.
Als sie dort angekommen waren, ließ sich Timo auf seinen Hintern fallen und flüsterte Steffi zu: „Hey, Moment, wie wär`s, wenn wir deine Zimmertür vorher schließen?" Er wollte nicht, dass Hanna nebenan etwas hörte, denn sie hatte ihre Zimmertür ebenfalls offen stehen.
Steffi hatte schon Anstalten gemacht, sich auf ihn zu setzen, hielt dann aber inne und schaute Timo mit großen Augen an.
„Ups, seit wann bist du denn so bieder? Wenn`s Hanna stört, kann sie doch ihre Tür zu machen!" Somit setzte sich Steffi breitbeinig auf Timo und begann sein T-Shirt hochzuziehen.
Timo ließ aber nicht locker: „Mach doch bitte die Tür zu!"
„Oh Mann, na gut."
Steffi stand auf, stampfte ein paar Schritte zur gegenüberliegenden Tür und schlug sie laut zu.
„So, nun zufrieden? Mein kleines Schwesterchen wird eh mein lautes Gestöhne hören, während du mein zartes Möschen schön durchvögelst." Steffi kicherte, näherte sich Timo wieder und stellte sich breitbeinig über seine Oberschenkel.
Unweigerlich musste Timo auf ihre prallen Brüste schauen, die sich unter ihrem enganliegenden, knallgelben T-Shirt abzeichneten. Ja, er würde sie, wie immer, kräftig und hart durchvögeln, so wie Steffi es am liebsten mochte. Dabei würden ihre dicken Brüste hüpfen und springen, und er würde versuchen, mit seiner Zunge ihre Brustwarzen zu erhaschen oder ihre Brüste fest massieren. Er gab zu, dass ihn der Gedanke daran ebenso heiß machte wie der zarte Sex mit Hanna.
„Zieh` dein T-Shirt aus, du sexgeiles Luder!", befahl er Steffi dann auch schon ohne Umschweife und grapschte mit beiden Händen in ihre Pobacken, die in einer engen Röhrenjeans steckten.
Das ließ sich Steffi nicht noch ein weiteres Mal sagen. Sie setzte sich auf Timos Beine und zog sich mit einem Griff das T-Shirt über den

Kopf. Dann öffnete sie gekonnt ihren BH und ließ diesen zu Boden fallen. Zum Vorschein kam zwei dicke Brüste der Körbchengröße D mit großem Brustwarzenvorhof und langen geschwollenen Brustwarzen.
Timo törnte der Anblick der schweren Brüste vor seiner Nase ziemlich an.
„Was würdest du bloß ohne meine Titten machen, was?!", lachte Steffi. Sie wusste, dass Timo auf ihre Busen stand und nahm ihre rechte Brust in ihre Hand und führte die Brustwarze an Timos Mund. Der streckte seine Zunge sofort heraus und züngelte zuckend an ihr.
„Ja, saug an ihr!", jauchzte Steffi auf.
Timo nahm daraufhin beide Brüste in seine Hände und drückte sie so zusammen, dass er bequem abwechselnd an der linken und rechten Brust saugen und lecken konnte. Er wusste, dass er Steffi damit verdammt heiß machen konnte.
Und so war es auch, denn nun begann Steffi ihr Becken kreisend in seinen Schoß zu drücken und ihren Kopf nach hinten zu werfen.
„Ja, Baby, fick mich jetzt!"
Das war das Zeichen für Timo. Er hob Steffi etwas am Becken hoch, damit sie aufstand, und öffnete dann ihre Jeans, um sie auszuziehen. Steffi half nach, denn die Röhrenjeans lag eng und stretchig an ihrem Po. Den Tanga-Slip streifte Timo ihr dann ab. Nun konnte er ihre vor Feuchtigkeit glitzernden Schamlippen erblicken. Langsam strich er mit zwei Fingern zwischen den Schamlippen hindurch und leckte sich danach die Finger ab. Dann umfasste er fest ihre Pobacken und begann ihren Kitzler mit seiner Zunge zu umspielen.
Steffi stöhnte auf und krallte sich in Timos kurze, schwarze Haare, und als er dann an ihren Schamlippen leckte und saugte und anschließend seine Zunge in ihrer Möse verschwinden ließ, war Steffi nicht mehr zu bremsen. „Fick mich endlich!", platzte es nur so aus ihr heraus.
Daraufhin stand Timo auf, zog sich sein T-Shirt über den Kopf und fragte sie scherzhaft, während er seine Hose öffnete : „Bist du sicher, dass du bereit bist für meinen dicken Schwanz, Baby?"

Steffi nickte wild und konnte es kaum erwarten, seine harte Latte in sich zu spüren.
Also entledigte sich Timo noch schnell seiner Hose und stand dann endlich nackt und mit steil nach oben gerichtetem Glied vor ihr.
Steffi liebte Timos Schwanz. Er war der Erste, der sie so richtig befriedigen konnte. Bei Timo kam sie immer schnell zum Orgasmus. Sein Schwanz war zwar normal lang, aber Steffi wusste, dass es an seiner Breite lag. Ihre Scheidenwände wurden dadurch immer so richtig schön intensiv massiert. Bei dem Gedanken daran, konnte sie es jetzt kaum abwarten, dass er in sie eindrang.
„Fick mich von hinten!", befahl sie ihm daher, kroch auf ihr Bett und streckte Timo ihren nackten Hintern entgegen.

Hanna hatte alles mitbekommen. Sie saß zwar wieder an ihrem Schreibtisch, konnte sich aber überhaupt nicht aufs Lernen konzentrieren. Zu Vieles ging ihr durch den Kopf. Außerdem lenkten sie Timos und Steffis Gespräche und das Gestöhne ihrer Schwester ab. Hanna fand, dass ihre Schwester sexbesessen war. Eigentlich hatten sie und Timo jedes Mal Sex, wenn er da war. Steffi fiel jedes Mal regelrecht über Timo her. Und dann schien es Steffi egal zu sein, ob die Tür dabei offen stand. Hanna machte schon immer vorsorglich ihre Zimmertür zu, wenn Timo kam. Sie erinnerte sich, wie sie einmal spät nach Hause kam und die beiden beim Sex auf dem Küchentisch erwischte. Sie konnte gar nicht anders, als nicht dahinzugucken, denn beim Hineinkommen in die Wohnung blickt man unvermeidlich in die gegenüberliegende Küche und auf den Tisch. Hanna weiß bis heute nicht, ob die beiden sie in ihrer Ekstase nicht bemerkt hatten oder ihnen das egal gewesen war. Jedenfalls war Hanna gleich in ihrem Zimmer links um die Ecke verschwunden.
Und nun hatte sie Timo heute geküsst! Warum hatte sie das bloß getan? Fand sie ihn etwa plötzlich attraktiv? Als er so neben ihr am Schreibtisch gehockt hatte, hatte ihr Herz stark zu pochen begonnen. Und dann sein Duft! Und seine durchtrainierten, kräftigen Arme! Timo war nicht so ein Weichei wie Sven. Warum hatte sie sich bloß von

ihm so demütigen lassen? Timo würde das nie tun! Oder etwa doch? Was wusste sie denn schon von ihm, außer, dass er ständig Steffi bumsen musste? Aber er war vorhin so zärtlich gewesen! Vermisste er das bei Steffi? Hanna hatte das Gefühl, er würde bei ihr anders sein. Er würde sie liebevoll liebkosen und sie sanft streicheln und nicht so gefühlskalt auf dem Küchentisch nehmen. Ach, vielleicht redete sie sich das auch nur ein. Trotzdem war Hanna nun neugierig geworden. Neugierig darauf, wie Timo beim Sex war. Daher schlich sie sich nun so leise wie möglich aus ihrem Zimmer und wendete sich nach links, wo sie direkt vor Steffis Zimmertür stand. Hanna vernahm gerade Steffis obszöne Worte „Fick mich durch", als sie sich bückte und durchs Schlüsselloch spähte. Sie konnte genau aufs Bett blicken, wo Steffi auf allen Vieren kniete und Timo sie mit kräftigen Stößen von hinten nahm, während er sich an Steffis ausladenden Pobacken festhielt. Außerdem hörte sie das rhythmische, matschende Geräusch, welches jedes Mal ertönte, wenn Timo in Steffi eindrang und sein Becken an ihren Hintern klatschte.

Hannas Herz überschlug sich. Angewidert wandte sie sich erst einmal wieder ab, um durchzuatmen. Diese Stellung erinnerte sie stark an Sven, mit dem sie diese auch öfters machen musste, obwohl sie sich dabei immer wie ein Tier vorkam. Trotzdem spürte Hanna gerade Erregung in ihr hochsteigen.

Sie blickte wieder durchs Türschloss und begutachtete Steffis wackelnde, dicke Busen. Sie fragte sich, ob sie auch einmal so große Brüste bekommen würde. Eigentlich lag es nicht in der Familie, ihre Mutter hatte auch normalgroße Brüste, aber vielleicht hatte Steffi ihre Oberweite ja von der väterlichen Seite geerbt.

Hanna war klar, dass die meisten Männer auf große Busen standen, daher hatte sie bei Sven auch Komplexe gehabt, sich nackt vor ihm zu zeigen, vor allem, weil er immer wieder betont hatte, wie schade er es fände, dass sie nur so kleine Brüste hatte. Aber vielleicht waren sie auch einfach noch nicht ausgewachsen.

„Gefällt es dir, du Miststück?" Timos Frage holte Hanna aus ihren Gedanken zurück. Sie blickte wieder durchs Schloss und sah, wie sich

Timo gerade vorbeugte, um links und rechts von Steffis Körper nach ihren Busen zu greifen. Als er sie erwischt hatte, hielt er sich an ihnen fest und massierte und drückte sie kräftig im Rhythmus seiner Stöße. Zwischen Hannas Beinen fing es zu kribbeln und pochen an, und sie spürte, wie ihr Höschen feucht wurde. Hektisch fummelte Hanna ihre rechte Hand unter ihren Slip und tastete über ihre nassen Schamlippen. Dann schob sie ihren Zeige- und Mittelfinger in ihre Vagina und schloss dabei die Augen. Wie gern wäre sie jetzt an Steffis Stelle gewesen und stellte sich vor, wie Timo sie von hinten nehmen würde. Hanna musste sich beherrschen dabei nicht aufzustöhnen.
Nachdem sie ihre Finger ein paar Mal in ihre Scheide hinein- und hinaus hatte gleiten lassen, öffnete sie ihre Augen wieder und blickte direkt auf Timos steifen Schwanz. Hanna erschrak kurz, war dann aber eher fasziniert von seinem breiten, kräftigen Penis. Sven hatte einen viel kleineren gehabt.
Steffi und Timo waren gerade dabei die Stellung zu wechseln. Timo setzte sich so aufs Bett, dass er mit seinem Rücken an der Wand lehnte. Sofort bestieg Steffi Timo und ließ seine Latte langsam in ihre Vagina gleiten. Als Timos Schwanz vollständig in ihr versunken war, stöhnte Steffi laut auf und warf ihren braunen Lockenkopf zurück. Dann ritt sie Timo in einem schnellen Rhythmus. Timo versuchte dabei immer wieder Steffis große Brustwarzen mit seiner Zunge zu erhaschen.
Steffi schien die Stellung nicht so zu gefallen. Sie stieg wieder von Timo ab, legte sich auf ihren Rücken und stellte ihre Beine breitbeinig auf, so dass Timo direkt zwischen ihre Beine auf ihre Möse blicken konnte.
„Komm, nimm mich", hauchte sie ihm zu. „Mein feuchtes Möschen will von dir gebumst werden!" Dabei griff sie mit beiden Händen zwischen ihre Beine und zog ihre Schamlippen etwas auseinander. „Komm her und gibt's mir!", schob sie dann noch nach.
Hanna war über die sexuelle Offenheit ihrer Schwester erstaunt. Sie beobachtete, wie Timo zu Steffi krabbelte und sein Kopf zwischen Steffis Beinen verschwand. Anhand der Kopfbewegung vermutete

Hanna, dass er Steffi ausgiebig leckte. Doch plötzlich ließ Timo seinen Kopf wieder hochschnellen, um mit seinem Becken zwischen Steffis Beine zu rücken. Dort drang er langsam in sie ein und verharrte dann.
„Na, wie ist mein Schwanz, Baby? Gefällt`s dir? Willst du mehr?", sprudelte es atemlos aus Timo heraus.
Steffi antwortete mit einem quälenden, langen „Ja" und drückte ihren Unterleib nach oben, um ihn kreisend an Timos Becken zu reiben. Dieser zog sein Glied wieder aus Steffis Möse, um es danach mit einem kräftigen Stoß erneut einzuführen. Dann beschleunigte Timo seinen Rhythmus und zog seinen Penis nach jedem Stoß fast ganz wieder aus Steffis Scheide.
Nun sah Hanna, wie Steffi ihre Beine über Timos Schultern legte, damit er noch tiefer in sie eindringen konnte.
Hanna musste jetzt wirklich stark aufpassen, dass sie nicht anfing zu stöhnen. Sie war kurz vorm Orgasmus und rieb mit ihrer Handfläche wild an ihrem Kitzler auf und ab, während sie Zeige- und Mittelfinger immer schneller werdend in ihre Vagina hinein- und hinausgleiten ließ.
Hanna hatte ihre Augen gerade wieder geschlossen, als Steffi mit einem lauten Aufschrei und anschließendem Gestöhne zum Höhepunkt kam. Hanna erschrak und wäre beinahe an Steffis Zimmertür geknallt. Schnell stand sie auf, tippelte leise zurück in ihr Zimmer und schloss die Tür hinter sich. Dann legte sie sich auf ihr Bett und befriedigte sich weiter, bis auch sie nach ein paar Minuten kam.

Timo hatte eine Ausrede gefunden und war kurz nach dem Sex mit Steffi nach Hause gefahren. Er war viel zu durcheinander gewesen, als dass er bei Steffi hätte bleiben können und so zu tun, als sei alles in Ordnung. Denn nichts war in Ordnung, absolut nichts. Beim Liebesspiel mit Steffi war er zwar abgelenkt gewesen, denn er hatte sich voll und ganz auf seine Geilheit und den Sexakt konzentriert, doch gleich danach waren Schuldgefühle in ihm hochgekommen, denn ihm war sofort wieder bewusst geworden, dass Hanna ja gleich nebenan gewesen war.

Hanna! Der Name gab ihm einen Stich ins Herz. Hatte sie die Tür geschlossen oder hatte sie den Bettgeräuschen gelauscht? Was mochte sie nun über ihn denken? Sicher nichts Gutes, vermutete Timo. Und überhaupt, was empfand er da plötzlich für Hanna? Und was für Steffi? Er hatte Abstand gebraucht und das dringende Bedürfnis gehabt, sofort die Wohnung zu verlassen. Er hatte Steffi vorgegaukelt, er hätte eine Verabredung mit seinem besten Freund Dennis vergessen, der um 20 Uhr bei ihm vorbeikommen wollte. Steffi war nicht gerade begeistert gewesen, hatte sie sich doch gerade an seine starke Brust gekuschelt, aber sie schöpfte scheinbar keinen Verdacht, dass irgendetwas mit ihm nicht stimmte.
Und nun lag er in seinem eigenen Bett und in seinem Kopf kreiste alles um Hanna. Ihm wurde fast schwindelig vor überschlagenden Gedanken und Gefühlen. Wie gern würde er jetzt neben Hanna liegen und ihren nackten, mädchenhaften Körper streicheln. Timo spürte wieder, wie sein Glied anschwoll, und er schämte sich. War er etwa nur heiß auf Hanna? Wollte er sie nur einmal ins Bett kriegen? Oder war da mehr zwischen ihnen beiden? Timo war sich seiner Gefühle nicht sicher. Doch nur einmal mit Hanna zu schlafen, konnte er nicht riskieren, damit würde er nicht nur Hanna verletzen, sondern vor allem auch Steffi. Und was war mit Steffi? Wie sollte er ihr nun entgegentreten? Timo kam mit seinen Grübeleien nicht weiter und schlief schließlich gegen 22 Uhr erschöpft ein.

Schweißgebadet und sich windend wachte Timo gegen 2 Uhr wieder auf. Sein Penis war steinhart, und er erinnerte sich, dass er gerade von Hanna geträumt hatte. Der Traum war so real gewesen! Er hatte ihren Körper spüren können und ihre Lippen auf seinen, die so weich waren! Und dann ihre Küsse auf seiner Haut! Sie hatte ihn überall geküsst: an seinem Hals, seiner Brust und seinem Bauch! Und dann hatte sie begonnen seine Eichel mit der Zunge zu umspielen, bevor sie vorsichtig an ihr gesaugt hatte. Doch anstatt seinen Schwanz dann ganz in den Mund zu nehmen, hatte sie genüsslich an seinem steifen Schaft geleckt. Er hatte es nicht mehr ausgehalten und sie einfach zu

Seite geworfen und sich über sie gebeugt. Ihre kleinen Brustwarzen waren hart gewesen und hatten nur darauf gewartet von seiner Zunge liebkost zu werden. Aber Timo hatte nicht lange an ihren Brüsten verweilt, er war einfach zu neugierig gewesen, in sie einzudringen. Somit hatte er sich ihrer Vagina zugewendet, die so zart und schmal vor ihm lag. Ihr Kitzler war hinter ihren straffen Schamlippen versteckt gewesen, und er hatte sich mit seiner Zunge langsam einen Weg zwischen ihren Schlitz gebahnt. Hanna hatte leicht aufgestöhnt und ihm ihr Becken entgegengestreckt. Er hatte dies als Aufforderung gedeutet, in sie einzudringen und hatte vorsichtig sein steifes Glied zwischen ihren Schlitz geschoben, um es dann langsam immer weiter in sie hineinzuschieben. Er konnte sich erinnern, wie eng Hanna gewesen war und nun war er aufgewacht.
Automatisch legte Timo nun selbst Hand an, um den Traum zu Ende zu bringen. Er fuhr nur ein paar Mal mit seiner Hand an seinem Schaft auf und ab, bis er abspritzte.
Als er wieder zur Ruhe gekommen war, redete er sich ein, dass er wohl doch nur Sex mit Hanna hatte haben wollen und keine Gefühle mit ihm Spiel waren. Mit diesen Gedanken schlief er wieder ein.

Am nächsten Tag auf der Arbeit war er unkonzentriert. In der Werkstatt, in der er als Tischlermeister arbeitete, sägte er die falsche Länge bei einem Brett ab und schraubte zwei Bretter falsch zusammen.
„Und sowas ist Meister!", neckte ihn der Auszubildende scherzhaft im Vorbeigehen. Und dann rief er ihm aus der anderen Ecke der Werkstatt noch hinterher: „Probleme mit der Sexbombe, oder was?"
Die anderen beiden Kollegen lachten laut.
Timo antwortete nicht. Zu sehr war er damit beschäftigt, sich auf die Arbeit zu konzentrieren und die Gedanken an Hanna beiseite zu schieben. Im Laufe des Tages war ihm klargeworden, dass er was für Hanna empfand. Er konnte es wenden und drehen wie er wollte, aber nicht davor davonlaufen. Er musste zu ihr!
„Chef, wir sollten doch die weißlackierten Stücke nehmen, warum nimmst du jetzt die in Natura?", fragte ihn Martin kopfschüttelnd.

Timo war mit den Nerven am Ende. Wütend schmiss er das Holzstück vor sich hin und fluchte laut.

„Mach doch Schluss für heute, Timo. Du bist uns hier heute keine Hilfe, in zwei Stunden ist eh Feierabend."

Timo war froh, dass seine Kollegen nicht weiter bohrten, was mit ihm los war.

„OK, ich hau ab! Bis morgen dann!" Timo ließ sofort alles stehen und liegen und verschwand aus der Werkstatt. Auf dem Weg zu seiner Wohnung und unter der Dusche überlegte er sich, wie er Hanna am besten kontaktieren könnte, und vor allem, was er ihr sagen sollte. Wie er Steffi gegenübertreten sollte, darüber machte er sich erst einmal keine Sorgen. Zu sehr war er gedanklich mit Hanna beschäftigt. Sollte er einfach spontan bei ihr auftauchen? Oder war es besser, sie anzurufen und sie zu fragen, ob er sich mit ihr treffen könne? Vielleicht wollte sie ihn ja gar nicht wiedersehen. Aber innerlich wusste Timo, dass da auch bei Hanna etwas gewesen sein musste, als sie sich so zärtlich bei ihr im Zimmer geküsst hatten. Das hatte er sich doch nicht eingebildet! Aber vielleicht war sie nun zu gekränkt, weil er danach gleich nebenan Steffi gevögelt hatte.

Nach dem Duschen schaute Timo auf die Uhr. Es war nun halb vier, und Hanna würde jetzt bestimmt zu Hause sein und vorbildlich lernen. Sie war nicht der Typ Mädchen, der in einer Clique rumhing. Sie war viel zu schüchtern und strebsam und hatte ihr Ziel fest im Auge: Sie wollte Ärztin werden, und um zum Studium zugelassen zu werden, brauchte man sehr gute Noten. Daher würde er sie mit Sicherheit jetzt zu Hause antreffen. Die Zeit war außerdem perfekt, denn Steffi machte erst um 18 Uhr Feierabend. Somit wäre sie nicht vor halb sieben zu Hause.

Spontan wie Timo war, schnappte er sich seine Autoschlüssel und trabte die Treppe hinunter zu seinem Auto. Diesmal hatte er nicht so viel Glück bei der Parkplatzsuche rund um Steffis Wohnung. Doch nach etwa 10 Minuten, nachdem er ein zweites Mal um den Block gefahren war, fand er einen Parkplatz in der Parallelstraße. Es war nun 16 Uhr und er würde also gute 2 Stunden Zeit haben. In der Zeit sollte er es schaffen, mit Hanna ein klärendes Gespräch zu führen.

Wie immer flog er die Treppen in den 3. Stock nur so hoch. Doch diesmal atmete er mehrmals tief durch, bevor er klingelte. Timo hörte, wie sich Hanna der Tür näherte. Würde sie ihm öffnen? Sicherlich spähte Hanna nun durch das Guckloch und überlegte, ob sie ihm öffnen soll, denn das Warten dauerte Timo schon viel zu lang. Normalerweise hätte sie ihm schon längst aufgemacht. Er erwartete, dass sie sich wieder von der Tür entfernen würde, doch es blieb ruhig. Dann öffnete sich die Tür einen Spalt. Timo konnte nur die Hälfte von Hannas Gesichts erkennen.

„Ja, was gibt's?", begrüßte sie ihn in einem unsicheren Ton.

„Ich würde gern mit dir reden."

„Was möchtest du mir denn sagen?" Hanna öffnete die Tür nicht weiter. Es schien so, als ob sie Angst vor ihm hatte und befürchtete, er würde sich einfach gewaltsam Eintritt verschaffen.

Timo kam sich wie ein Verbrecher vor.

„Ich würde das gern mit dir persönlich klären und nicht mit allen Nachbarn. Kann ich reinkommen?"

Hanna kräuselte ihren Mund, verzog ihn nach rechts und schaute dabei neben ihn auf den Boden. Dann, ohne etwas zu erwidern, weitete sich der Türspalt wie von Zauberhand. Timo trat sofort ein.

Hanna schloss die Wohnungstür hinter ihm und blieb mit verschränkten Armen vor ihm stehen. Verlegen schaute sie ihm immer wieder kurz in die Augen, um dann ihren Blick doch wieder von ihm zu wenden.

Timo rang mit den Worten: „Ich weiß nicht, wie ich beginnen soll, aber ich habe dich nicht einfach nur so geküsst." Er fand es besser, Hanna nicht gleich vollzutexten und ihr sein Herz auszuschütten, sondern erst einmal vorsichtig zu beginnen und abzuwarten, wie sie reagieren würde. Er musterte jede Mimik in ihrem Gesicht und hoffte daraus lesen zu können, was in ihr vorging.

Doch mehr als ein „Aha" kam nicht über Hannas Lippen.

Timo versuchte es weiter: „Und ich weiß, dass ich dich verletzt habe,

weil ich danach gleich mit Steffi geschlafen habe."
„So, meinst du?", antwortete Hanna kühl und schnippisch.
Timo hatte keine Lust nun mit ihr ein Streitgespräch zu starten und wurde direkt: „Ich empfinde etwas für dich, Hanna, und weiß nicht wie es weitergehen soll. Mehr kann ich nicht sagen."
„Naja, du bist doch mit Steffi zusammen. Du kannst sie doch so oft vögeln, wie du willst."
Timo war überrascht über ihre Worte. Nicht, dass er das Wort „Vögeln" nicht selbst benutzte, aber aus Hannas Munde klang es irgendwie ordinär.
„Es geht mir nicht ums Vögeln, auch wenn es so aussieht. Ich konnte..."
Hanna unterbrach ihn wütend, und zum ersten Mal erlebte Timo Hannas laute Stimme: „Nein, natürlich nicht!" Hanna entfaltete ihre Arme und fuchtelte wild mit ihnen vor Timos Nase herum. „Bei mir hast du dich heiß gemacht. Wenn Steffi nicht plötzlich hereingeplatzt wäre, dann, dann..." Hanna traute sich nicht es in den Mund zu nehmen, ihre Stimme erstickte.
So lebhaft hatte Timo Hanna noch nie erlebt. In ihr musste es brodeln. Er hatte nicht vermutet, dass sie so reagieren würde.
„Was dann?", rief Timo ihr entgegen. Er wollte, dass sie es ihm sagte.
„Dann, dann hättest du mit mir geschlafen!" Hanna ließ ihre Arme schlaff neben dem Körper hängen und sah ihn aus schmerzverzerrten Augen an.
Auch Timo war für einen kurzen Moment sprachlos. Dann machte er kurzerhand einen Schritt auf sie zu und schlang seine Arme um sie. Hanna fing, so eng an seine Brust gepresst, sofort zu schluchzen an.
„Es tut mir leid." Mehr bekam Timo nicht raus. Stattdessen küsste er sie auf ihren Kopf.
Ganz unerwartet drückte sich Hanna dann plötzlich von Timo weg.
„Ach, du würdest Steffi doch sowieso nicht verlassen." Mit diesem Satz lief Hanna in ihr Zimmer und stellte sich mit verschränkten Armen und dem Rücken zu Timo ans Fenster.
Timo war sich nicht sicher, wie er nun reagieren, was er ihr antwor-

ten sollte. Langsam ging er in Hannas Zimmer, und als er fast bei ihr angekommen war, antwortete er: „Deswegen bin ich hergekommen, um das mit dir zu klären! Ich will mit dir zusammen sein!"
Hanna schaute weiter aus dem Fenster, als sie Timo mit ruhiger, mutloser Stimme entgegnete: „Wir können nicht zusammen sein, es geht einfach nicht."
Timo stand nun dicht neben ihr und steckte seine Hände in die Hosentaschen. Erst folgte er ihrem Blick durchs Fenster, dann schaute er sie wieder an. Sie wirkte so zerbrechlich. Ihr T-Shirt hing schräg über ihre Schulter, so dass man den spitzenbesetzten Träger ihres BHs sehen konnte. Wie gern hätte er nun ihre Locken zur Seite genommen und sie an ihrem zierlichen Hals geküsst. In dem Moment wusste er, dass er sie liebte, er spürte dieses Gefühl schmerzhaft in seiner Brust. Doch warum konnten sie nicht zusammen sein? Timo traute sich nicht, sie zu fragen, aber was blieb ihm anderes übrig?
„Warum nicht?"
Hanna drehte sich zu Timo: „Weil Steffi meine Schwester ist und ich ihr nicht das Herz brechen kann."
„Aber du kannst nichts für deine Gefühle, das würde Steffi auch verstehen!"
„Steffi wäre trotzdem sehr verletzt und wahrscheinlich will sie dann nichts mehr mit mir zu tun haben. Ich will sie nicht verlieren, sie war immer für mich da, ich brauche sie. Sie ist meine Familie."
Timo verstand das absolut. Was sollte er nun noch erwidern? Konnte er sie überzeugen, nach ihrem Herzen zu handeln? Aber das tat sie ja, sie hatte sich für die Liebe zu ihrer Schwester entschieden. Trotzdem startete er einen letzten Versuch: „Ich glaube, ich liebe dich, Hanna, ich liebe dich wirklich."
Hannas Augen weiteten sich überrascht und blickten Timo fragend an. „Und liebst du Steffi?"
„Ich weiß es nicht. Seit du und ich uns geküsst haben, habe ich das Gefühl, nie so intensiv für Steffi empfunden zu haben."
Hanna ging darauf nicht ein, denn ihr machte noch etwas anderes Sorgen. Starr durchs Fenster blickend entgegnete sie Timo: „Außer-

dem könnte ich nicht mit dir schlafen."
Timo war verwirrt. „Wie kommst du denn darauf?"
„Weil ich dir das, was du im Bett erwartest, nicht geben kann." Sie blickte Timo weiterhin nicht an.
„Woher willst du wissen, was ich erwarte? Hat Steffi aus dem Nähkästchen geplaudert?", äußerte Timo verblüfft.
Hanna schüttelte nur den Kopf. Sie konnte ihm ja nun schlecht gestehen, dass sie beim letzten Mal durchs Schlüsselloch geguckt hatte.
„Naja, du bist halt erfahrener als ich und, und…" Hannas Stimme erstarb. Sie schaute zu Boden.
„Und was?" Timo hob mit seiner Hand ihr Kinn hoch. „Schau mich an. Wovor hast du Angst?"
Hanna wich seinem Blick aus, doch als sie zu sprechen begann, sah sie ihm klar in die Augen: „Ich will halt einiges im Bett nicht machen."
Bei Timo schien der Knoten nun geplatzt zu sein. Lebhaft entgegnete er: „Hey, mein Engel, ich muss im Bett nicht dies und das machen, ich möchte, dass es dir auch gefällt!"
Hanna wich seinem Blick wieder aus und flüsterte: „Das sagst du jetzt, aber dann…"
„Ich weiß ja nicht, was Sven alles wollte, aber mittlerweile glaube ich nicht, dass er so nett zu dir war!"
Hanna zuckte mit den Schultern und ging schnell zu ihrem Schreibtisch. Dort ließ sie sich auf ihren Stuhl plumpsen, nahm ein Heft zur Hand und sagte beiläufig: „So, ich muss jetzt lernen."
Timo schaute auf seine Uhr, er hatte die Zeit ganz vergessen. Doch es war erst 17 Uhr. Es blieb ihm also noch Zeit, bis Steffi zurückkam.
„Und jetzt lässt du mich hier einfach so stehen?" Vorwurfsvoll breitete Timo seine Arme aus.
Hanna reagierte nicht. Sie tat so, als ob sie in ihr Heft vertieft wäre.
„Hanna!" Timo ging auf sie zu und hockte sich links neben sie.
Als sie sich immer noch nicht rührte, legte er seine rechte Hand auf ihren linken Oberschenkel und drehte sie auf ihrem Bürostuhl in seine Richtung.
Timos Berührung durchzuckte Hanna wie ein Stromschlag. Sie atmete

tief ein und laut seufzend wieder aus. Dabei sackten ihre Schultern nach unten. Ihr Gesichtsausdruck war quälend.

„Wovor hast du Angst, Hanna? Steffi ist nicht der wirkliche Grund, oder?" Timo legte nun auch seine linke Hand auf ihren rechten Oberschenkel und schaute sie fragend an.

Hanna wusste selbst, dass sie ihre Schwester nur vorschob und sie eigentlich Angst hatte, Timo nicht zu genügen. Sie konnte sich nämlich nicht vorstellen, dass Timo ihren Körper mit ihren kleinen Brüsten mögen würde, ganz zu schweigen von ihrer Untätigkeit im Bett. Sie würde nicht die sein, die ihm dreckige Wörter und Befehle an den Kopf schmeißen würde, und sie würde auch nicht wild auf ihm reiten wollen, auch wenn sie den Anblick erregend fand. Steckte da etwas in ihr, was sich nicht hervorzuholen vermochte? Hanna wollte dem Gedanken jetzt aber nicht nachgehen und antwortete daher knapp: „Vor nichts."

„Lass mich dir zeigen, dass du keine Angst zu haben brauchst!" Timo griff nach Hannas Händen und zog sie von ihrem Stuhl.

Hanna wehrte sich nicht.

Als Hanna stand, ließ er ihre Hände wieder los, um ihre Locken nach hinten zu werfen und mit beiden Händen ihr Gesicht zu umfassen. Timo war gefesselt von Hannas wunderschönen, herzförmigen Lippen und näherte sich diesen wie in Trance. Und dann war es wie beim ersten Küssen am gestrigen Tag: Beide durchzuckte es wie ein Feuerwerk, als sich ihre Lippen trafen.

Hanna schien nun offener zu werden. Ihre Zunge suchte Timos und dann begannen sie immer wilder werdend zu züngeln. Timo drückte dabei seinen Körper fest an Hannas und spürte ihre leicht gewölbten Brüste. Dann umfasste er mit seinen beiden Händen ihre knackigen Pobacken. Hanna ließ es geschehen. Sie törnte es an, Timos starken Körper so dicht an ihrem zu spüren.

Und Timo konnte es nicht mehr abwarten. Er hob Hanna hoch und trug sie zu ihrem Bett. Vorsichtig legte er sie dort ab und stieg dann über sie.

Hanna hielt ihre Augen geschlossen und atmete schnell. Sie war aufgeregt und erregt zugleich und fragte sich, was Timo nun mit ihr anstellen würde.

Timo aber war es klar, was er mit Hanna machen wollte. Er beobachtete ihre gehärteten Brustwarzen, die bei jeder Einatmung gegen ihr locker sitzendes Top stießen. Das erregte ihn wahnsinnig, und er wollte endlich ihre kleinen Brüste sehen. So schob er vorsichtig ihr Top nach oben und über ihren Kopf, so dass ihre Brüstchen zum Vorschein kamen. Nur leicht hoben sie sich von Hannas Brustkorb ab, und ihre Brustwarzen waren kleine harte Kugeln, an denen Timo nun zärtlich zu züngeln begann. Hanna piepste kurz, und als er dann an ihren Brustwarzen saugte, stöhnte sie leise auf.

Zwischen Hannas Beinen pulsierte und kribbelte es. Und als ob Timo dies ahnen würde, öffnete er nun ihre Hotpants und streifte sie ihr ab. Zum Vorschein kam ein pinker, mit Spitze verzierter Slip. Timo zog ihn ihr erst einmal nicht aus, um Hanna nicht zu überrumpeln. Stattdessen streichelte er mit seinen Fingern vorsichtig über ihren Venushügel und dann weiter hinunter zwischen ihre Beine.

Hanna stöhnte wieder auf und bäumte leicht ihren Unterleib auf.

Timo war froh, dass es Hanna gefiel. So würde sie sicher nichts dagegen haben, wenn er ihr nun den Slip abstreifen würden. Also zog er ihn langsam herunter, Stück für Stück, um zwischendurch immer wieder innezuhalten und Hannas Oberschenkelinnenseiten zu küssen.

Hannas Stöhnen hörte nun gar nicht mehr auf.

Schnell streifte Timo den Slip ganz ab und wendete sich dann Hannas Möse zu. Ihr Venushügel war mit einem dünn-gekräuselten Haarpflaum bedeckt und zwischen ihren leicht geöffneten Beinen konnte er ihre straffen Schamlippen erblicken, aus denen ihr glitzernder Muschisaft quoll. Am liebsten hätte Timo sie jetzt ausgiebig geleckt, aber damit würde er Hanna bestimmt verschrecken. Er fragte sich, ob Hanna es überhaupt gefallen würde, wenn er mit seiner Zunge und seinen Lippen ihren Intimbereich liebkosen würde. Timo wollte den Versuch trotzdem wagen und begann, Hanna zwischen ihren Beinen oberhalb ihres Knies zu küssen und sich dann weiter nach oben zu

bewegen. Als er an ihren Schamlippen angekommen war, berührte er sie leicht mit seiner Zungenspitze.
Hanna quietschte auf und breitete ihre Beine weiter aus.
Timo nahm dies erleichtert als Einladung war, sie weiter oral zu befriedigen. Doch er hielt es nicht mehr lange aus. Sein Schwanz war steinhart und wartete ungeduldig darauf, abspritzen zu können. Schnell leckte er daher den salzigen Saft entlang ihrer Schamlippen ab und robbte auf seinen Knien etwas höher, bis sich seine Latte auf Höhe von Hannas Vagina befand. Dann legte er beide Hände auf Hannas Leiste und zog mit beiden Daumen behutsam ihre Schamlippen auseinander. Sofort floss ihm Hannas Saft entgegen und Timo konnte das rosarote Innere ihrer Muschi erkennen. Jetzt war es Zeit für ihn, in Hanna einzudringen. Er legte seine Eichel zwischen Hannas Schamlippen und blieb dort. Mit seinen Händen strich er mit leichtem Drucken seitlich an ihrem Körper hoch, bis er an ihren Brüsten angekommen war und massierte sie liebevoll. Dabei fragte er Hanna flüsternd: „Ich würde gern in dich eindringen. Willst du es auch?"
Timo war erleichtert, als er ein leichtes Kopfnicken bei Hanna vernahm und schob dann sein hartes Stück langsam weiter in ihre Vagina. Und sie war eng, so eng, wie er es geträumt hatte! Sein Penis wurde regelrecht eingeschnürt, was ihn noch mehr stimulierte. Timo war klar, dass er seinen Orgasmus nun nicht mehr lange hinauszögern würde können. Daher wählte er einen langsamen Rhythmus, denn er wollte, dass auch Hanna etwas davon hatte. Aber er konnte sich nicht mehr zurückhalten, er war einfach zu erregt. Nach ein paar kurzen Stößen ergoss er sich dann auch schon laut schnaufend in ihr.
Hanna und Timo waren so in Ekstase, dass sie nicht hörten, wie Steffi zur Tür reinkam. Hannas Zimmertür stand zwar nicht weit offen, aber weit genug, dass Steffi sehen konnte, was in Hannas Bett vor sich ging. Steffi wollte gerade einen Schritt auf Hannas Zimmer zugehen, als ihre Augen vernahmen, wer da über ihrer nackten Schwester lag. Timo! Steffi war wie erstarrt. Ihre große schwere Umhängetasche, die ihr über der Schulter gehangen hatte, viel plumpsend neben ihr zu Boden.

Hanna und Timo nahmen das Geräusch beide gleichzeitig war. Erschrocken ließ Timo von Hanna ab und sprang seitlich vom Bett. Doch es war zu spät. Natürlich hatte Steffi die Situation sofort erkannt. Alle drei waren für Sekunden wie erstarrt. Steffi löste sich als Erste und stampfte wutentbrannt in Hannas Zimmer, direkt auf Timo zu und gab ihm mit voller Wucht eine Ohrfeige. Ihre Augen funkelten vor Hass.
„Du Schwein! Du Arschloch", prustete es aus ihr heraus und fing an, mit ihren Fäusten auf Timos Brust zu trommeln.
Timo war nicht imstande irgendetwas zu sagen. Er hatte es verdient und es schmerzte ihn, Steffi so wehgetan zu haben. Trotzdem griff er nach Steffis Handgelenken, um sie zu stoppen.
Steffi ließ sofort von ihm ab und lief heulend in ihr Zimmer. Mit einem lauten Knall fiel ihre Zimmertür hinter ihr zu.
Es vergingen ein paar Schrecksekunden, bis Timo sich aus diesem Schock lösen konnte. Er drehte seinen Kopf wieder in die andere Richtung aufs Bett, wo Hanna nun, wie ein Embryo seitlich zusammengerollt und an die Wand blickend, lag. Urplötzlich schrie er laut: „Scheiiiße!!!" Timo fühlte sich wie in einem Alptraum. Er griff nach seinen Sachen und zog sie sich schnell über. Dann setzte er sich hinter Hannas Rücken aufs Bett und legte seine Hand auf ihre Schulter.
„Es tut mir leid, Hanna", versuchte er so gefühlvoll wie möglich zu sagen, obwohl er in diesem Moment extrem wütend auf sich selbst war. Dabei strich er an Hannas Arm entlang und übte leichten Druck auf ihre Schulter aus, um sie damit in seine Richtung zu drehen. Doch Hanna leistete Widerstand und ließ sich nicht umdrehen.
„Lass mich", zischte sie.
Timo fühlte sich hilflos und setzte sich an die Bettkante. Er stützte seine Ellenbogen auf seine Oberschenkel und vergrub sein Gesicht in seinen Händen. Es gab nichts mehr zu sagen, er konnte es nicht wieder rückgängig machen.
Dann vernahm Timo Hannas leises Schluchzen. Er wendete sich ihr wieder zu und legte sich hinter sie, um sich an ihren Rücken zu schmiegen.

„Was soll ich denn nun bloß tun?", jammerte Hanna sofort auf.
„Ich weiß es auch nicht. Es tut mir so leid", flüsterte Timo in ihre Locken zurück. „Ich denke, es ist das Beste, wenn ich jetzt mal zu Steffi rübergehe."
Hanna nickte kaum merklich.
Daraufhin stand Timo wieder auf und ging schleppend zu Steffis Zimmertür. Als er klopfte, kam sofort ein kreischendes und hysterisches „Waaas?!" als Antwort zurück.
Mit etwas erhobener Stimme, damit Steffi ihn durch die Zimmertür hören konnte, fragte Timo: „Kann ich reinkommen?"
„Du machst doch eh, was du willst!", entgegnete sie ihm laut schluchzend.
Timo drückte die Türklinke hinunter und sah Steffi zusammengerollt und tränenüberströmt auf ihrem Bett liegen. Er schloss die Tür hinter sich und setzte sich Steffi zugewandt aufs Bett. Gerade als er seine Hand auf ihren Arm legen wollte, schleuderte Steffi ihn schon zur Seite und schrie ihn hysterisch und mit greller Stimme an: „Fass mich nicht an! Nimm` deine dreckigen Hände von mir!"
Dann setzte sie sich auf und umschlang ihre Beine mit ihren Armen.
„Es tut mir leid, Steffi!" Timo fand die Worte selbst blöd, aber mehr bekam er nicht raus. Es war aber auch einfach die Wahrheit. Vielleicht war auch jetzt der richtige Zeitpunkt, Steffi zu sagen, dass er Hanna, ihre Schwester, liebte. Sicherlich ging Steffi davon aus, dass es zwischen ihm und Hanna nur ein einmaliger Ausrutscher gewesen und alles nur auf sexueller Basis abgelaufen war. Würde sie es dann überhaupt verkraften, wenn er ihr nun sagen würde, dass da auch Gefühle mit im Spiel waren?
Doch weiter kam er mit seinen Gedanken nicht, Steffi holte ihn zurück: „Natürlich! Und dann war es sicherlich auch nicht so wie es aussah!"
„Nein, es war so, wie es aussah und es tut mir wirklich vom Herzen leid, dass ich dir so wehgetan habe."
„Ach, und das weiß man nicht vorher!? Ich dachte, dir würde unser Sex gefallen, und genug Sex haben wir doch auch?!" Steffi sprach

immer noch mit gellender Stimme.
„Damit hat es nichts zu tun... Es ist..."
Steffi ließ Timo nicht ausreden: „Nein, natürlich nicht! Du brauchst noch den letzten Kick: Die kleine unschuldige Schwester deiner Freundin ficken! Wie pervers bist du eigentlich! Hanna ist doch noch so gut wie ein Kind! Ich wusste nicht, dass du auf sowas Abartiges stehst! Wahrscheinlich hast du die ganze Zeit darauf gewartet, dass sie älter wird, damit du sie endlich bumsen kannst!"
Das musste sich Timo nicht gefallen lassen. Er stand auf und schrie mit brüllender Stimme dazwischen: „Es reicht! So war es nicht! Definitiv nicht!" Timo fühlte, dass er wohl nicht drum herum kam, Steffi die Wahrheit mitzuteilen, auch wenn es nochmal ein weiterer Schock für sie wäre.
„So, wie war es denn? Hanna hat dich wahrscheinlich verführt, oder? So ist es bestimmt gewesen, das kleine sexgeile Etwas! Wahrscheinlich habt ihr schon seit längerem eure Sexspielchen miteinander. Ist sie schön eng, ja?" Steffi schleuderte ihm ihr Daunenkissen entgegen. Es prallte an ihm ab und fiel zu Boden.
„Nein", seine Stimme wurde ein paar Stufen leiser und ruhiger: „Nein, es war das erste Mal."
„Ah, und wie war es? Haben dir ihre kleinen Brüste gefallen? Bist du gekommen?"
Timo atmete tief ein und laut wieder aus.
„Ich weiß, dass du alle Einzelheiten wissen möchtest."
„Nein, erspar` mir das! Ich will dich nie wieder sehen. Ich war mir sicher, du wärst treu! Ich könnte dir nie wieder vertrauen! Verschwinde jetzt."
Für Timo war es Zeit zu gehen, es war auch gut so. Die andere Tatsache würde Steffi heut nicht mehr verkraften. Sie musste das jetzt erst einmal verarbeiten.
„Ich bin für dich da, wenn du mit mir sprechen möchtest", bot er ihr nur noch schnell an, er wollte nicht im Streit mit ihr auseinandergehen.
„Und wenn ich ficken will, dann bestimmt auch! Aber das könnte dir

so passen, du notgeiles Schwein!"
Darauf reagierte Timo nicht. Er verstand, dass Steffi immer noch äußerst wütend war und diese Wut jetzt rauslassen musste. Es brachte aber nichts. Entschlossen ging er daher zur Zimmertür, drückte die Klinke herunter und verabschiedete sich, ohne sich nochmal nach Steffi umzudrehen, mit den Worten: „Ich gehe jetzt."
„Verpiss dich!", erwiderte sie daraufhin bissig und kalt und ließ Timo gehen.
Sofort schloss dieser die Zimmertür hinter sich und bog nach rechts in Hannas Zimmer ein.
Hanna hatte sich mittlerweile wieder angezogen, saß aber genauso wie Steffi mit angezogenen Beinen, um die sie ihre Arme geschlungen hatte, auf ihrem Bett. Timo setzte sich zu ihr.
„Und?" Hanna konnte es nicht abwarten, was Timo ihr berichten würde.
„Nichts und." Er konnte Hanna nicht anschauen und sprach weiter in den Raum: „Sie ist natürlich sehr aufgebracht und wütend. Verständlich."
„Hat sie was zu mir gesagt? Ist sie wütend auf mich?"
„Darüber hat sie nichts gesagt. Ich glaube aber nicht. Sie ist nur stinksauer auf mich."
„Und was soll ich jetzt machen?" Mit weitgeöffneten und rotgeweinten Augen blicke Hanna Timo ängstlich an.
„Du musst mit ihr sprechen."
„Und was soll ich ihr sagen?"
Timo drehte sich jetzt zu ihr um. „Wie es dazu gekommen ist und was es dir bedeutet."
„Was bedeutet es dir denn?", flüsterte Hanna ihm immer noch angsterfüllt entgegen.
„Ich empfinde viel für dich und für mich war das heute keine einmalige Sache. Ich bin aber im Moment viel zu durcheinander, um klar denken zu können. Vorhin wollte ich noch mit dir zusammen sein, aber ich weiß nicht, wie sich das hier alles entwickeln wird."
„Was meinst du damit?"

„Wir müssen mit Steffi erst klare Fronten schaffen. Wenn es gar nicht mehr mit ihr hier geht, kannst du zu mir ziehen. Lass uns die nächsten Tage telefonieren. Es ist besser, wenn ich jetzt gehe und wir alle das erstmal verarbeiten."
Hanna nickte.
Timo stand auf, beugte sich über sie und gab ihr einen Kuss auf ihre Stirn. Dann verließ er die Wohnung und fuhr nach Hause.

Steffi verstand die Welt nicht mehr. Sie war sich so sicher gewesen mit Timo. Niemals hätte sie gedacht, dass er fremdgehen würde! Und dann auch noch mit ihrer Schwester! Würde sie ihm jemals verzeihen können? Konnte sie überhaupt noch mit ihm zusammen sein und ihm jemals wieder vertrauen? Steffis Kopf rauchte. Ihre Gefühle fuhren Achterbahn. Aber im Moment empfand sie nur Wut und Hass für Timo. Immer noch auf ihrem Bett sitzend, die Beine mit beiden Händen umschlungen, liefen ihr schluchzend die Tränen über die Wangen. Und was war überhaupt mit Hanna? Warum war sie mit Timo im Bett gelandet? Wie war es dazu gekommen? Hatten sie sich dazu verabredet? War also schon vorher was gelaufen, von dem sie nichts wusste? Oder hatte Hanna sich um den Finger wickeln lassen und sich nicht getraut, Timo den Laufpass zu geben? Oder stand Hanna eventuell sogar schon länger auf Timo? Hanna hatte aber bestimmt nicht den Anfang gemacht, da war sich Steffi sicher. Oder etwa doch? Zweifel kamen in ihr hoch. Kannte sie Hanna denn überhaupt gut genug, um sagen zu können, dass sie ein Mauerblümchen beim Sex war? Stille Wasser sind ja bekanntlich tief. Vielleicht zeigte Hanna im Bett ja ein ganz anderes Gesicht? Steffi musste sofort wissen, wie es dazu gekommen war. Also sprang sie auf und eilte zu Hannas Zimmertür. Kurz blieb sie stehen, um zu horchen, ob sie irgendwelche Geräusche aus Hannas Zimmer wahrnahm. Doch sie hörte nur Stille. Dann klopfte sie.
„Hanna?"
Sofort kam ein gebrechliches und zartes „Ja" von Hanna zurück.
Steffi fragte nicht weiter, ob sie eintreten könne, sondern drückte

einfach die Klinke hinunter und trat ein.
Der Anblick ihrer traurigen Schwester, die genauso jämmerlich auf ihrem Bett saß wie sie eben noch, zerriss ihr fast das Herz. Steffi wurde weich. Behutsam setzte sie sich neben Hanna und legte ihr den Arm um die Schulter.
„Hey". Mehr bekam Steffi grad nicht heraus, sie hatte einen Kloß im Hals. Doch sie war ja mit der Absicht zu Hanna gekommen, herauszufinden, was nun zwischen ihr und Timo passiert war. Also begann sie mit den Worten: „Hör auf zu weinen, Süße", und rieb dabei leicht an Hannas Schulter.
Doch Hanna brach wieder in Tränen aus.
„Ich bin dir nicht böse", versuchte Steffi Hanna weiter zu beruhigen. Und als Hannas Schluchzen schließlich etwas nachließ, fragte Steffi sie: „Hat Timo dir wehgetan?"
Nun legte Hanna ihren Kopf an Steffis Schulter und flüsterte: „Nein, es tut mir so leid."
„Alles OK, Schatz, wir Schwestern halten zusammen. Timo wird uns nicht kaputt machen." Sie drückte Hanna enger an sich.
Es vergingen einige Minuten, bis Hannas Tränen abgeebbt waren. Dann fasste Steffi Mut, atmete einmal tief ein und fragte Hanna: „Willst du mir erzählen, wie es passiert ist?"
Beide wussten natürlich, was mit „es" gemeint war.
„Ich weiß nicht." Hanna begann wieder zu schluchzen. Für sie war es einfach zu peinlich, alle intimen Details auszupacken, vor allem, weil Timo der Freund ihrer Schwester war. Außerdem wusste sie nicht, ob sie ihrer Schwester wirklich alles erzählen sollte. Also, dass auch Gefühle zwischen ihr und Timo mit ihm Spiel waren.
„Hat er dich angebaggert?" Steffi ließ nicht locker.
Hanna schüttelte den Kopf, obwohl es ja eigentlich so gewesen war. Aber Hanna hatte es nicht als Anbaggern empfunden, da sie „es" ja auch gewollt hatte.
„Was dann? Hast du dich an ihn rangemacht?"
Hanna vernahm einen leicht vorwurfsvollen Ton in Steffis Stimme. Aber auch auf diese Frage antwortete Hanna mit Kopfschütteln.

Steffi nervte dieses um den Brei Herumgerede, versuchte aber weiterhin verständnisvoll zu sein.
„Wie ist es dann dazu gekommen?"
Hanna ließ ihren Kopf wieder auf Steffis Schulter sinken und schaute nicht zu ihr hoch, als sie antwortete: „Er ist spontan vorbeigekommen, weil er mit mir reden wollte."
„Und was wollte er mit dir bereden?"
Hanna konnte ihre Schwester nicht anlügen, sie musste ihr die ganze Wahrheit sagen: „Dass er was für mich fühlt."
Steffi trafen diese Worte wie ein Schock. Sie musste Hannas Satz erst einmal verarbeiten und ihre Gedanken sammeln, bevor sie ruhig weiterfragen konnte: „Hattet ihr vorher schon was?"
Hanna schüttelte ihren Kopf.
„Ihr seid euch heute also zum ersten Mal näher gekommen?"
„Ja." Hannas Stimme klang gebrochen und ängstlich.
„Er hat dir also gesagt, dass er etwas für dich empfindet, und das war genug für dich, dass du mit ihm ins Bett gestiegen bist?"
„Er hat mich umarmt, und dann haben wir uns geküsst, und dann lagen wir plötzlich auf meinem Bett, und dann..."
Steffi unterbrach Hanna: „Wolltest du es auch?"
Hanna begann wieder zu schluchzen und erwiderte jammernd: „ Ja, nein, ich weiß es nicht, ich wollte dir nicht wehtun." Hanna schluchzte wieder stark, ihr ganzer Körper vibrierte.
„Liebst du Timo? Willst du mit ihm zusammen sein?" Diese Fragen musste sie jetzt direkt stellen, auch wenn ihr Hannas Antwort wehtun würde. Sie musste jetzt Klarheit haben.
Hanna stoppte kurz ihr Heulen, um zu antworten: „Ich weiß es nicht. Vielleicht." Dann wimmerte sie weiter.
Steffi ließ Hanna los. Weitere Detailfragen sparte sie sich. Für sie war nun klar, dass beide etwas für einander fühlten. Vielleicht stand Hanna ja tatsächlich schon länger auf Timo, ohne dass es ihr selbst bewusst gewesen war. Vielleicht hatte Hanna diese Gefühle nur unterdrückt, weil sie ja wusste, dass Timo ihr Freund war. Nun hatte sich Timo aber geöffnet, und darauf ist Hanna dann natürlich gleich ein-

gegangen. Wozu sollte sie nun also noch erfahren wollen, wie der Sex zwischen beiden verlaufen war? Das wäre nur interessant gewesen, wenn es für Timo ein Ausrutscher gewesen wäre, denn dann hätte sie herausfinden können, was ihm eventuell im Bett fehlte. Aber nun war ja klar, dass er wohl mit Hanna zusammen sein wollte und Hanna mit ihm.

Steffi hatte genug erfahren. Sie stand auf und ging zur Tür. Doch eins wollte sie noch wissen. Abrupt drehte sich daher nochmal zu Hanna um und fragte sie: „Hat dir der Sex mit Timo gefallen?"
„Warum tust du mir das an?" Hanna quälte Steffis Frage.
„OK, es hat dir also gefallen." Steffi ging weiter zur Tür. Als sie unter dem Türrahmen angekommen war, drehte sie sich noch ein letztes Mal um: „Ach, noch was. Falls ihr zukünftig zusammen sein wollt, wäre es besser, wenn du auszieht." Dann ging sie zurück in ihr Zimmer.

Eine Stunde später rief Hanna Timo an und berichtete ihm über das Gespräch mit ihrer Schwester. Beide entschlossen sich dazu, dass Hanna schnellstmöglich bei Timo einziehen sollte, um weitere Eskalationen zu vermeiden. Außerdem waren beide der gleichen Meinung, dass Timo noch ein klärendes Gespräch mit Steffi führen sollte.

Eine Woche später, nachdem Hanna zu ihm gezogen war, rief er dann bei Steffi an und war überrascht, wie gesetzt und ruhig sie mit ihm redete. So, als ob sie überhaupt nicht mehr verletzt wäre. Sie willigte auch problemlos in ein klärendes Gespräch ein. Für Samstagnachmittag verabredeten sie sich dann schließlich in Steffis Wohnung.

Timo war sichtlich nervös, als er am Samstagnachmittag die Treppen zu Steffis Wohnung hochsprang. Wie würde sie ihm begegnen? Traute er sich überhaupt, ihr unter die Augen zu treten? Er fühlte sich immer noch schuldig.
Doch seine Ängste lösten sich in Luft auf, als ihm Steffi - entgegengesetzt seiner Erwartung - schwungvoll und scheinbar gut gelaunt die

Tür öffnete. Lächelnd stand sie in ihrem rosa Seidenbademantel und mit nassen Haaren vor ihm und bat ihn herein.
„Sorry, dass ich noch nicht ganz fertig bin, habe grad geduscht."
„Kein Problem!", erwiderte Timo.
„Lass uns in die Küche setzen, ich habe uns da schon zwei Becher Kaffee und ein paar Croissants hingestellt."
„Du kannst dich auch erst anziehen und dir die Harre föhnen, wenn du magst, ich kann warten."
„Ne, ist schon OK so. Meine Haare lasse ich ja eh an der Luft trocknen, wie du weißt. Oder hast du das etwa schon vergessen?" Steffi kniff Timo neckisch in die Taille und zwinkerte ihm mit einem Auge zu. Und während sie in die Küche ging, sagte sie noch mit etwas lauterer Stimme: „Und anziehen tue ich mich nachher erst richtig, bevor ich mit Ilka zu dieser Party gehe."
Timo folgte ihr in die Küche. Als er eintrat, streckte ihm Steffi schon einen Becher mit Kaffee entgegen. Dann nahm sie sich selbst einen, verschränkte den freien Arm unter ihrer Brust und lehnte sich mit ihrem Becken seitlich an den Herd. Mit funkelnden und lebhaften Augen strahlte sie Timo an.
„Und du vögelst nun also meine Schwester? So, so. Hast du sie auch schon zu so einem Luder wie mich erzogen?" Sie kicherte leicht.
Mit so einer Unterhaltung hatte Timo überhaupt nicht gerechnet. Kein Anzeichen von Traurigkeit oder Wut. Versteckte sie ihre wahren Gefühle, oder war sie schon über ihn hinweg? Er war zwar froh darüber, dass sie gut drauf war, aber diese intimen Fragen gingen ihm dann doch zu weit.
„Also, ähm, eigentlich bin ich gekommen, um mit dir über was anderes zu reden."
„Ja, ja, ich weiß." Steffi winkte mit der einen Hand ab und nahm einen großen Schluck Kaffee, bevor sie weiterredete: „Hanna hat mir ja alles erzählt, ihr liebt euch, wollt zusammen sein und bla, bla, bla halt. Sie verdrehte die Augen und wirkte etwas aufgesetzt. Timo war jetzt klar, dass sie sich vor ihren Gefühlen schützen wollte.
„Also gibt `s für dich eigentlich keinen Redebedarf mehr?" Er schaute

Steffi überrascht an.

„Ach, eigentlich nicht. Weißt du, ich poppe seit letztem Wochenende mit Markus und hab` grad andere Sorgen."

Timo traute seinen Ohren nicht. „Meinst du meinen Kollegen?"

Steffi lachte wieder. „Ja, genau der."

Timo fiel die Kinnlade herunter.

„Sorry, wenn dich das jetzt trifft, aber du hast ja nun selbst festgestellt, was einem so alles im Leben widerfahren kann."

„Äh, ja. Wie ist es denn dazu gekommen?" Diese Frage fand Timo berechtigt, schließlich wusste Steffi ja nun auch so einige Details.

„Auf Lukas Party am letzten Wochenende. Er ist ja mit Lukas befreundet, wie du weißt. Du wolltest ja nicht kommen."

„Nein, ich dachte, es wäre besser so, da wir noch nicht gesprochen hatten."

„Ach, Schätzchen, mach dir um mich mal keine Sorgen. Allerdings kannst du es mir besser besorgen als Markus." Verschwörerisch schaute Steffi Timo in die Augen und fuhr dabei mit zwei Fingern an seinen Arm entlang. Dann führte sie ihre beiden Hände zur Schleife, die ihren Bademantel zusammenhielt und löste diese. Es entstand ein kleiner Spalt und Timo konnte erkennen, dass Steffi darunter weiße Spitzendessous mit rosa Blumenverzierungen trug.

„Willst du mehr sehen?" Steffi hatte den erotisch-lasziven Blick wirklich gut drauf. Damit hatte sie ihn immer gekriegt.

„Steffi, ich glaube nicht, dass das so eine gute Idee ist."

„Ach, komm schon, seit wann bist du so zurückhaltend?" Sie rieb mit beiden Handflächen leicht an Timos Armen auf und ab.

„Ich, ich bin jetzt halt mit Hanna zusammen." Trotzdem merkte Timo, wie sich sein Schwanz zu härten begann. Der Sex mit Hanna war zwar sehr erfüllend für ihn, auch wenn Hanna sehr schüchtern im Bett war, aber er musste sich dennoch eingestehen, dass er manchmal den harten, offenen Sex mit Steffi vermisste. Nun hatte er die Chance dazu.

„Sei nicht so ein Spielverderber." Steffi streifte ihren Bademantel ab und ließ ihn zu Boden fallen.

Sofort sprangen Timo Steffis dicke Titten und ihr ausladendes Becken ins Auge und er verspürte sofort wahnsinnige Lust, intim mit ihr zu werden.
Steffi sah es Timo an und sagte selbstbewusst: „Ich weiß, dass es dir gefällt." Dann nahm sie Timos Hand und führte sie an ihre linke Brust. Timos Erregung stieg. Besonders als Steffi nun von außen seine Latte zu massieren begann, und Steffi sich dichter an ihn schmiegte.
„Siehst du, er will auch", flüsterte sie Timo ins Ohr. „Besorg`s mir so richtig. Nur dieses eine Mal noch. Ich verspreche dir, ich lasse dich danach in Ruhe." Steffi wartete nicht ab, ob Timo einwilligen würde, sondern öffnete gleich ihren BH und stand dann barbusig vor Timo. „Leck` sie ruhig, Süßer."
Timo wurde von seiner Lust gesteuert. Er knickte seine Knie etwas ein, um mit seinem Mund an Steffis harte Knospen zu kommen, streckte dann seine Zunge heraus und begann Steffis rechte Knospe zu züngeln.
„Jaaa, das machst du gut." Steffi wuschelte in Timos Haaren, während dieser nun abwechselnd an ihren beiden Brustwarzen leckte und dabei seine Hose öffnete. Kurz ließ er dann von ihren Brüsten ab, um sich seine Hose samt seiner Unterhose auszuziehen. Als er sich danach wieder Steffi zuwendete, fummelte diese an seinem T-Shirt und zog es ihm über den Kopf. Anschließend streifte Steffi ihren Slip ab und ging in die Hocke, um an Timos Schwanz zu lecken. Sie wusste, wie er es mochte. Wusste Hanna das auch? Sie schob den Gedanken schnell wieder beiseite und konzentrierte sich auf Timos Eichel, an der sie nun genüsslich lutschte, bevor sie sein ganzes Glied in ihrem Mund verschwinden ließ. Natürlich wollte sie ihm jetzt keinen blasen, daher musste sie aufpassen, ihn hier unten nicht zu lange zu verwöhnen, sonst wäre die Gefahr zu groß, dass er zu schnell kommen würde. Also stand sie wieder auf, beugte sich mit ihrem Oberkörper über den Herd und streckte Timo ihr prächtiges Hinterteil entgegen. Dann befahl sie ihm: „Nimm mich. Fick mich richtig durch."
Steffi liebte schmutzige Wörter und Anweisungen beim Sex. Timo törnte das immer so richtig an. Daher nahm er Steffis Aufforderung

gern an und fasste mit beiden Händen links und rechts an Steffis Pobacken und zog sie leicht auseinander. Nun konnte er ihren After und ihre roten, gehärteten Schamlippen sehen, aus denen bereits lustvoller Saft quoll. Gern wäre er jetzt in sie eingedrungen, aber er wollte Steffi noch heißer machen. Also ging er in die Hocke und leckte einmal großflächig über ihre Schamlippen und lutschte dabei ihren Saft ab.
„Oh ja, leck` mich!", hörte Timo Steffi von oben jammern. Dann richtete er sich wieder auf und steckte seine Eichel zwischen ihre Schamlippen, um zwischen diesen hin und her zu reiben.
„Gibt`s mir jetzt endlich! Bums mich!", flehte Steffi weiter.
Ja, genauso wollte Timo es. Steffi sollte um seinen Schwanz betteln. So hatte sie das immer getan. Bei Hanna waren solche Spielchen nicht drin. Schnell verdrängte Timo seinen Gedanken an Hanna wieder und stieß kräftig in Steffis Muschi hinein und zog seinen Schwanz danach sofort wieder raus.
Steffi schrie laut auf: „Ja, weiter, bums` mich, fick` mich durch!"
„Ja? Willst du meinen Schwanz? Willst du ihn so richtig, du Schlampe?"
„Ja, fick` meine Muschi, sie hat Hunger!", stöhnte Steffi zurück.
Und dann begann Timo zu rammeln. Er wurde bei jedem harten, klatschenden Stoß gegen Steffis dicken Po immer geiler und grunzte dabei laut.
„So ist gut, ja, so ist gut", wiederholte Steffi immer wieder.
Doch plötzlich stoppte Timo und hechelte: „Dreh dich um und setz dich auf den Tisch, ich will dich von vorn ficken!"
Steffi gehorchte ihm und setzte sich auf den Tisch, zog ihre Knie hoch und spreizte ihre Beine, so dass Timo ihre Muschi sehen konnte. Ihre Schamlippen waren gerötet und leicht geöffnet, so dass er in ihr nasses Inneres blicken konnte.
„Oh Mann, bist du feucht." Timo ging kurz in die Knie, um noch einmal an Steffi Schamlippen zu lecken und in ihre Vagina zu züngeln. Dann kam er wieder hoch, fasste an ihre Oberschenkel und zog ihren Unterleib weiter zu sich heran, bis er gut in sie eindringen konnte.

Doch bevor er das tat, frage er sie noch spielerisch: „Willst du von mir so richtig durchgefickt werden, Baby?"
„Ja, mach schon!"
Dann drang Timo in Steffi ein und vögelte sie so hart, dass ihre Titten nur so hin und her wackelten. Timo geilte das noch mehr an und er spürte, dass er sich nicht mehr zurückhalten konnte. Er würde gleich kommen, wollte aber noch ein letztes Mal Steffis dicke Busen genießen. Also lutschte er zwischendurch immer wieder an ihren harten Brustwarzen.
Steffi hielt sich mit beiden Händen links und rechts am Tisch fest, um Timos Stößen Widerstand bieten zu können. Sie hatte ihren Kopf zurückgeworfen und stöhnte, wie immer, sehr laut. Dann kam sie und ihr Stöhnen verwandelte sich in ein helles, quiekendes Schreien. Timo spürte die durch den Orgasmus verursachten Muskelkontraktionen in Steffis Vagina. Dadurch wurde sein Schwanz nochmal so richtig schön massiert und stimuliert, und dann kam auch er. Mit einem erleichternden, lauten Stöhnen spritze er in Steffi ab und ließ seinen Kopf nach vorn auf ihre Schulter fallen. Kurz blieb er dann noch in ihr stecken, bis er wieder ruhiger atmen konnte, richtete sich dann auf und zog seinen Penis aus ihrer Vagina.
Steffi brachte ihren Oberkörper nun wieder nach vorn und lächelte Timo befriedigt an. Dabei fuhr sie mit ihren langen Nägeln über seinen gestählten Oberkörper und sagte zu ihm: „Du warst gut, das habe ich gebraucht."
Timo reagierte darauf nicht. Er fühlte sich zwar befriedigt, aber nicht gut. Langsam machte sich sein schlechtes Gewissen bemerkbar. Er schnappte seine Sachen und verschwand damit ihm Bad. Als er angekleidet wieder herauskam, hatte auch Steffi ihren Bademantel wieder angezogen. Sie standen nun im Flur und Timo wollte sofort verschwinden.
„Ich geh` jetzt und ich glaube, es ist keine gute Idee, wenn wir uns noch einmal wieder sehen."
„Meinst du? Ich glaube schon, dass du dich schon bald wieder nach meinen dicken Titten und meiner feuchten Mumu sehnen wirst."

Steffi blickte ihn verführerisch an und strich ihm wieder über seinen Arm.

„Ich glaube nicht."

Steffi ging darauf nicht ein, stattdessen sagte sie: „Erinnerst du dich noch? Nach 15 Minuten haben wir meistens nochmal eine zweite Runde eingelegt."

„Ja, aber diesmal nicht. Den Rest kann dir Markus besorgen."

„Du bist also eifersüchtig?" Steffis Augen blickten ihn groß an.

„Ach so, das wolltest du also bezwecken? Mich mit Markus eifersüchtig machen?"

„Nein, nicht wirklich, eigentlich brauche ich nur einen neuen Stecher, und naja, ich gebe zu, etwas Ablenkung, um über dich hinweg zu kommen."

„Ich gehe jetzt." Timo drehte sich zur Tür.

Doch Steffi ließ ihn nicht gehen. „Gefällt Hanna dein harter Fick auch?"

Timo wandte sich ihr wieder zu: „Steffi, lass` gut sein, ich habe kein Interesse daran, dir intime Details aus meinem und Hannas Sexleben mitzuteilen." Damit drehte er sich um, öffnete die Haustür und ging ins Treppenhaus. Ohne sich nochmal umzudrehen, trabte er dann die Treppen hinunter. Steffi streckte ihm die Zunge hinterher.

Timo fuhr anschließend zu seinem Lieblingsplatz, ein ruhiges Fleckchen an einem nahgelegenen See, wo er nachdenken konnte. Er hatte einen großen Fehler gemacht. Er liebte Hanna, daran konnte auch der Sex mit Steffi nichts ändern, und er versprach sich selbst, Steffi nie wieder allein zu treffen, weil er Angst hatte, dann wieder schwach zu werden, denn Steffi würde es mit Sicherheit immer wieder drauf anlegen. Hanna würde er nichts von seinem Ausrutscher erzählen. Dann fuhr er nach Hause, wo Hanna schon auf ihn wartete...

4. Swingerclub-Neuling

Ich bin sexbesessen. Das ist mir seit spätestens letztem Mai klar, denn bis dahin war kein Wochenende vergangen, an dem ich keinen One-Night-Stand gehabt hatte. Nun ist es bereits Februar und ich komme fast keinen Tag mehr ohne Sex aus. Wird meine Lust nicht befriedigt, bin ich unkonzentriert und gereizt und meine Gedanken drehen sich nur noch um Sex. Einen Freund habe ich nicht und an einer festen Beziehung bin ich nicht interessiert, denn mich törnt es einfach an, mit verschiedenen Männern Sex zu haben, und welcher Partner macht das schon mit?

Um meine mittlerweile tägliche Lust zu stillen, entschied ich mich im November einen Swingerclub aufzusuchen. Ich war bis dahin noch nie in einem Swingerclub gewesen, doch die Möglichkeit, meine Lust jeden Tag befriedigen zu können, reizte mich ungemein. Zwar ging ich hin und wieder auch werktags in Clubs und Bars, allerdings musste ich dort erst einmal einen passenden Partner finden, der mit mir Sex haben wollte, und dies gestaltete sich nicht immer einfach. Ich zog es daher dann meistens vor zu masturbieren, so wurde meine Lust schneller gestillt. Doch so richtig befriedigen konnte mich nur der echte Sex. Im Internet hatte ich mich daher nach mehreren Swingerclubs in unserer Stadt erkundigt und fand den „Lust-Club" auf Anhieb sehr ansprechend. Dieser ist mittlerweile auch mein Stamm-Swingerclub und ich besuche ihn fast jeden Abend. Die Besuche kann ich mir gut leisten, denn der Eintritt für Single-Frauen ist hier kostenlos.

Am geilsten war natürlich mein allererster Tag, oder besser gesagt mein erster Abend, denn durch meine Aufgeregtheit waren meine Sinne aufs Äußerste gespannt und ich erlebte den Sex dadurch besonders intensiv. An diesem ersten Abend entschied ich mich nicht gleich komplett nackt herumzulaufen, sondern mit Dessous. Auffallen würde ich als Neuling und mit meiner guten Figur, meinen blonden Haaren und meinen blauen Augen sowie meinem Schmollmund und meinen üppigen Brüste sowieso. Also wählte ich einen schwarz-weiß gestreiften BH mit besetzten Nieten rundherum und einen dazu passenden String-Tanga. Meine knallroten Spitzen-Dessous hätte ich zu auffällig gefunden, schwarz fand ich dezenter.

Am Empfang wurde ich von einer hübschen, aber stark geschminkten Dame mit schwarzen langen Haaren und Lackbekleidung freundlich begrüßt. Kurz befürchtete ich, dass ich hier in einem Domina-Club gelandet war, aber als sie mich mit „Willkommen im Lust-Club" begrüßte, wusste ich, dass ich richtig war. Die Dame stellte sich als Tamara vor und zeigte mir als Erstes die Umkleideräume, wo ich mich um- bzw. ausziehen konnte. Nachdem ich meine Sachen im Spint verstaut hatte, führte mich Tamara herum und erklärte mir dabei alles ausführlich. Es waren noch nicht viele Besucher im Club. Tamara versicherte mir aber, dass es gegen 20 Uhr voller werden würde.

Als Erstes führte sie mich zur Bar, dem zentralen Treffpunkt im Swingerclub. Hier saß bereits ein in Unterwäsche gekleidetes Pärchen. Ich schätzte die beiden so auf um die 30, also in meinem Alter. Der Mann erinnerte mich ein wenig an Ken von Barbie, denn er war sehr gut gebaut, hatte blonde kurze Haare und ein markantes Gesicht. Nur schade, dass er eine Boxershorts trug, gern hätte ich einen Blick auf sein bestes Stück geworfen. Seine Partnerin hatte schulterlange, braune Haare mit einem Pony, der ihr tief und sexy in die Augen fiel. Mir gefiel ihr Outfit: Sie trug ein verführerisches Korsett im Tigermuster mit schwarzen Rüschen über der Brust und passend dazu Plateau-High-Heels, ebenfalls im Tigermuster.

Als Tamara und ich an den beiden vorbeigingen, begrüßten sie uns mit einem offenen „Hallo", und ich konnte hören wie sie ihm zuflüsterte: „Die ist heiß, oder Schatz?"

Als Nächstes führte mich Tamara ins Wohnzimmer, das vom Barzimmer abging und sehr gemütlich eingerichtet war. Mehrere Sessel und Sofas standen so angeordnet im Raum, dass man von ihnen einen guten Blick auf den großen Flachbildfernseher hatte. Hier im Wohnzimmer befand sich auch ein Pärchen, diesmal vielleicht so zwischen vierzig und fünfzig Jahren. Sie saßen nackt auf dem hintersten Sofa und schauten sich den Porno an, der gerade auf dem Bildschirm lief.

Dabei massierte die Frau das beste Stück ihres Partners und lutschte hin und wieder an ihm.
Ich nickte den beiden zu und schaute mir dann kurz die gerade laufende Porno-Szene an, in der eine Frau vor einem Mann hockte und ihm einen blies, während sie von hinten von einem anderen gebumst wurde. Darauf hatte ich jetzt auch wahnsinnige Lust! Es wurde Zeit, dass ich loslegen konnte! Doch ich hatte noch nicht alle Räume gesehen. So gingen Tamara und ich wieder zurück zur Bar, an der nun auch ein älterer Herr saß. Er schien so um die sechzig zu sein und hatte einen leichten Bierbauch und einen Schnauzer. War klar, dass er mich als „Neue" von oben bis unten interessiert musterte.
Tamara blieb im Barzimmer an einer Glastür stehen, die auf die Terrasse und zu einer davorliegenden Wiese mit Bäumen führte, und begann zu erzählen: „Wer es gerne in der Natur mag, kann sich hier frei austoben und dabei die Bäume zu Hilfe nehmen oder sich hinter diesen verstecken, wenn man ungestört sein will. Dort hinten befinden sich dann auch unsere Sauna, der Whirlpool und das kleine Schwimmbecken, wie du siehst. Überall kannst du Sex haben. Jetzt im Winter ist der Außenbereich aber eher weniger interessant, eher nur die Sauna und der Whirlpool. Die Wiese wird im Sommer übrigens rege benutzt. Ich würde jetzt gern noch mit dir da rüber gehen, aber erfahrungsgemäß kommt gleich der Gästeansturm und da würde ich gern wieder vorn an der Rezeption sein."
Mir war das nur recht, denn meine Lust ließ sich kaum noch unter Kontrolle halten. Am liebsten wäre ich gleich auf der Stelle gefickt worden. Und so nahmen wir dann die Treppe nach oben, wo sich der sogenannte Vergnügungsbereich befindet, also die verschiedenen Themenräume. Alle Räume gehen hier wie in einem Hotel links und rechts vom langen Gang ab.
„Hier rechts haben wir gleich das Spiegelzimmer. Da gehen wir jetzt nicht rein, weil ich weiß, dass Svenja und Thomas sich darin grad vergnügen. Und hier links", Tamara öffnete die Tür zu ihrer Linken, „befindet sich der Gynäkologische Stuhl. Also, wenn du gern gefingert wirst, ist dies ein sehr guter Ort dafür." Tamara zwinkerte mir zu, und

ich schaute kurz in den Raum hinein. Dann zeigte sie mir noch schnell die anderen Zimmer. Natürlich gab es auch eins mit Spielwiese, in dem mehrere große Matratzen nebeneinander lagen. Am meisten gefallen hatte mir damals aber der Darkroom, denn die Vorstellung, von einem Unbekannten im Dunkeln einfach durchgefickt zu werden, den ich nicht richtig sehen konnte, machte mich wahnsinnig heiß. Aber auch der SM-Raum törnte mich an. Unter anderem gab es hier eiserne Hand- und Fußfesseln, die in der Wand verankert waren und natürlich auch Ketten, Peitschen, Augenmasken, Dildos, einen Strafbock und so weiter.

„Naja, du kannst dich ja auch allein ein bisschen umschauen. Die meisten Kontakte wirst du in der Bar knüpfen können. Ich geh` mal wieder runter."

Somit stand ich nun allein in dem „Vergnügungsgang" und entschied mich, erst einmal zur Bar hinunter zu gehen, um zu schauen, wer da noch so alles kam und setzte mich spontan neben das Ken-Tiger-Pärchen, da die beiden mich so freundlich begrüßt hatten. Beide nippten noch an ihrem Cocktail, doch als ich neben dem Tiger-Mädel Platz genommen hatte, sprach sie mich sofort an: „Du bist neu hier, oder?"

„Ja, und ihr seid demnach wohl schon öfters hier gewesen?"

„So sieht`s aus, wir sind seit einem Jahr Stammgäste."

Da ich mich ja nun in einem Swingerclub befand, konnte ich ja eigentlich auch offen über Sex reden. So dachte ich jedenfalls und fragte die beiden: „Treibt ihr es nur untereinander oder auch oft mit anderen Swingern?"

Beide schauten sich verblüfft an und schienen etwas peinlich berührt zu sein. Trieb man es hier etwa nur, aber sprach nicht drüber? Ich hatte eigentlich mit einem Schwall von Erfahrungsberichten gerechnet, aber nicht mit so einer zurückhaltenden Reaktion. Das Tiger-Mädel antwortete dann auch nur knapp: „Ähm, also, naja, mal so, mal so."

Wir beließen es erst einmal bei dieser Unterhaltung und schauten auf den Gang, der von den Umkleidekabinen zum Barzimmer führte. Immer mehr Swinger kamen herein. Meistens waren es Paare im Alter zwischen, so schätzte ich, dreißig und fünfzig. Zwischendurch kamen aber auch Singles herein, und zwar ausschließlich Männer, ebenfalls in unterschiedlichen Altersklassen. Single-Frauen sah ich keine. Dass mehr Solo-Männer als Frauen kommen würden, hatte ich mir schon gedacht, aber gar keine? Das verwunderte mich dann doch etwas.

„Ich heiße übrigens Kim und mein Freund Stefan", hörte ich das Tiger-Mädel dann plötzlich hinter meinem Rücken sagen.

Ich drehte mich wieder zu ihr um und stellte mich dann auch vor: „Ich bin Sarah. Freut mich." Das Handgeben sparte ich mir, schließlich waren wir ja hier nicht auf einem geschäftlichen Treffen. Stattdessen redete ich weiter: „Es wird ja immer voller, aber mich wundert, dass keine Single-Frauen kommen."

„Nein, das ist eher selten. Daher veranstaltet der Club hin und wieder Gang-Bang-Partys, zu denen extra heiße Frauen eingeladen werden. Kostet dann natürlich für „Mann" auch dementsprechend mehr."

„Geht Stefan auch zu den Gang-Bangs?" Ich fragte das mit einem Lachen, weil es eher ein Witz von mir war, trotzdem fand Kim meinen Kommentar wohl unpassend, denn sie erwiderte ziemlich entrüstet: „Natürlich nicht!"

Da war ich wohl wieder in ein Fettnäpfchen getreten. Ich hatte echt gedacht, dass es in so einem Club lockerer zugehen würde und sparte mir daher die nächste Frage, ob ich mir Stefan mal ausleihen dürfte, fürs Erste und begutachtete wieder die anderen Gäste. Mir fielen dabei zwei Herren auf, die etwa zehn Jahre älter als ich zu sein schienen und vermutlich zusammen hierhergekommen waren. Beide spazierten nackt herum, so dass ich gut ihre Figur und ihr bestes Stück begutachten konnte. Der eine war schlank und groß und hatte schon im hängenden Zustand eine beachtliche Männlichkeit. Der andere war etwas kleiner und kräftiger und hatte eine beharrte Brust. Ich mochte beharrte Brüste, aber ich stand nicht so besonders auf seine schwarzen, nach hinten gegelten Haare. Da gefielen mir die ohrlangen, blonden Haare des schlanken Typen schon besser. Die beiden

saßen an einem runden Hochtisch, gut drei Armlängen von mir entfernt, und schauten immer wieder interessiert zu mir herüber.
Viele der anderen Gäste hielten sich erst gar nicht an der Bar auf, sondern verschwanden gleich nach oben oder ins Fernsehzimmer. Der ältere Herr, der kurz nach mir gekommen war, saß immer noch am Ende der Bar und schaute ebenfalls immer wieder zu mir herüber. Seine grauen, lichten Haare hatte er so über seinen Kopf geschleimt, dass seine Haare seine Glatze überdecken sollten, was nicht wirklich gelang. Dafür war sein Schnauzer sehr gut gepflegt. Genau solche Herren hatte ich hier zuhauf erwartet. Gott sei Dank stellte sich langsam heraus, dass dies nicht so war.
Es war Zeit für mich, befriedigt zu werden, und so stand ich auf und verabschiedete mich von Kim und Stefan: „Also, ihr beiden, ich werde mich nun mal vergnügen gehen. Vielleicht kommen wir ja auch nochmal in den Genuss." Ich zwinkerte ihnen zu, wartete aber nicht ab, wie sie reagieren würden, sondern behielt die beiden Männer im Blick, als ich mich auf den Weg nach oben machte. Ich lächelte ihnen zu und sie nickten zurück. Mir war klar, dass sie das nun als Aufforderung auffassen würden und ich sicherlich nicht lange würde warten müssen, bis sie mir folgen würden.
Oben im Vergnügungsgang angekommen, entschied ich mich für den Darkroom, auch wenn ich ja nun wusste, wie meine beiden Stecher wohl aussehen würden. Schnell zog ich meine Dessous aus, hängte sie an einen Haken neben der Tür und öffnete sie dann einen Spalt. Ein schmaler Lichtstrahl flutete in den sonst tiefdunklen Raum, und ich konnte erkennen, dass sich dort schon ein Pärchen vergnügte. Zügig schloss ich die Tür wieder hinter mir und blieb erst einmal stehen, um meine Augen an die Dunkelheit zu gewöhnen. Nach ein paar Sekunden nahm ich Schemen wahr, und soweit ich es erkennen konnte, lutschte die Frau gerade am Schwanz des Mannes.
Sofort sprach mich der Mann an: „Du kannst gern mitmachen, wenn du willst."
Das ließ ich mir nicht zweimal sagen. Ich setzte mich neben die beiden und hatte sofort eine feste männliche Hand auf meinem rechten

Oberschenkel sitzen, die mich gleich zu streicheln begann. Als die Hand an meinen großen Brüsten angekommen war, streckte ich sie hervor und hielt sie dem Mann ins Gesicht, woraufhin er genüsslich an meinen Brustwarzen saugte. Ich stieß einen Freudenseufzer aus und wollte mehr, doch darauf musste ich nun warten, denn die Frau setzte sich jetzt auf ihren Partner und ritt ihn wild und stöhnend. Aber ich hatte Glück, die Tür öffnete sich, und jemand trat ein. Es ging so schnell, dass ich nicht erkennen konnte, wer es war. Ich spürte aber, wie sich die neu dazugekommene Person hinter mich setzte und meinen Rücken zu streicheln begann. Auf alle Fälle war es ein Mann und dieser schnaubte stark. In diesem Moment wusste ich, dass es sich um den alten Herrn mit der Glatze handeln musste, aber das war mir egal, denn ich war so heiß, dass ich jetzt einfach nur gefickt werden wollte. Und ehrlich gesagt, törnte es mich in dieser Situation auch irgendwie an, von einem alten gierigen Bock durchgenommen zu werden. Also beugte ich mich nach vorn, stützte mich auf meine Hände und streckte ihm meinen Hintern entgegen. Wenn schon animalisch, dann richtig, schoss es mir durch den Kopf.
Der Alte nahm meine Position dankend an und drückte seinen Unterleib an mein Hinterteil. Ich konnte seinen mittelharten Schwanz fühlen, den er nun immer wieder zwischen meinen Pobacken und meinen Schamlippen entlang rieb. Sein Schwanz wurde dabei immer härter, und ich wartete ungeduldig darauf, dass er in mich eindringen würde. Doch stattdessen stoppte er und fragte mich schnaufend, ob er mich zuerst lecken dürfe.
„Ja, aber fick mich dann ganz schnell, ich halt es sonst nicht mehr aus!", erwiderte ich jammernd.
„Das werde ich!", entgegnete er daraufhin und begann mich zu lecken. Erst fuhr er mit seiner Zunge vorsichtig an meinen Schamlippen entlang, dann wurde er forscher und sog an ihnen, bis er letztendlich seine Zunge in meine Muschi steckte und in ihr wild herumzüngelte.
„Du bist so geil, deine Muschi ist so lecker", wiederholte er immer wieder keuchend zwischen meinen Beinen.

Mir dauerte es zu lang, doch noch bevor ich sagen konnte: „Nimm mich endlich", drang er auch schon in mich ein.
Ich stieß ein lautes Stöhnen aus und genoss die langsamen, aber tiefen Stöße. Ich hatte erwartet, dass der Alte einen kleinen Penis haben würde, weil er so eine dicke Wampe hatte, aber sein Schwanz schien schon eine beachtliche Größe zu haben, denn ich fühlte eine antörnende Dehnung in meiner Vulva. Und genau das brauchte mein Fötzchen jetzt! Eine intensive Schwanzmassage! Endlich wurde es gefüttert und schmatzte hörbar bei jedem Stoß! Ich liebte dieses Geräusch! Es machte mich jedes Mal noch geiler!
Ich war mittlerweile so erregt, dass ich nicht mitbekommen hatte, dass inzwischen ein paar mehr Swinger hereingekommen waren. Erst als ich eine Hand an meinem Kopf spürte, lenkte ich meine Aufmerksamkeit wieder auf das Geschehen im Darkroom. Das Pärchen neben uns schien bereits gegangen zu sein, dafür hörte ich jetzt lautes Stöhnen und rhythmische, schmatzende Klatschgeräusche etwas weiter hinten im Raum. Dann spürte ich, wie die streichelnde Hand von meinem Kopf hinunter zu meinem Brüsten wanderte, und ich konnte eine schemenhafte männliche Figur erkennen, die aufrecht vor mir kniete und mir seine stolze Männlichkeit präsentierte. Ich war mir ziemlich sicher, dass es der große Blonde sein musste und konnte es gar nicht abwarten, sein langes, steifes Stück in den Mund zu nehmen.
„Komm dichter, ich will ihn lutschen", gab ich ihm dann auch gleich zu verstehen.
Der Blonde hatte nur auf meine Aufforderung gewartet und robbte etwas dichter. Seine Penisspitze berührte dabei meinen linken Mundwinkel, und ich streckte sofort gierig meine Zunge heraus, um mit seiner Eichel zu spielen. Dann lutschte ich an ihr wie an einem Lolli.
Dem Blonden schien das zu gefallen, denn er stieß einen erleichternden Seufzer aus und schob dabei sein beachtliches Stück langsam in meinen Mund. Doch weder er noch ich mussten etwas tun, um seinen Schwanz weiter oral zu verwöhnen, denn die mittlerweile kräftigen Stöße des Alten ließen mich nach vorn schnellen, so dass die Lat-

te des Blonden automatisch in meinen Mund geschoben wurde. Mir wurde dabei schlagartig bewusst, dass ich hier grade zum ersten Mal Sex mit zwei Männern hatte! Und zwar genau in der gleichen Stellung wie vorhin im Pornofilm! Als mir das klar wurde, explodierte ich fast vor Geilheit! Erst recht, als der Alte nun immer schneller wurde und mich mit seinen Stößen kräftig nach vorn katapultierte, so dass ich mich fast an dem Schwanz des Blonden verschluckte. Aber das war mir egal, denn der Hodensack des Alten schleuderte einfach so stimulierend gegen meinen Kitzler, dass ich auf der Stelle kam. Meine Vulva zuckte und zog sich so stark zusammen wie sie es bei meinen bisherigen Höhepunkten noch nie getan hatte, und mein lauter erlösender Schrei wäre sicherlich auch der bisher lauteste gewesen, wenn ich nicht die harte Latte des Blonden im Mund gehabt hätte. So wurde der Schrei gedämpft und es kamen nur gurgelnde Laute aus meiner Kehle. Vielleicht auch besser so. Wahrscheinlich hätten die anderen Anwesenden sonst gedacht, dass da gerade jemand abgeschlachtet wird.

Kurz nach meinem Orgasmus kam dann auch er Blonde. Ich spürte, wie sein Schwanz in meinem Mund kontrahierte und dann abspritzte. Gierig schluckte ich seinen salzigen Saft und lutschte seine Stange danach genüsslich ab. Als sie dann erschlaffte, zog der Blonde sie aus meinem Mund. In diesem Moment kam auch der Alte endlich. Er krallte sich fest in meinen straffen Po und zog dabei meine Pobacken leicht auseinander, so dass auch meine Schamlippen gespreizt wurden. Das Eindringen des Schwanzes nahm ich dadurch nun noch viel intensiver war, auch wenn sich meine Muschi schon leicht wund anfühlte. Das störte mich aber überhaupt nicht, ganz im Gegenteil, dieses Gefühl erregte mich sogar schon wieder, und ich hätte wahrscheinlich auch schon bald meinen nächsten Orgasmus gehabt, wenn der Alte jetzt nicht gekommen wäre. Keuchend ließ er bei seinem Höhepunkt seinen Schwanz in mir stecken, dann zog er sein Ding wieder aus mir heraus, klatschte mir auf den Hintern und lobte mich: „Deine Möse ist der Hammer! Ich würd` dich gern mal wieder knallen! Kommst du jetzt öfters?"

Es war schon komisch. Ich hatte mich vor dem Sex ja gar nicht mit ihm unterhalten und nun sprachen wir miteinander, ohne uns zu sehen.
„Ja, von mir aus", gab ich dann gelangweilt zurück. Als ich vorhin noch so heiß gewesen war, hatte es für mich keine Rolle gespielt, wer mich da begattete. Aber jetzt, da ich befriedigt war, überkam mich ein Schauer bei dem Gedanken daran, dass ich soeben mit so einem unattraktiven Kerl Sex gehabt hatte. Auf solche Typen wie der Alte stand ich überhaupt nicht. Mich wunderte aber eh schon seit längerem, wozu mich Geilheit jedes Mal treiben konnte, denn die meisten Männer, mit denen ich in den vergangen Monaten One-Night-Stands gehabt hatte, waren nicht annähernd mein Typ gewesen.
Der Alte hatte den Unterton in meiner Stimme wohl wahrgenommen und verließ sofort den Raum. Anders verhielt sich der Blonde. Er wartete, bis der Alte gegangen war und sprach mich dann an: „Hast du Lust mit mir zur Bar oder in den Whirlpool zu kommen? Da können wir uns entspannen und ein bisschen plaudern, wenn du magst?"
„Ja klar, gern!", willigte ich sofort ein.
So standen wir auf und gingen dann nach draußen ins Licht. Hier stellten wir uns einander erst einmal vor.
„Ich bin David!" Mit breitem Grinsen streckte er mir förmlich seine Hand entgegen. „Und danke für den Blowjob!" Er lachte kurz auf.
Ich winkte ab. „Keine Ursache. Die Freude war ganz meinerseits!" Dann gab ich ihm lächelnd meine Hand und stellte mich ebenfalls vor: „Ich bin Sarah." Anschließend fischte ich meine beiden Dessousteile vom Haken, zog sie mir aber nicht mehr an, denn nach dem Fick war ich nun ganz entspannt und es machte mir überhaupt nichts mehr aus, hier entblößt herumzulaufen, zumal auch der David nackt war. Zwar bemerkte ich weiterhin die neugierigen Blicke der an uns Vorbeilaufenden, aber das war mir jetzt egal.
David und ich entschieden uns, draußen in den Whirlpool zu steigen. Also huschten wir schnell die Treppe zum Barzimmer hinunter, das mittlerweile gut mit Swingern gefüllt war, und gingen hinaus auf die Terrasse. Es war bitterkalt, schließlich war es November, aber der

Weg zum schön heißen Whirlpool war kurz und wir hatten ihn jetzt noch ganz für uns allein.
Sobald wir uns gesetzt hatten, fragte ich David: „Wo hast du denn deinen Freund gelassen?"
„Du meinst den kleinen Dicken? Das ist Dirk, mein Schwager."
Meine Augen weiteten sich und aus mir sprudelte ein empörtes „Wie bitte?" heraus. Ich muss dabei wie ein Pferd ausgesehen haben, denn David lachte mit zurückgeworfenem Kopf herzhaft auf.
„Sorry, dass ich so lache, deine Reaktion sah grad so lustig aus."
„Ähm, also ehrlich gesagt, bin ich zum ersten Mal in so einem Club und hatte nicht erwartet, dass es hier auch Fremdgeher gibt!"
„Wer sagt denn, dass ich ein Fremdgeher bin? Meine Frau ist damit einverstanden!"
„Okaaay…" Damit hatte ich jetzt nicht gerechnet, auch wenn es mir klar war, dass es offene Beziehungen gab.
„Ihr genügt der Sex mit mir und sie mag es nicht, wenn andere zuschauen. Und schon gar nicht mag sie mich in Ekstase mit anderen sehen." Er kicherte wieder.
„So, so. Aber berichten tust du ihr dann schon?"
„Ja, sicher, das gehört zum Vertrauen dazu."
„Dann erzählst du ihr also auch, dass dir heute unter anderem eine Blondine einen geblasen hat?"
Er lachte wieder laut auf. Dabei stiegen ihm Tränen in die Augen.
„Was ist so komisch?" Ich fühlte mich etwas beleidigt.
„Naja, tut mir Leid, aber du bist hier in einem Swingerclub. Hier ist sowas normal."
„Ja, schon, aber ich dachte, dass beide Partner sexuell gleich gesinnt sein müssten, damit eine Beziehung funktionieren kann?"
„Scheinbar nicht! Wir sind schon seit 4 Jahren verheiratet und es funktioniert, auch wenn es anfangs Auseinandersetzungen gab, aber nun hat sie sich dran gewöhnt und vertraut mir."
Ich fühlte seine Hand auf meinem Oberschenkel und wie er ihn langsam zu streicheln begann. Sofort prickelte es zwischen meinen Beinen.

Davids Blick wurde ernster. „Du hast sehr hübsche Brüste."
Intuitiv blickte ich an mir herunter und betrachtete meine festen straffen Brüste, deren Knospen hart hervorstachen. Dann schaute ich ihn mit blitzenden Augen an und fragte ihn: „Willst du sie verwöhnen?"
David antwortete nicht, sondern beugte sich gleich zu meinen Brustwarzen hinunter und lutschte sanft an ihnen.
Ich legte meinen Kopf zurück und genoss es.
Kurze Zeit später spürte ich, wie David seine Hand auf meinem Oberschenkel weiter hoch zu meiner Muschi gleiten ließ und dort mit seinen Fingerkuppen an meinem Kitzler zu reiben begann.
Ich knurrte und fiepte kurz auf, und als er seinen Zeige- und Mittelfinger zwischen meinen Schamlippen auf- und abrieb und sie dann tief in meine Spalte führte, musste ich nach Luft schnappen. Dabei hob ich meinen Kopf wieder und stellte fest, dass sich Davids Schwager und ein anderes Pärchen zu uns gesellt hatten. Der Schwager saß nun zu meiner Rechten und schaute uns neugierig zu. Das Pärchen war mit sich selbst beschäftigt und knutschte und fummelte wild.
„Ist es Ok für dich, wenn Dirk mitmacht?", fragte mich David dann.
„Klar!", sprudelte es spontan aus mir heraus.
Und so ließ ich mich von beiden verwöhnen: David fingerte mich sanft weiter, während Dirk meine Brüste massierte. Immer wieder drückte er dabei eine Brust mit seiner Hand zusammen, so dass meine Knospen noch weiter hervorquollen und er besser an ihnen saugen konnte.
Fingern brachte mir noch nie so wirklich was, also streckte ich meine Hände nach rechts und links aus und tastete nach den Schwänzen der beiden. Fast gleichzeitig fand ich die harten Stücke und war überrascht, dass auch der kleine, dicke Dirk so einen harten und dicken Knüppel hatte. So massierte ich beide Latten parallel, bis ich nach ein paar Minuten beide Männer fragte, ob ich sie reiten könne.
„Aber sicher!" entgegnete David sofort freudig.
„Klaro!" platzte es auch aus Dirks Mund.
Erst wollte ich unbedingt Davids Schwanz testen und stieg über ihn.

Davids Latte war zwar steinhart, aber der Sprudel des Whirlpools machte es schwierig, den Penis in meine Lusthöhle zu manövrieren. Daher nahm ich meine Hand zur Hilfe und ließ mich dann in Davids Schoß plumpsen. Plumpsen ist allerdings eher das falsche Wort. Durch den Auftrieb der Luftblasen im Wasser war es viel mehr ein Hinabgleiten. Und so versuchte ich David ein paar Mal auf- und abzureiten, bekam aber nicht die kräftige Reibung zustande, die ich brauchte, das Wasser dämpfte meinen Ritt einfach zu stark. Auch David schien das zu merken, denn schon schlug er uns vor: „Wollen wir woanders hingehen? Vielleicht ins Spielzimmer?"
„Das hätte ich euch auch gleich sagen können! Im Whirlpool ist`s immer etwas komplizierter!" Mit diesem Satz stand Dirk auf und stieg aus dem Pool. Sein Ding war immer noch steif und steil nach oben gerichtet, und ich verspürte dringende Lust, auch seinen Schwanz auszuprobieren.
David erhob sich jetzt ebenfalls, und ich war beeindruckt von seiner langen Latte. Am liebsten hätte ich sie gleich gelutscht, aber es war hier draußen einfach zu kalt und ich wollte Dirk nicht warten lassen.
So wickelten wir uns schnell die bereitgelegten Handtücher um und huschten fix durch die Terrassentür ins Barzimmer. Auch hier wurde schon fleißig gepoppt und gefummelt. Auf dem Sofa, welches etwas weiter hinten im Raum abseits der Bar stand, bot sich uns ein sehr erregendes Bild: Eine äußerst hübsche Frau in meinem Alter saß in der Mitte des Sofas. Sie hatte ihr Becken nach vorn über den Sofarand geschoben, so dass der schöne Stefan, der vor ihr hockte, sie ausgiebig lecken konnte. Immer wieder fuhr er mit seiner Zunge großzügig von unten nach oben über ihre Schamlippen. Dann schob er seine Zunge tief in ihren Spalt und vergrub sein Gesicht fast komplett in ihrem Schoß, um sie hier mit rhythmischen Bewegungen oral zu befriedigen. Die Frau schien dies zu mögen, denn ihr Mund öffnete sich und sie begann zu stöhnen.
Kim saß links neben der Frau auf dem Sofa und massierte deren kleinen Brüste mit leichtem Druck. Zwischendurch züngelte und sog sie sogar an ihren Brustwarzen.

Ich fand den Anblick sehr antörnend, besonders als Kim die Frau zu küssen begann. Erst drückte sie ihre Lippen auf die der Frau, dann züngelten sie außerhalb des Mundes.
Mich machte der Anblick unglaublich heiß und ich sprach meine Gedanken laut aus: „Mit einer Frau würde ich auch gern mal!"
„Dazu hast du hier Gelegenheit genug!", konterte David sofort.
Wir waren kurz stehengeblieben, um dem Schauspiel beizuwohnen so wie einige andere auch, die von ihren Barhockern lusterfüllt zuschauten. Ein Pärchen, welches an der Bar saß, war schon dazu übergegangen, sich gegenseitig zu verwöhnen. Sie knutschten wild, während sie fest seinen Schwanz massierte.
Ich drehte mich noch weiter um und sah in einer anderen Ecke eine Frau einen Mann reiten, der auf einem Stuhl saß. Dann wendete ich mich wieder der Szene auf dem Sofa zu. Kim und Stefan schienen also doch sexuell offener zu sein, als ich vermutet hatte. Scheinbar sprachen sie nur nicht gern darüber.
Plötzlich knuffte mich David in die Seite und forderte uns auf: „Lasst uns hoch zur Spielwiese gehen und selbst Hand anlegen!"
Also folgten Dirk und ich David die Treppe hoch und steuerten auf das Spielzimmer zu.
„Vielleicht findet sich hier ja eine Frau für dich", flüsterte mir David im Gang dicht an meinem Ohr zu.
„Erstmal habe ich Lust auf euch zwei", erwiderte ich.
Die beiden hoben nur vielversprechend ihre Augenbrauen. Dann öffnete David die Tür zur Spielwiese. Auch hier bot sich uns eine pornohafte Szene. Jeder schien sich hier abwechselnd mit jedem zu vergnügen. Ich zählte 3 Frauen und 4 Männer und vermutete, dass es sich um drei Pärchen und einen Solo-Mann handeln musste, denn der Solo-Mann war kein anderer als mein alter Stecher. Auch diesmal verwöhnte er gerade eine Dame von hinten, während sie ihrem Liebsten im Rhythmus der Stöße einen blies. Die beiden anderen Frauen ließen sich derweil in Missionarsstellung im Wechsel von den zwei anderen Männern vögeln.

Eigentlich war auf der Spielwiese kein Platz mehr für uns, und so entschieden wir uns, wieder hinunter und ins Wohnzimmer zu gehen. Wir kamen wieder durch das Barzimmer und stellten fest, dass der Dreier auf dem Sofa zum Ende gekommen war. Von Kim, Stefan und der Frau war nun nichts mehr zu sehen.
Im Wohnzimmer war es nicht so voll. Gleich neben der Tür lehnte eine Frau bequem über der Lehne eines Sessels und ließ sich von einem Mann von hinten kräftig durchbumsen. Und auf dem hintersten Sofa vergnügte sich gerade ein Pärchen in der 69er Stellung. Behutsam stieß der Mann dabei seine harte Stange in den Mund seiner Partnerin, während er seinen Kopf in ihrem Schoß vergraben hatte, wo er sie mit seiner Zunge stürmisch liebkoste.
Das laute Stöhnen aus dem Fernseher war nicht zu überhören und übertönte das lustvolle Kreischen der über dem Sessel gebeugten Frau, die neben uns beglückt wurde.
Es wurde Zeit für mich. Ich war froh, dass ich immer noch mein Handtuch umgebunden hatte, denn der Anblick der erotischen Sexspiele ließ meine Vulva nur so nach Sex lechzen. Unaufhörlich lief mir jetzt mein Saft die Innenseite meiner Schenkel hinunter, den ich ständig mit dem Handtuch abwischen musste.
„Wollen wir uns gleich hier vorn aufs Sofa setzen?", schlug ich meinen Männern daher vor.
Die beiden hatten nichts dagegen einzuwenden und ließen sich gleich aufs Sofa fallen. Ihre Schwänze waren immer noch gehärtet, und ich hoffte, sie würden meinem Ritt noch etwas standhalten können. Aber bestimmt waren die Jungs geübte Stecher, die ihren Höhepunkt gut hinauszögern konnten. Trotzdem wollte ich keine Zeit verlieren und stieg breitbeinig über David. Meine Schamlippen waren so vor Erregung geschwollen, dass sie sich von ganz allein öffneten. So brauchte ich auch nicht meine Hände zu Hilfe nehmen, um Davids mächtigen Schwanz in meine Muschi zu führen. Ich hielt mich einfach mit beiden Händen an der Rückenlehne hinter Davids Kopf fest und ließ mein glühendes Fötzchen langsam hinunter sinken. Als ich Davids Eichel erreicht hatte, steckte ich diese zwischen meine Schamlippen und

ließ mein Becken langsam kreisen. So wurde Davids empfindlichste Stelle zart stimuliert, und da ich sein bestes Stück noch nicht ganz in mir hatte, kam David mit seiner Zunge auch noch leicht an meine Brustwarzen und konnte ausgelassen an ihnen züngeln. Mich machte das wahnsinnig geil, und es war nun Zeit, mein Becken tiefer sinken zulassen, um Davids steinharte Männlichkeit in meine Lusthöhle einzuführen. Erleichtert warf ich meinen Kopf nach hinten und jauchzte auf. Jetzt bekam meine Möse endlich, was sie wollte!
Ich beschleunigte langsam meinen Ritt und war begeistert von Davids langem und breitem Schwanz. Bei jedem Auf-und Abritt rieb sein Ding so intensiv an meiner Scheidenwand, dass ich kurz vorm Kommen war. Mir war aber klar, dass Dirk auch noch auf seine Kosten kommen wollte und stieg wieder von David ab.
Dirk hatte uns die ganze Zeit zugeschaut und dabei seinen Schwanz massiert. Ich stieg nun über ihn und ließ auch seine Latte tief in mich einführen. Dirks Penis stimulierte mich zwar auch, aber nicht so intensiv wie Davids, daher konnte ich ihn gewohnheitsmäßig schnell reiten. Dirk half nach, indem er meine Hüften umfasste und den Rhythmus so mitbestimmte. Dabei drückte er mich bei jedem Abwärtsritt so stark hinunter, dass meine Muschi schmatzend auf ihm landete. Wie immer, törnte mich dieses Geräusch auch diesmal wieder wahnsinnig an.
Dann begann Dirk mich anzuspornen: „Komm, Baby, komm!", und klatschte mir dabei auf eine Pobacke.
Ich ritt ihn daraufhin so schnell, dass meine Brüste fröhlich vor seinem Kopf hin und hersprangen und Dirk mit seiner Zunge dabei immer wieder versuchte eine meiner Knospen zu erhaschen.
Auch wenn ich es total geil fand, Dirk zu reiten, vor allem weil sein etwas dickerer Bauch meinen Kitzler schön stimulierte, wollte ich doch mit Davids Schwanz kommen. Nun kam ich aber erst einmal nicht von Dirk weg, denn ich spürte, dass er gleich in mir kommen würde, was mir sein Ausruf „Schneller, Baby, schneller" bewies. So legte ich noch einmal an Geschwindigkeit zu, doch schon gleich danach hielt er mein Becken fest in seinen Schoß gedrückt, so dass sein

Schwanz tief in mir stecken blieb und er sich in mir ergoss. Ich nahm dabei seine starken Schwanzzuckungen war und musste versuchen, meinen Orgasmus zurückzuhalten, denn ich wollte ja um jeden Preis mit Davids Schwanz kommen. Also löste ich mich wieder von Dirk und wechselte zu David. Dabei warf ich einen kurzen Blick in den Raum und stellte fest, dass die beiden anderen Pärchen bereits fertig waren und uns zuschauten.

Beim Sex beobachtet zu werden, diese Erfahrung war neu für mich, aber ich merkte, dass es mich prickelnd erregte. Also führte ich schnell Davids Hammerteil in mich ein und jauchzte vor Glück auf. Ein paar Mal ritt ich David dann langsam auf und ab, aber als er meine beiden Knospen zwischen jeweils zwei Fingern zwirbelte, konnte ich nicht mehr an mich halten. Ich hüpfte nun immer wilder auf und ab und spürte Lust und einen leicht ziehenden Schmerz zugleich. Diese Stimulierung wurde noch stärker, als Davids Schwanz zu kontrahieren anfing. Es war der Wahnsinn! Meine Erlösung schrie ich lautstark heraus.

Auch David machte seinem Höhepunkt Luft. Er legte seinen Kopf hinten auf der Lehne ab und stöhnte lang und erleichternd auf.

Ich wartete noch ein wenig, bis Davids Schwanz etwas schlaffer geworden war, dann stieg ich von ihm ab und setzte mich neben ihn.

Dirk war schon gegangen.

Als David und ich wieder ruhiger atmen konnten, lobte ich Davids Penis: „Ich muss echt sagen, dein Teil ist echt das Beste, was ich je in mir hatte! Aber ich glaube, du weißt selbst, wie gesegnet du bist!" Ich lachte.

„Danke, danke! Ja, ehrlich gesagt, ist mir mittlerweile schon aufgefallen, dass ich über dem Durschnitt liege!" Auch David lachte auf. Dann redete er weiter: „ Aber nicht für alle ist er ein Segen..." Dabei schaute er nachdenklich in den Raum.

Ich vermutete, dass es sich dabei um seine Frau handeln musste und sprach es aus: „Meinst du damit deine Frau?"

„Hm, erwischt!" Er grinste mich von der Seite an.

„Habt ihr denn gar keinen Sex mehr, oder was hat das zu bedeuten?", fragte ich zurück und blickte ihn dabei mit meinen großen blauen Augen verblüfft an.

Er lachte wieder laut und herzhaft auf.

„Tut mir leid, dass ich immer so lachen muss, aber dein Blick ist einfach immer zu süß."

Ich boxte ihm leicht in die Seite und ließ nicht locker: „Nun lenk` nicht ab. Was läuft da noch zwischen dir und deiner Frau?"

David schaute wieder in den Raum, sein Blick wurde ernst.

„Nicht viel, ehrlich gesagt."

„Und du meinst, dass liegt an deinem Schwanz?"

„Jein. Ihr tut der Sex eher weh, aber auf der anderen Seite ist sie auch ein Sexmuffel."

„Wusste ich`s doch, dass da was nicht stimmt!"

„Aber wir haben uns nun so arrangiert."

„Arrangiert?! Also, ich finde, dass man mit seinem Partner schon regelmäßig Sex haben sollte, sonst ist das doch keine Beziehung!", rief ich empört aus. Das musste gerade ich sagen, die aufgrund ihrer Sexsucht überhaupt nicht beziehungsfähig war.

„Und was ist mit dir? Was treibt dich als Frau allein hierher?"

Nun war ich dran: „Ähm, ich habe gern viel Sex mit unterschiedlichen Männern und ein Swingerclub scheint für mich da eine gute Möglichkeit zu sein, diese Lust befriedigen zu können. Und ich muss sagen, dein Schwanz dehnt meine Möse schon ganz schön kräftig, aber ich mag das leicht ziehende Gefühl im Gegensatz zu deiner Frau!"

Ich merkte, dass David über das Thema nicht weitersprechen wollte, dazu war hier auch nicht die richtige Plattform. Außerdem stellten wir fest, dass wir beide genug für heute hatten und machten uns auf den Weg zu den Umkleidekabinen. Dort verabschiedeten wir uns vor den beiden Türen der Damen- und Herrenumkleide.

„Also, Sarah, ich hoffe, dich hier mal wieder zu sehen!"

„Ich denke schon. Ich habe vor, jeden Tag herzukommen!"

David hob seine Augenbrauen. „Jeden Tag? Hast du es so nötig?"

„Jep!" Ich grinste.

„Wow, davon träumt ja fast jeder Mann…"
„Und von deinem Stück fast jede Frau, besonders ich! Also, lass dich mal wieder hier blicken!" Ich zwinkerte ihm verheißungsvoll zu.
„Vielleicht werde ich meine Besuchsintervalle wegen dir verkürzen!" David zwinkerte zurück.
„Das würde mich freuen! Eventuell stelle ich mich mal so einem Gang-Bang-Tag zur Verfügung, falls du Interesse haben solltest!"
„Du bist echt verrückt! Naja, dann werde ich mal…" Dabei zeigte David auf die Umkleidetür.
Und so verabschiedeten wir uns.

Ungefähr eine Woche später hatte ich meinen ersten Sex mit einer Frau, besser gesagt waren es gleich zwei Frauen. Ach, eigentlich müsste ich sagen, dass es unter anderem zwei Frauen waren, denn eigentlich hatte ich Gruppensex. Mit Mandy und Kim fing es allerdings an. Ich lernte Mandy im Whirlpool kennen. Mandy war fast vierzig, hatte aber noch eine Top-Figur und sah um einiges jünger aus. Sex hält scheinbar jung! Wir kamen schnell ins Gespräch, denn, wie schon erwähnt, kommen Frauen selten allein in den Swingerclub. Da fällt man als Solo-Frau schnell auf.
Mandy war sehr offen und beichtete mir gleich, dass sie eine unstillbare Lust auf Sex und gern Geschlechtsverkehr mit wechselnden Männern hat. Natürlich war sie mir daher auf Anhieb sympathisch, und ich vertraute ihr an, dass es mir genauso ging und ich gern mal mit einer Frau intim werde würde. Mandy war überrascht, dass ich es bei meinem regen Sexleben bisher noch nicht ausprobiert hatte und bot mir an, es gleich mal mit ihr auszuprobieren. Mandy wollte dazu auf die Spielwiese gehen und ich willigte ein. Also trockneten wir uns ab und begaben uns auf die Spielwiese im oberen Stockwerk. Da es noch früh am Abend war, vergnügte sich erst ein Pärchen dort.
Mandy und ich knieten uns voreinander auf die Matratze, und sofort fing Mandy an, meine Brüste zu streicheln und mit ihrer Zunge entlang meiner Lippen zu fahren. Ich erwiderte ihre Liebkosungen und

schob meine Zunge ebenfalls hervor, um dann wild mit Mandy zu knutschen.
Was für ein prickelndes Gefühl das war! Der Zungenkuss mit einer Frau ist viel zärtlicher und sanfter als mit einem Mann!
Dann nahm Mandy meine Hand und führte sie zu einer ihrer knackigen Brüste. Vorsichtig knetete ich sie und nahm noch meine andere Hand dazu, um die andere ebenfalls zu massieren.
Das Gefühl von zwei weiblichen Brüsten in meiner Hand machte mich tierisch an, und als ob Mandy meine Gedanken lesen konnte, hauchte sie mir zu: „Du kannst auch gern an ihnen lutschen."
Zum ersten Mal sollte ich nun die Brüste einer Frau verwöhnen! Ich war unglaublich heiß darauf und begann sofort behutsam an Mandys Knospen zu züngeln und anschließend sanft an ihnen zu saugen. Es fühlte sich unglaublich gut an!
„So machst es gut, das gefällt mir", bestätigte mir Mandy dann auch.
Das motivierte mich aktiver zu werden. Also ging ich dazu über, ihren Körper zu streicheln. Ich begann an ihren Schultern, fuhr nochmals über ihre Brüste und strich dann sanft über ihren Bauch, bis ich an ihrem Venushügel angekommen war. Hier nahm ich meinen Daumen und ließ diesen mit sanftem Druck auf ihrer Klitoris kreisen.
Mandy stöhnte auf, legte sich dann auf die Matratze und stellte ihre Beine gespreizt auf. So konnte ich ihren feuchten Schlitz sehen, aus dem klarer Saft floss und ihre geröteten Schamlippen benetzte. Mandy hatte mir erzählt, dass sie vorher kräftig durchgefickt worden war, daher war wohl noch alles rot unten herum.
Vorsichtig fuhr ich nun mit meinem Zeige- und Mittelfinger zwischen ihren Schamlippen entlang, und sofort spornte mich Mandy mit „Mehr, mehr!" an. Also schob ich meine beiden Finger behutsam in sie hinein und fingerte sie langsam.
Aber Mandy wollte es scheinbar heftiger, denn prompt reagierte sie mit: „Mach`s mir schneller!", und ich gehorchte ihr, so gut ich konnte.
 In der Zwischenzeit waren wieder ein paar mehr Swinger hereingekommen, unter anderem auch Kim und Stefan, der Alte und Matteo, mit dem ich auch gern vögelte.

Ohne zu zögern gesellte sich Kim einfach zu uns und beugte sich über Mandy, um sie zu küssen und mit ihrer Handfläche abwechselnd an ihren Brustwarzen zu reiben. Das gab Mandy anscheinend den Rest. Sie bäumte ihren Unterleib auf und rief quälend: „Ja, ja!", und ich beschleunigte mein Fingern noch einmal, bis Mandy endlich zum Höhepunkt kam. Ihre Vagina zog sich dabei so stark zusammen, dass ich das Gefühl hatte, sie würde meine Finger verschlingen.

Nach ihrem Orgasmus ließ Mandy ihr Becken erschöpft in die Matratze fallen. Dann wendete sich Kim mir zu. Ihr Kuss war fordernder als Mandys, und wir sogen und lutschten eher an unseren Lippen, als dass wir züngelten.

Einige Sekunden später löste sich Kim wieder von meinen Lippen und leckte mit ihrer Zunge entlang meines Halses hinunter zu meinen harten Knospen, die sie dann intensiv und schnell züngelte. Mich brachte das um den Verstand, und erst recht, als sie an ihnen zu nuckeln begann. In dem Moment fühlte ich, wie eine Männerhand entlang meines Rückens strich und dann meinen Nacken küsste. Ich bekam Gänsehaut und ließ mich auf die Matratze sinken. Kim legte sich rechts neben mich und beugte ihren Kopf über meinen, um mich wieder lutschend zu küssen.

Der Mann, der mich von hinten angefangen hatte zu streicheln und zu küssen, war Matteo. Matteo war, wie der Name schon vermuten lässt, Italiener, Mitte fünfzig und sehr sexerfahren. Er wusste, wie er Frauen um den Verstand bringen konnte, und dies lag nicht unbedingt an seiner noch immer guten Figur oder seinen üppigen und schon leicht ergrauten Brusthaaren, die sich sexy über einen schmalen Haarstreifen mit seinen Schamhaaren verbanden. Nein, auch seine stattliche Männlichkeit und seine Stoßtechniken schafften es immer wieder, mir sagenhafte Höhepunkte zu bescheren. Daher freute ich umso mehr, dass er sich nun links neben mich legte und sich um meine Brüste kümmerte.

Kim hatte sich mittlerweile von mir abgewandt und wurde neben mir schon in Missionarsstellung von ihrem Liebsten Stefan gebumst.

„Willst du auch?", flüsterte mir Matteo dann mit italienischem Akzent leise zu und rieb mit seinen Fingern an meiner Klitoris.
„Ja, mach schon!", erwiderte ich ungehalten. Ich war einfach immer zu schnell heiß. Lange Vorspiele brauchte ich nicht.
Matteo ließ mich aber warten und berichtete mir: „Wir Männer haben gesprochen, ob ihr Lust auf Gang-Bang hättet. Stefan hat gesagt, Kim hätte Lust."
„Oh ja, das wär` geil!", rief ich höchst erregt aus. Ich schaute mich kurz um und sah, wie der Alte vor uns saß und sein Ding massierte, ebenso David, der anscheinend erst eben dazugekommen war. Mandy war nirgends mehr zu sehen, auch das Pärchen, welches als Erstes hier gewesen war, hatte den Raum bereits verlassen.
Dann stieg Matteo auch schon zwischen meine aufgestellten und gespreizten Beine, und ich wusste, dass sich meine Schamlippen nun nass und gerötet vor Erregung leicht geöffnet vor ihm präsentierten.
Während Matteo den Anblick mit den Worten „Du bist wieder so schön feucht, Schönheit" kommentierte, setzte er sich auf seine Fersen und zog mich etwas zu sich heran. Dann drückte er mit einer Hand sein steifes Glied leicht nach unten, um es in meine Vulva zu stecken. Anschließend umfasste er meine Hüften und begann mich vor und zurück zu schieben. Ich liebte diese Stellung mit Matteo. Matteo wusste das und blieb in dieser Position. Erst vögelte er mich langsam, dann immer schneller, und ich erwartete, dass er bald kommen würde, doch plötzlich zog er seinen Schwanz wieder aus mir heraus.
„Sorry, Schönheit, ich hab` Kim noch nie gebumst und will in ihr kommen."
Ich hauchte ein tranceartiges „Ok" heraus und sah, wie sich der Alte grad von Kim erhob und nun mich ficken wollte. Sobald Matteo von mir abgelassen hatte, quetschte er sich auch schon zwischen meine Beine und rammelte schnaufend, was das Zeug hielt, bis er gekommen war. Dann zog er seinen Penis auch schon wieder aus mir heraus und gab mich für Stefan frei, mit dem ich bisher noch nicht verkehrt hatte. Stefans Schwanz stimulierte mich so heftig, dass sowohl er als

auch ich einige Sekunden später zusammen kamen. Danach ließ Stefan sofort von mir ab und David kam zu mir herüber. Er griff meine Beine und legte sie sich über seine Schultern, so dass er tief in mich eindringen konnte. In dieser Stellung stieß er einige Male kräftig zu, und ich fühlte, dass mein nächster Orgasmus im Anmarsch war. Es wurde aber noch besser, denn nun nahm David meine Beine von seinen Schultern und knickte meine Knie so ein, dass meine Fersen an meinen Hintern gepresst wurden und er sich mit seiner Brust auf meine Schienbeine legen und so noch tiefer in mich eindringen konnte. Es war unbeschreiblich, ihn so tief zu spüren, vor allem, weil er seinen Schwanz nach jedem Stoß in voller Länge wieder herauszog.
Als David schließlich schneller zustieß, kam er auch schon. Mich brachte das ebenfalls um den Verstand. Ich krallte mich in die Matratze und schrie bei meinem Orgasmus laut stöhnend auf.
Anschließend gönnten David und ich uns noch ein paar Verschnaufsekunden auf der Matratze, bevor wir zusammen die Spielwiese verließen. Die anderen waren schon gegangen.
Ich war fix und fertig und hatte für diesen Tag genug, aber mir war nach diesem ersten Gruppensex klar, dass ich mich unbedingt für ein offizielles Gang-Bang zur Verfügung stellen musste. Ich wollte unbedingt von noch mehr Männern hintereinander durchgenommen werden!
Bevor ich an diesem Abend den Swingerclub verließ, meldete ich mich daher auch tatsächlich zum ersten Mal zu einem Gang-Bang an. 3 Wochen später sollte ich dann mein erstes Gang-Bang mit zwanzig Männern haben. Seitdem stelle ich mich fast jeden Monat dafür zur Verfügung. Aber dies ist eine andere Geschichte...